Cassandra Winter
Der schottische Geist

Cassandra Winter

Windfall Agency
Der schottische Geist

Deutsche Originalausgabe
2. Auflage

Ohrbreite 02
31691 Helpsen
sina@glimmerfee.de

Umschlaggestaltung: Sina Schneidereit

Bildmaterial
©BillionPhotos.com | fotolia.com
©shockfactor.de | fotolia.com
Geister - Illustration: Ilona Schneidereit

Für Eva Domburg,
die diese Geschichte als Erste hörte.

Und für Sylvie Grohne, ohne die es dieses Buch nicht gäbe.

Rebecca Seifert wirkte ein wenig wie aus einer längst vergessenen Zeit. Sie saß unter einer großen antiken Bahnhofsuhr auf einem kleinen Bahnhof, bei dem man für die Touristen versucht hatte, den Charme eines altenglischen Seebades einzufangen. Einen braunen Vintage Koffer vor sich auf den Boden abgestellt und ihren geliebten Paddington Stoffbären neben sich auf der Bank sitzend, wirkte Rebecca als sei dies alles nicht ihr Leben, sondern inszeniert für eine Sepiapostkarte oder einen alten Hollywoodfilm. Die Heldin, die sehnsüchtig darauf wartete, von ihrem Prinzen abgeholt zu werden, es fehlten nur noch der Regen und ein großer Hut auf den langen braunen Haaren, und das Bild wäre perfekt gewesen. Rebecca wartete tatsächlich, doch nicht auf einen Prinzen, sondern auf Molly, die versprochen hatte, sie abzuholen. Nicht aus romantischen Gründen, sondern weil Molly glaubte, für Rebecca den idealen Job gefunden zu haben. Einen Job, den sie dringend brauchte, wollte sie sich nicht die Blöße geben, und nach vier Jahren in England wieder zurück zu ihren Eltern nach Deutschland zu gehen, die sie mit nicht mehr als einem ‚Haben wir es dir nicht gleich gesagt?‘ am Flughafen begrüßen würden. Dort wo sie herkam, verzieh man Träumern nicht so leicht, die ihre Finger nach Sternen ausstreckten und diese verfehlten.

Unruhig warf Rebecca wieder einen Blick erst auf die schmale lederne Armbanduhr und dann noch einmal aufs Smartphone. Die Zeit war nicht stehengeblieben, auch wenn es an diesem winzigen Bahnhof irgendwo in Somerset fast so wirkte.

Rebecca rang mit sich. Sollte sie an sich selbst erinnern und Molly eine WhatsApp Nachricht schreiben? Oder war das Verhalten typisch deutsch? Immer auf Pünktlichkeit beharrend und pedantisch. Ab wann würde eine Britin zum Smartphone greifen und mitteilen, dass sie bereits angekommen war? Sie entschied sich noch ein wenig länger zu warten und kramte aus den Tiefen ihrer Umhängetasche den Roman hervor, der sie schon mit zwölf Jahren von England hatte träumen lassen. Das Buch war so abgegriffen, dass man auf dem Cover kaum noch den Titel erkennen konnte. ‚Pride and Prejudice' von Jane Austen. Ihre Tante Melanie, die einzige, die sie in ihrer Familie verstand, hatte es ihr vor vielen Jahren zu Weihnachten auf englisch geschenkt, und Rebecca hatte sich mutig Seite um Seite durch die Vokabeln gekämpft, bis sie das Buch und damit auch die Liebesgeschichte rund um Lizzy und Darcy entschlüsselt hatte.

Doch heute blieb Rebecca die Flucht in die Buchseiten verwehrt. Sie war viel zu aufgeregt, um sich konzentrieren zu können und so schlug sie das Buch nur auf, um nicht das traurige Bildnis einer Vergessenen abzugeben, bestellt und nicht abgeholt.

Rebecca ließ ihre Gedanken schweifen, warf immer wieder verstohlene Blicke über den Buchrand hinweg auf der Suche nach den blonden Locken von Molly.

„Miss", sprach sie plötzlich eine ältere Dame mit knittriger Stimme an. Rebecca erschrak so sehr, dass ihr beinahe das Buch zu Boden gefallen wäre, so wie Paddington, den sie nicht mehr vor dem Sturz hatte retten können und der nun vom Platz neben ihr vornüber auf seine dicke Bärennase gefallen war.

Die kleine Lady begann zu kichern, wobei die Falten in ihrem Gesicht noch tiefer wurden, die im starken Kontrast zu den jugendlich leuchtenden Augen standen. Behutsam hob sie den Bären auf, richtete seinen roten Hut und reichte ihn

Rebecca. „Entweder sie sind eine höchst bemerkenswert begabte junge Frau, oder sie werden keine Freude an dem Buch haben.“

Verständnislos sah Rebecca die Dame vor ihr an und drückte Paddington an ihre Brust.

„Sie halten ihr Buch verkehrt herum, Liebes. Da kann noch nicht einmal so ein armer peruanischer Bär ein Wort entschlüsseln.“

Ein Blick auf die Buchseiten ließ Rebecca rot anlaufen. Tatsächlich. Die Welt von Jane Austen stand buchstäblich Kopf.

„So, wie sie es halten, müssen sie aufpassen, dass ihnen die Charaktere nicht rausfallen, es ist so schwer, sie wieder einzufangen und wieder in die Geschichte zu zwingen, wenn sie erst einmal den Duft der Freiheit geschnuppert haben“, lachte die Frau.

„Ich hätte nichts dagegen, wenn mir Mr. Darcy in den Schoss fallen würde“, entgegnete Rebecca mit einem Lächeln, endlich wieder daran erinnert, warum sie damals nach England aufgebrochen war. Sie hatte genau solche Menschen wie diese alte Dame treffen wollen, doch in London hatte sie keine gefunden. Stattdessen waren dort nur Edwards Freunde gewesen, die sie behandelten als wäre sie Luft und an guten Tagen als sei sie seine Privatsekretärin. Seit der Trennung, fragte sie sich, ob sie nicht die ganze Zeit Recht gehabt hatten. Während er mit seinen Freunden in Clubs ging, um Kontakte zu schaffen, hatte sie seine Arbeit gemacht. Sie hatte für ihn recherchiert und Interviews geführt, damit er dann ihre Aufzeichnungen nahm und sie zu einem Text zusammenfügte, den er dann seinem Vater stolz präsentierte, der Chefredakteur bei der Zeitschrift LS & Art war, dem momentanen IN-Magazin für britische Künstler.

„Aber meine Liebe“, tadelte die Frau, wackelte dabei sogar wie in einem Comic mit dem Finger, sie wieder aus den Gedanken an Edward reißend. „Lizzy und Mr. Darcy sind perfekt füreinander. Solche Liebespaare darf man niemals trennen."

Die Worte ‚Liebespaare' und ‚trennen' versetzten Rebecca einen schmerzhaften Stich. Nach allem, was er ihr angetan hatte, war alles, was sie immer noch wollte, zurück zu ihm zu kommen. Obwohl sie jetzt die Fehler in der Beziehung sah, die sie bis vor kurzem vor Liebe übersehen hatte, wollte sie am liebsten wieder die Frau an seiner Seite sein. Was nicht nur emotionale, sondern auch rein wirtschaftliche Gründe hatte, denn plötzlich stand sie da ohne Unterkunft, Geld und Arbeit. Als sie damals zu ihm nach London zog, hatte sie auf Sicherheit bestanden und Edward hatte ihr einen Verlobungsring an den Finger gesteckt. Ein von ihm gegebenes Versprechen, dass sie nie eingefordert hatte. Sie war so unglaublich dumm gewesen. Immer wieder hatte sie sich von ihm vertrösten lassen, da es immer wichtigere Termine gab als den ihrer eigenen Hochzeit, bis sein Vater ihn schließlich fest einstellte, er eine richtige Assistentin bekam und gleich dazu eine langbeinige Französin namens Charlotte.

„Sie werden auch schon noch ihren Prince Charming finden", sagte die alte Lady mitfühlend, als sie den Schmerz in Rebeccas Augen bemerkte.

„Ich bin frisch getrennt. Meine Lebensbilanz ist gerade grauenvoll, es mangelt sogar an Menschen darin und ganz ehrlich, ich bin froh, wenn ich erst einmal lerne, auf eigenen Beinen zu stehen." Edward hatte sie so beansprucht, dass sie nicht einmal mehr Freunde oder ein Hobby hatte. Genau aus diesem Grund versuchte sie es wieder mit dem Lesen ihres Lieblingsbuches, irgendwann musste sich doch wieder das Gefühl von Geborgenheit einstellen, dass sie sonst immer beim Lesen empfunden hatte.

Die Frau seufzte, sah nach oben zum Himmel und zuckte dann mit den Schultern: „Niemand ist eine Insel, das hat schon John Donne geschrieben und der lebte im 17. Jahrhundert. In der Not braucht man Freunde, und keine Freude ist schön, wenn man sie nicht teilen kann."

Auf Rebeccas traurige Gesichtszüge stahl sich ein Lächeln

zurück. Obwohl es klang wie ein Kalenderspruch, war sie für die Worte dankbar.

„Lassen sie es sich von einer alten Frau sagen, die weiß wovon sie spricht. Wenn sie eine Wunde immer wieder aufknibbeln, wird sie nie heilen, aber wenn sie sie in Ruhe lassen, dann stellen sie eines Tages fest, dass unter der Verletzung die Haut nachgewachsen ist. Also hören sie auf damit, Liebes, und stürzen sie sich wieder ins Leben."

„Sehe ich so verzweifelt aus?"

Anstatt einer Antwort sah die alte Lady sie nur mitfühlend an. Ein Zug fuhr ein und als die Türen sich langsam öffneten, bekam sie noch den Ratschlag mit auf den Weg, nicht zu lange zu warten, denn es dauerte nur einen Wimpernschlag und man sei plötzlich alt.

Es waren liebgemeinte Worte, aber sie setzten Rebecca auch ein wenig unter Druck. Sie musste erst einmal heilen, wenn sie leben wollte, und bevor sie an die Zukunft dachte, brauchte sie im Jetzt ein Dach über dem Kopf.

Und genau deswegen wanderte ihr Blick wieder auf die Bahnhofsuhr. Noch immer kein Zeichen von Molly, und dabei war mittlerweile über eine Stunde vergangen. Niemand konnte sie jetzt noch ‚zu deutsch' nennen, versuchte sie sich selbst zu überzeugen, und schickte Molly eine Nachricht. Es war ein fröhlich getextes ‚Ich bin angekommen' mit lachendem Smiley dahinter. Rebecca hatte sich jegliche Frage, wo Molly steckte und ob sie sie noch von hier abholen würde, verkniffen.

Beklommen wurde Rebecca wieder einmal klar, auf welch eine verrückte Aktion sie sich aus purer Verzweiflung eingelassen hatte.

Sie hatte Molly vor drei Jahren im Stammclub von Edward kennengelernt, wo Molly eine Zeitlang kellnerte, und nachdem sie den Job aufgeben hatte, trotzdem fast zum Inventar gehörte, da einer der Barkeeper ihr Mitbewohner war und das für sie Drinks umsonst bedeutete. Als sie sich dann vor einem Jahr entschied, zu einem jungen Druiden nach

Glastonbury zu ziehen, hatte sich der Kontakt verloren, vor allem, weil Molly versuchte, auf Internet und Telefon zu verzichten. Nun hatte sie sich jedoch vor zwei Tagen gemeldet, schon längst wieder fest in der Hand von Smartphone und Computer. Ihre ehemaligen Mitbewohner hatten sie auf den neusten Stand gebracht, was in Rebeccas Leben vorgefallen war.

„Du brauchst eine neue Wohnung und einen neuen Job.“ Molly hatte geklungen, als sei die Trennung ein Grund für Champanger und nicht für Kamillentee und Taschentücher. „Und weißt du was, ich habe beides für dich sogar schon gefunden.“

Für Rebecca hatte Mollys Idee, sie besuchen zu kommen und nebenbei die Agentur kennenzulernen, für die sie arbeitete, verführerischer geklungen als Schokoladentorte.

„Mein Boss sucht händeringend noch jemanden, der die Recherche übernimmt. Du weißt schon all das Zeug, das du immer für Edward gemacht hast, in Archiven stöbern, Leute aushorchen und Bücher wälzen. Du hättest, so wie ich, ein Zimmer im Haus der Agentur, und meistens wird auch noch für Pizza oder Fish ‚n‘ Chips gesorgt. Du kannst also die Wohnung pünktlich räumen und wirst dieser Fröschin von Edward nicht einmal begegnen müssen, wenn sie aus Paris zurückkommt. Das Gehalt ist jetzt nicht der Renner, aber es reicht, und je erfolgreicher die Agentur wird, desto mehr Geld fließt auch in deine Tasche. Wir sind noch im Aufbau, weißt du. Also, wie klingt das?“

Natürlich hatte es sehr gut geklungen. So gut, dass die Aussicht auf Job und Unterkunft vollkommen das noch nicht gesehene Kleingedruckte in den Hintergrund gedrängt hatte. Rebecca hatte nur noch zugehört und gehofft, dass das, wovon Molly voller Begeisterung erzählte, für sie wahr werden würde. Die wichtigsten Fragen waren ihr nicht einmal in den Sinn gekommen, zum Beispiel um welche Art von Agentur es sich handelte und was genau ihr Job sein würde.

„Weißt du was? Du packst jetzt deine Siebensachen

zusammen, kommst zu mir und dann lass mich nur machen! Glaub mir, wenn Julian dich sieht, dann wird er gleich erkennen, was für ein Potential in dir steckt und wie perfekt du für die Agentur bist. Er ändert dein Leben wie eine gute Fee im Märchen."

Es war ihre letzte Chance und seit Molly ihr den Floh ins Ohr gesetzt hatte, betete sie, dass dieser mysteriöse Julian sich wirklich als ihre gute Fee erweisen würde. Sie konnte ein wenig ‚Bibidibabedibu' gut gebrauchen.

Natürlich hatte Rebecca versucht, ein wenig mehr über den neuen Job herauszufinden, aber das Internet hatte sich als nicht sehr ergiebig erwiesen. Die ‚Windfall Agency' Website war noch ‚Under Construction', und Molly verweigerte jegliche Details. Rebecca hätte zwar, so wie sie es von Edward gelernt hatte, die Leute in der Nachbarschaft anrufen und ausfragen können, aber den Gedanken hatte sie sofort wieder verworfen. Ihr fehlte gerade die Energie dafür, und zudem hätte es sicherlich keinen positiven Eindruck gemacht, egal wie fähig sie sich für den Job erwiesen hätte.

Ein weiterer Zug fuhr ein und Leute bevölkerten langsam den Bahnhof. Nicht weit von hier war Torquay, und wie es schien, zog der Wohnort von Agatha Christie vor allem ältere Generationen zum Sonnenbaden und Krimilesen an. Anders konnte sie sich diesen Strom von Rentnern kaum erklären.

Ihr Smartphone summte und zeigte eine Nachricht von Molly an. Rebecca fiel augenblicklich ein riesiger Stein vom Herzen.

„SORRY! Habe dich vergessen. Kann nicht kommen. Schicke dir Parker."

Kurz und bündig, doch wer oder was war Parker? Wenigstens würde sie abgeholt werden.

Molly ergänzte ihre Nachricht. „Sie ist in ca. 20 Minuten da. Warte auf dem Bahnsteig."

Zwanzig Minuten waren Zeit genug, eine Postkarte an ihren Bruder zu schreiben oder ein Eis zu essen, während sie die Menschen beobachtete. Stattdessen blieb sie sitzen und starrte wieder einmal auf ihre Hand hinunter, an der ihr Ring fehlte. Vier Jahre hatte Edwards Verlobungsring zu ihr gehört, war ihr ganzer Stolz gewesen, und nun hatte er nicht einmal einen schmalen Streifen weißer Haut hinterlassen, weil sie zur Londoner Zeit kaum an der frischen Luft und an der Sonne gewesen war. Da ihr nichts aus dem Leben mit ihm blieb, an dem sie sich festhalten konnte, kam es ihr immer mehr vor, als habe sie die Beziehung nur geträumt.

Es mussten einige Minuten vergangen sein, bis sie sich aus ihrer Trauer um das, was hätte sein sollen, und aus ihren Erinnerungen energisch riss. Die alte Lady hatte schon Recht. Es war an der Zeit, ein neues Leben zu beginnen, und wann wäre der Zeitpunkt richtiger gewesen als jetzt? Sie war gerade dabei, ihre Körperhaltung zu verändern, um der Zukunft gestärkt entgegen zu sehen, als sie hinter sich ihren Namen hörte.

Rebecca sah sich um und legte ein freundliches Lächeln auf ihre Lippen. „Das bin ich."

Sie stand so hastig auf, dass sie gegen ihren eigenen Koffer stieß und Jane Austens berühmtestes Werk doch noch auf dem Boden landete.

Parker stellte sich als eine Frau von vielleicht Ende Sechzig heraus, doch sie wirkte keinesfalls wie die alte Lady von vorhin. Zu sagen, sie sei für ihr Alter noch sehr attraktiv, wäre von ihr vermutlich nicht gut aufgenommen worden. Denn obwohl sie zweifelslos mit ihrem grauen aufgesteckten Haar, den wachen blauen Augen und dem eleganten Äußeren bemerkenswert gut aussah, schien Parker direkt aus dem Land ihrer Albträume zu stammen. Sie wirkte wie die Vorlage einer strengen Lehrerin oder einer höllischen Schwiegermutter.

Alleine ihr Anblick reichte aus, dass Rebecca sich so unbehaglich fühlte, als habe sie ihre Aufgaben nicht sorgfältig erledigt. Hoffentlich war sie nicht die Mutter dieses Julian oder seine Ehefrau. Jemanden wie sie wollte man nicht als Chefin haben, erlaubte sie sicher nicht einmal einem

Grashalm in ihrem Garten anders zu wachsen, als sie es wollte. Der Blick von Parker musterte sie. „Die Verspätung tut mir sehr Leid. Ich wurde eben erst in Kenntnis gesetzt, dass es mir oblag, Sie abzuholen. Ich bitte um Verzeihung. Mein Name ist Mrs. Parker, aber tun Sie sich keinen Zwang an und lassen Sie das Mrs. weg, wie jeder andere auch."

Dass man das Mrs. weglassen konnte, machte die Situation keinesfalls entspannter für Rebecca. Es klang in ihren Ohren eher wie ‚Highlander - Es kann nur einen geben'.

„Sie können mich Rebecca oder Becky nennen", sagte Rebecca leise, die Stimme eine Oktave höher als gewöhnlich. Molly hatte gemeint, dass man bei ihr in der Agentur auf Ungezwungenheit wert legte, und Rebecca versuchte sich ein Beispiel an Mollys Art zu nehmen.

Parker nickte nur, und es wirkte auf Rebecca fast schon abwertend, als habe sie nichts anderes von ihr erwartet, frei nach dem Motto ‚Barbie bleibt Barbie, auch wenn sie braune Haare hat'.

Stumm wies Parker auf das Gepäck, und als Rebecca nickte, machte sie sich gleich daran, beides an sich zu nehmen. Sogar Jane Austen hatte sie vom Boden aufgehoben, während sie selber noch gar nicht recht begriff, was geschah. Rebecca war es peinlich, glaubte sie damit bei Parker in einer Schublade gelandet zu sein, in der sie nicht stecken wollte.

„Warten Sie", protestierte Rebecca. Das konnte sie keinesfalls zulassen, alles in ihr begann sich zu sträuben. Niemals würde sie sich verzeihen können, wenn Parker über etwas stolperte, sich verhob oder unter dem Gepäck begraben würde.

„Das nehm ich schon! Sie müssen nichts für mich tragen! Wirklich nicht!"

„Trauen Sie mir etwa nicht zu, dass ich ihre Wertsachen sicher bis zum Auto transportieren kann?" Parker warf Rebecca einen herausfordernden Seitenblick zu. „Haben Sie Angst, ich könnte wie ein Affe in einem indischen Tempel mit Koffer und Tasche die Regenrinne hoch und über die

Dächer hinweg im Wald verschwinden?“

„Ich wäre tief beeindruckt, wenn Sie das tun würden.“

Parkers eiserne Maske begann zu bröckeln. Ihr linker Mundwinkel verriet sie, war er doch verräterisch eine Spur nach oben gezuckt.

Rebecca streckte die Hand aus, um Parker wenigstens den schweren Koffer abzunehmen, ließ sie dann aber wieder sinken. Dieser resoluten Frau schien ihre Würde heilig zu sein, und sie wollte sie ihr keinesfalls nehmen.

„Menschenmengen machen mich immer ganz hektisch“, erklärte Parker unerwartet, und Rebecca wertete es als Entschuldigung für ihr unterkühltes Verhalten. „Und wenn diese Mengen dann noch aus Rentnern bestehen, ist es besonders schlimm. Ich habe Angst, dass wenn ich zu lange bei ihnen herumstehe, ihre Art zu leben mich befallen könnte wie ein Grippevirus. Dann will ich auch Spitzendeckchen und versteh plötzlich meinen eigenen Computer nicht mehr.“

In Rebeccas Vorstellung passten Parker und Computer nicht zusammen. Noch immer herrschten bei ihr die Vorurteile aus der Kindheit vor, dass alte Leute auch alt zu sein hatten. Eine Überlegung, die wahrscheinlich besser unerwähnt blieb, wenn man bei Parker nicht auf die Feindesliste rutschen wollte.

„Ich habe gleich dort vorne geparkt. Seit mein Mann vor zwei Jahren verstorben ist, bekomme ich immer die besten Parkplätze. Zu Lebzeiten hat er sich immer geärgert, wenn er nicht direkt vor der Tür parken konnte. Ich glaube, es ist nun seine Rache an allen anderen Autofahrern, dass er seine Schutzengelenergien einsetzten kann, um mir die besten Parkplätze zu sichern, und manchmal nehm ich sogar gleich zwei in Anspruch, um meinem verstorbenen Mann eine Freude zu bereiten.“ Parker zwinkerte ihr tatsächlich zu und Rebecca merkte augenblicklich, wie sie sich entspannte. Der erste Eindruck konnte also doch täuschen.

Parker führte sie zu einem schwarzen Jeep, der diesmal ganz gesittet nur einen Parkplatz einnahm.

„Sie und ihr Bärchen können gerne den Rücksitz einnehmen, denn der Beifahrersitz ist schon besetzt von meiner Bulldogge Queenie."

~ * ~

Parker hatte das Gefühl, dass sie Rebecca schon in- und auswendig kannte. Molly hatte in den letzten Tagen über nichts anderes gesprochen und sie angepriesen wie ein goldenes Kalb. Perfekt für Recherche, clever und arbeitsam, ja, so sollte Rebecca sein. Einschätzungen die Parkers erstem Eindruck standhielten, aber dennoch war sie sich nicht sicher bei dem Mädchen. Rebecca war sehr nervös, schreckhaft und wirkte ängstlich. Sollte es eine Eigenschaft von ihr sein und nicht nur eine vorübergehende Erscheinung, würde sie ebenso kurz bei ihnen bleiben wie all die anderen Bücherwürmer, die sich bereits beworben hatten.

Immer wieder sah das Mädchen sich um, änderte ihre Position, um dann wieder auf ihre Hände zu sehen. Stumm und gefangen in ihrem Leiden. Als sich während einer Kurve zum wiederholten Mal die Finger des Mädchens krampfhaft in den Sitz krallten, bot Parker an, sie in mehr als einer Hinsicht zu erlösen, indem sie fragte, ob ihr der Fahrstil zu rasant sei.

„Geht schon!", versicherte das Mädchen tapfer. Sie war eine erbärmliche Lügnerin und Parker nahm den Fuß vom Gaspedal.

„Die meisten glauben, ich hätte meinen Führerschein auf der Rennstrecke in Silverstone gemacht. Glauben Sie mir, meine Kleine, gestandene Männer weigern sich in einem Auto mit zu fahren, das ich lenke."

Statt das Gespräch weiterzuführen, verebbte es an Rebeccas Nachdenklichkeit. Das Mädchen schien abwesend, als würde sie nach etwas suchen, das ihr verloren gegangen war und von dem sie selbst nicht hätte sagen können, was es war. Sie kannte diesen Blick von ihrer Tochter, kurz bevor sie beschlossen hatte, in die Staaten zu gehen, um sich selbst zu finden.

„Bonbon?", versuchte Parker erneut ein Gespräch auf-zubauen und holte aus dem Handschuhfach eine kleine Dose, die mit Bildern von Stonehenge beklebt war. Queenis Kopf folgte einer Königin würdig interessiert, aber nicht gierig den Menschenleckerchen. „Rebecca, Sie haben die freie Wahl: Himbeere, Kaffeesahne, Zitrone oder Cola? Die Drops sind noch übrig von Mollys letztem Verehrer. Er stellte Bonbons bei Vollmond her und stellte sie dann in einen Kreis von Postkarten aus Stonehenge, um sie mit der heilenden Energie der Steine aufzuladen. Wenn sie daran glauben, könnte ihnen das vielleicht gut tun und ihre Magenschmerzen lindern,

ansonsten bleibt ihnen immer noch der Trost, den Zucker spenden kann."

Statt jedoch eine Geschmacksrichtung zu nennen, kreischte Rebecca plötzlich auf und wies mit panisch aufgerissenen Augen auf die Straße.

Erschrocken riss Parker das Steuer herum und fädelte sich haarscharf hinter einem LKW ein, den sie jedoch schon längst hatte kommen sehen. Nur dank äußerster Geschicklichkeit blieben die Drops in der Dose und verteilten sich nicht überall im Wagen.

Das Manöver wäre reibungslos verlaufen, doch nun schlug ihr das Herz bis zum Hals. Selbst Queenie, die sonst immer ruhig blieb beim Autofahren, warf ihrem Frauchen einen vorwurfsvollen Blick zu und grollte.

„Machen Sie das NIE wieder! Ihr Geschrei hätte den Unfall fast bewirkt und nicht verhindert." Parker brauchte einen Moment um sich von dem Schreck zu erholen und sich zu ermahnen, freundlich mit dem Mädchen umzugehen. Parker war an sich keine unfreundliche Person, sie war nur einfach nicht großzügig im Verteilen von Sympathien. Jeder, der sie kannte, wusste, dass sich unter ihrer rauen Schale ein mitfühlendes Herz versteckte, doch dieses zu zeigen, fiel ihr schwer. Für Rebecca machte sie eine Ausnahme und fühlte sich wie eine schlechte Schauspielerin.

„Wollten Sie jetzt ein Bonbon, oder nicht?“ Sie klang immer noch ärgerlicher, als sie war.

Artig nickte das Mädchen und griff wahllos eines heraus, als Parker die Dose nach hinten reichte. Parker traute Rebecca durchaus zu, dass sie auch eines genommen hätte, wenn sie Bonbons hasste, nur um sie nicht vor den Kopf zu stoßen. Für Parker war das kein positiver Charakterzug, aber einer, den man den Menschen austreiben konnte, sobald man ihnen das Selbstbewusstsein stärkte.

„Wenn Ihnen das hier schon zu schnell vorkommt, dann sollten Sie mich beim Mario Kart an der Wii sehen. Da werfe ich bei dieser Geschwindigkeit auch noch mit Bananenschalen und Schildkrötenpanzern.“ Es war ein letzter Versuch das Eis zu brechen. Parker lachte kurz auf, in der Hoffnung, es würde Rebecca das Gefühl geben, sich öffnen zu können. „Haben Sie schon einmal mit der Wii gespielt?“

„Nur zugesehen.“

Parker nickte, genauso sah das Mädchen aus, wie jemand der am Spielfeldrand steht und das nicht nur im Sport, sondern auch ganz allgemein im Leben.

„Aber ich kenne das Spiel. Mein Bruder hatte es auf seinem Super Nintendo.“

„Letztes Weihnachten war ich bei meiner Familie in den Staaten. Meine zwei Enkel Tim und Teddy haben den ganzen Tag mit ihrer Wii gespielt, und als ich mitspielen wollte, erklärten sie schlicht, ich sei zu alt dafür. Also habe ich mir abends, als sie im Bett waren, das Spiel von meinem Schwiegersohn erklären lassen und bin dann die halbe Nacht Runde um Runde gefahren. Am nächsten Tag wussten meine zwei Jungs gar nicht mehr, wie ihnen geschah, als ich einen Pokal nach dem anderen gewann.“

„Dürfte ich Ihnen eine Frage stellen?“ Es war eine Frage, die Rebecca auf der Seele brannte, und was immer es war, Parker hoffte, dass es sie so gequält hatte, dass die Schweigsamkeit daher rührte.

„Immer nur zu."

Verschämt drehte sie das Bonbon in den Fingern. „Um was für eine Art Agentur handelt es sich eigentlich? Molly hat jegliche Auskünfte verweigert, und im Internet war nichts zu finden."

„Hätten sie heute einen Blick ins Internet geworfen, müssten sie die Frage nicht mehr stellen, denn seit gestern Abend sind wir endlich online, inklusive Facebook, Twitter und Instagram Account." Parker sah Rebecca fest über den Rückspiegel an. „Es ist eine Geisterjägeragentur, Liebes."

Rebecca wartete darauf, dass Parker lachte oder sonstwie zu erkennen gab, dass es sich um einen Scherz handelte.

„Ich habe mich doch nicht verhört, oder? Sie sagten gerade wirklich, dass es sich um eine Geisterjägeragentur handelt?"

~ * ~

Geisterjägeragentur. Hießen die eigentlich auch PSY-Experten, hangelte Rebecca nach einem Begriff, den sie in Dokus öder unerklärliche Phänomene, aufgeschnappt hatte. Doch das Wort Geisterjäger ließ an Lagerfeuer denken, gruselige Spukorte, Bill Murray, polternde Geister und all die Bücher, die Rebecca so sehr als Kind geliebt hatte. Mit der Taschenlampe unter der Bettdecke hatte sie von spukenden Piraten oder geisterhaften Gestalten in Spiegeln gelesen. Es klang jedenfalls nicht nach Arbeit und auch nicht nach regelmäßigen Lohn. Oh, was hatte Molly da nur wieder angeleiert.

Parker seufzte schwer und schien äußerst unwillig zu sein, noch mehr über die Agentur preiszugeben. „Ich glaube Sie brauchen dennoch ein paar Informationen, bevor Sie auf den Chef, Lord Windfall treffen."

„Das wäre sehr nett", antwortete Rebecca mechanisch.

„Die Agentur ist, wie Sie sich denken können, noch

blutjung. Gerade erst seit einem Monat annonciert Julian, das ist Lord Windfall, in den Zeitungen und bisher hatten wir gerade einmal vier Aufträge, die allesamt recht fragwürdiger Natur waren, bei denen sich jedoch herausstellte, das niemand gerne recherchiert. Die Mädchen, die sich deswegen bei uns vorstellten, waren zwar echte Blaustrümpfe, aber passten leider so gar nicht zu dem Rest des Teams. Molly kam jetzt auf die Idee, dass Sie die richtige Person seien, um in die Liga der außergewöhnlichen Geisterjäger aufgenommen zu werden."

In Rebeccas Gedanken nahm ein bizarrer Lord Form an mit Schnäuzer, Monokel und Tweedanzug. „Glaubt der Lord denn wirklich an Geister?"

Für einen Exzentriker konnte sie sich vorstellen zu arbeiten, nicht aber für jemanden, der den Menschen nur das Geld aus der Tasche zog.

„Wissen Sie, ich glaube er will an Geister glauben. Schon als Kind hat er einen Führer über die Gespenster der UK besonders geliebt und alles notiert, was auf den Landsitz passierte, immer auf der Suche nach einem Beweis für Übernatürliches. Seine Eltern sind früh gestorben, und dann vor zweieinhalb Jahren auch sein Bruder David und Ehefrau. Wenn ein Geist vor ihm erscheint, könnte er vielleicht wagen zu hoffen dass nicht alles nach dem Tod vorbei ist."

Rebecca fühlte sich schlecht, weil sie überhaupt danach gefragt hatte, denn sie merkte wie in Parkers Stimme sich eine tiefe Traurigkeit eingeschlichen hatte.

„Als dann der alte Lord Windfall starb, ein sehr unangenehmer und strenger Mann, verfügte Julian über genügend Geld, um die Geistersuche professioneller betreiben zu können."

„Wie kann ich mir die Arbeit vorstellen? So wie bei den Ghostbusters? Mit Schutzoveralls und diesen komischen Maschinen auf dem Rücken?"

„Oh, sie wünschten, dass sie so cool wären, aber stellen Sie es sich ja nicht zu pompös vor. Wie gesagt, die Jungs und

Molly stehen erst am Anfang und noch hat niemand eine Ahnung, ob es wirklich mehr zwischen Himmel und Erde gibt.“ Parker wies auf den Anfang einer alten Steinmauer, die schon an einigen Stellen bröckelte und in deren Zwischenräume es sich Moos gemütlich machte. „Da vorne ist Postley House. Hier würden Sie leben, wenn Sie bei uns bleiben.“

Rebecca wurde auf ihrem Sitz unruhig. In ihrem Magen brach wieder einmal ein ganzer Schwarm von Bienen aus, und das Vibrieren, das von ihrem Summen ausging, ließ ihre Knie weich werden und die Finger zittern. Ein Kloß steckte in ihrer Kehle, und sie schluckte schwer, um ihn zu vertreiben, doch es half nichts. Sie war mittlerweile ebenso nervös wie damals, als sie zum ersten Date mit Edward gegangen war. Mit flatternden Fingern fuhr sie sich durch die Haare.

Konnte es sein, dass Postley ein echter englischer Landsitz war? Vielleicht sogar noch mit Rosen, Blauregen und Efeu bewachsen?

Das große schmiedeeiserne Tor stand weit offen und hing an der einen Seite etwas schief in den Angeln. Der erste Eindruck, war verwunschen, aber keineswegs prunkvoll. Niemand könnte vermuten, dass hinter all diesem bröckelnden Charme Geld stecken sollte.

Wie ein Kind auf dem Weg ins Disneyland sah Rebecca mit kugelrunden braunen Augen aus dem Fenster. Sie konnte sich nicht satt sehen, an dem was ihr das Leben gerade bot.

Sie bogen auf einen schmalen Weg ein, der von ausufernden Sträuchern gesäumt wurde, und dahinter lag die einstige Rasenfläche, die nun jedoch im Triumph der Zurückeroberung durch die Natur, wieder in eine Wildblumenwiese verwandelt worden war. Um die alten knorrigen Bäume schlangen sich dicke Efeuranken in tödlicher Umarmung. Wie lange hatte dieser Garten wohl schon keinen Gärtner mehr gesehen? Wenn man irgendwo an Gespenster glauben konnte, dann hier.

„Sie werden doch wohl nicht Reißaus nehmen wollen, beim Anblick des desolaten Zustandes?“, fragte Parker, aber um ihre Augen malten sich zarte Linien ab. Sie wusste genau, dass Rebecca verliebt war. „Postley ist wie die Agentur und die Geisterjagd dem jungen Lord eine Herzensangelegenheit. Ich weiß, es sieht aus als wäre eine Anstellung hier auf Sand gebaut, doch Sie können mir glauben, dass Sie sich keine Sorgen machen müssen, dass ihr Gehalt nicht pünktlich bezahlt wird." Parker fuhr nun im Schneckentempo, damit Rebecca die Auffahrt genießen konnte, mit der linken Hand Queenies Specknacken kraulend.

Der Weg mündete in einen runden Platz, in dessen Mitte ein steinerner Springbrunnen stand. Eine Putte mit abgeplatzter Nase und mit von Grünspan verfärbter Haut, hatte sicherlich schon Jahrzehnte kein Wasser mehr aus ihrer rissigen und teilweise gesprungenen Vase laufen lassen.

Postley selbst war riesig und aus grauem Kalkstein erbaut worden. Efeu und Blauregen wucherten an der Fassade empor und streckten ihre grünen Finger dem Himmel entgegen. Selbst eine Träumerin wie Rebecca musste einsehen, dass es hier noch viel zu tun gab, ehe dieses Haus wieder erstrahlte, wie zu seinen Glanzzeiten, die es sicherlich erlebt hatte. Doch sah sie das Haus mit den gleichen Augen an, wie sie schon so oft Colin Firth als Mr. Darcy hatte dem Brunnen entsteigen sehen. Es war Liebe auf den ersten Blick.

Wenn dieses Haus sprechen könnte, welche Geschichten hätte es dann wohl zu erzählen? Hatten hier Könige Rast gemacht und an den kühlen Tropfen aus dem Weinkeller ihren Durst gelöscht? Wie viel Freude, Leid und Romanzen fanden hier statt? Manche Menschen bekamen das Gefühl, ganz klein zu sein, wenn sie ins All sahen oder vor Bergen standen. Rebecca wurde immer bewusst, wie klein und unbedeutend sie war, wenn sie vor alten Gebäuden stand. So viele Menschenleben waren an Postley House vorbeigezogen, und doch stand dieses von Menschenhand erschaffene Haus noch immer.

So heruntergekommen Postley wirkte, der große Land Rover davor war nagelneu. Die Heckklappe war geöffnet und davor türmten sich Taschen, Koffer und Seemannssäcke. Irgendjemand schien verreisen zu wollen.

Parker stellte den Wagen etwas abseits ab und stieg, ohne Zeit zu verlieren, aus. Hektisch folgte Rebecca ihr und entschied, dass es vielleicht besser war, den Bären zunächst auf dem Rücksitz zu lassen.

Während Parker schon ums Auto herumgeeilt war, um den schnaufenden Koloss von einem Hund aus dem Wagen zu holen, schickte Rebecca ein Stoßgebet gen Himmel, an welchen Gott auch immer, dass alles gut gehen möge.

Queenie kam auf sie verblüffend schnell zugestürzt. Rebecca, war zwar mit Hunden aufgewachsen, doch nun diese Bulldogge auf sich zulaufen zu sehen, war schon etwas anders als der Labrador-Mix ihrer besten Freundin oder der Malteser ihrer Mutter. Sie widerstand dem Drang zurückzuschrecken und hielt mutig die Hand zum Beschnüffeln hin, Augenkontakt vermeidend.

Parker holte aus ihrer Handtasche einen Hundekeks und reichte ihn an Rebecca weiter: „Queenie ist bestechlich mit Gebäck. Keine Angst, sie ist ganz vorsichtig. Sie sieht zwar aus wie eine echte Kampfmaschine, aber bisher ringt sie nur mit dem alten Skateboard von Julian."

Rebecca zögerte trotzdem einen Moment, doch Queenie setzte sich, kaum dass sie den Keks gesehen hatte, brav auf ihren massigen Hintern und legte den Kopf schief, wobei eine Lefze schauderhaft hässlich herunterhing und die unteren Zähne entblößt wurden. Schön war etwas anderes, aber Rebecca musste bei diesem liebenswerten Anblick lächeln. Langsam reichte sie Queenie den Keks und tatsächlich nahm der Hund vorsichtig das Leckerli an und zermalmte es dann mit genießerischer Miene.

„Sie erinnert mich an Churchill", wagte Rebecca zu sagen.

„Ich mochte Churchill. Er wollte Farmer werden und scheiterte an seiner Tierliebe", bekannte Parker und wies dann auf Queenie. „Rebecca, Sie haben gerade eine Freundin fürs Leben gewonnen."

Rebecca strahlte. Hundefreunde konnte man eigentlich nie genug haben. Wieder etwas, worauf sie in London aus Liebe verzichtet hatte.

Parker wies auf etwas hinter Rebecca: „Und dort kommt schon Lord Windfall."

Ganz langsam drehte Rebecca sich um, in Erwartung jemanden zu sehen, der starke Ähnlichkeit hatte mit Hugh Bonneville aus Downton Abbey. Ihre Vorstellungen kreisten um Tweed und einen treuen Labrador an seiner Seite. Doch der wahre Lord Windfall war von Rebeccas BBC Serien Vorstellungen meilenweit entfernt. Hätte Parker ihr nicht höchstpersönlich gesagt, dass dies der Herr von Postley war, Rebecca wäre garantiert nicht von selbst darauf gekommen.

Julian Windfall war ein Bär von einem Mann. Hochgewachsen mit breiten Schultern, sowie muskulösen Oberarmen und einem markanten Gesicht, das mehr an einen Krieger erinnerte, als an den britischen Adel. Mit einer Hand fuhr er sich durch das feuchte braune Haar und dann nachdenklich über den Dreitagebart, als er mit sichtlich ratlosem Blick und gefurchter Denkerstirn den Koffer- und Taschenberg ansah.

„Julian", rief Parker und machte damit auf sie beide aufmerksam. „Hier ist das Mädchen, von dem Molly so geschwärmt hat."

Julian sah auf und sofort legte sich um seinen Mund ein schräges Piratenlächeln. Wie ein stolzer Anführer einer Herde säbelschwingender Freibeuter legte er seine Hände in die Hüften und sah sie an, als würde er ihr gleich zurufen ‚Na, worauf wartest du, komm an Deck und dann segeln wir in ein neues Abenteuer.'

Parker und Queenie schickten sich an, ins Haus zu gehen, und Rebecca hätte ihnen so gern nachgerufen, dass sie bitte bleiben sollten. Nervös fuhr sie mit der Hand am Band ihrer Umhängetasche entlang.

„Molly hat uns schon viel von dir und deiner Situation erzählt", sagte Julian mit rauer Stimme zur Begrüßung. „Du brauchst also dringend Job und Unterkunft?"

Rebecca war unwohl bei soviel Direktheit. Sie war von Edward daran gewöhnt, dass man sich im Umgang mit Fremden sehr viel Zeit für sprachliche Umwege nahm, bevor man an den Punkt gelangte, zu dem man schon am Anfang hatte kommen wollen. Dieses höfliche Umhertänzeln schien Julian fremd zu sein.

Rebecca wollte sprechen, doch der Kloss in ihrer Kehle verhinderte, dass auch nur ein Wort über ihre Zunge rollte, stattdessen nickte sie.

„Gut, ich war schon immer ein Verfechter davon, jemanden in extremen Situationen kennenzulernen, also wie sieht es aus? Hatte Molly dir gesagt, dass ich gerne ein paar Probetage mit dir hätte, um zu sehen, ob die Chemie stimmt?"

Extreme Situationen? Alle Alarmglocken hätten klingeln sollen, doch seltsamerweise begann Rebecca sich zu entspannen, je länger sie in das, nun in Nahaufnahme doch freundliche und offene Gesicht von Julian sah. Er hatte eine merkwürdige Ausstrahlung. Vermutlich war es das Leuchten von Begeisterung im Blick, das einfach ansteckend wirkte.

„Molly meinte, ich solle mindestens bis Montag bleiben, also habe ich für sechs Tage gepackt", sagte Rebecca nun schüchtern. Ein wenig überrumpelt von allem und noch zu geschockt, um tatsächlich den Duft von Abenteuern zu genießen, der sie bereits umwehte.

„Perfekt! Deine Sachen können wir dann gleich in diesen Wagen umpacken. Es geht nämlich auf nach Schottland! Wie klingt das?", freute sich Julian und klatschte laut in die Hände.

Schottland klang überraschend. Merkwürdig. Voller Risiken. Zumindest nicht so, als wenn sich ein gutes Mädchen darauf einlassen sollte. Doch wo hatten sie die guten Jahre hingebracht, in denen sie sich immer so verhalten hatte, wie man es von ihr erwartete. All die Jahre, in denen sie immer überlegt hatte, ob es erst ihren Eltern, Lehrern und Freundinnen und dann Edward auch Recht war.

„Das klingt ehrlich gesagt fantastisch!“, rief Rebecca begeistert aus und strahlte Julian an, wobei ihr Herz zu rasen begann. Sie war verrückt, übergeschnappt, und es fühlte sich so unfassbar gut an. Dies war das Gefühl, aus dem Träume gewoben wurden.

„Du hast uns auf Anhieb Glück gebracht. Heute Morgen kam unser erster Auftrag rein. Ich meine unser erster richtig großer Auftrag.“ Julians Augen weiteten sich voller Verzückung angesichts der Dinge, die er auf sich zukommen sah. Julian wirkte wie ein achtjähriger Junge, der zwischen all den Weihnachtsgeschenken, den Hundewelpen entdeckt, den er sich so sehr gewünscht hatte. „Stell es dir vor, eine schaurige schottische Burg, ein verängstigter Amerikaner und ein Gespenst! Ich sag es dir, wenn die auch noch in der Bibliothek einen mysteriösen Blutfleck haben, bin ich selig.“

„Dann lass uns auf keinen Fall den Pinkertons-Universal-Fleckenreiniger vergessen mitzunehmen.“ Julian lächelte selig über Rebeccas Oscar Wilde Kenntnisse und wie zur Belohnung hatte er aus seiner Cargohose ein Smartphone gezogen und hielt es ihr stolz unter die Nase.

„Das ist die Burg!“

Rebecca sah eine sehr gepflegte und keinesfalls schaurige Burganlage, die aussah, als würde sie tagtäglich von einem Strom Touristen erobert, die sie aus jedem Winkel heraus fotografierten und im Takt der stündlichen Führungen entdeckten. Kein guter Ort für Gespenster, die in einem gruseligen Szenario Leute mit ihrem schaurigen Wehklagen erschrecken. Vermutlich wollte dort eher ein geschäftstüchtiges Wesen aus Fleisch und Blut mit einer Geistergeschichte nur auf die Burg aufmerksam machen. So ein Gespenst machte sich immer gut in den Broschüren. Doch Rebecca brachte es nicht übers Herz etwas zu sagen, schon gar nicht, weil ihre Gedanken sich so sehr nach ihrem Vater anhörten und auch ein wenig nach Edward. Zudem vermieste es ihr selbst die Stimmung, und so schob sie allen Realismus energisch beiseite.

„Was hat das Gespenst bereits getan?"

„Allen Anschein hatte man sich mit dem Gespenst, denn es ist wohl nur eins, arrangiert, bis der Amerikaner kam und Umbauarbeiten in Angriff nahm. Mehr weiß ich nicht." Plötzlich hielt Julian inne. Warmer Sommerwind kam auf, und die Bäume um sie herum rauschten in der frischen Brise. „Es zieht Unwetter auf. Du kannst dich auf mich verlassen. Ich war im vergangenen Leben ein Laubfrosch, ich hab das Wetter in den Knochen. Bist du gut im Tetris, Becky? Du musst nichts wuchten, das mache ich für dich, aber ich will alle Sachen vor dem Wolkenerguss im Auto verstaut haben, und wenn ich das allein machen soll, dann wird wohl die Hälfte nass werden. Ich habe zwar einige Talente, aber Kofferpacken und Autos beladen zählen leider nicht dazu. Eigentlich erledigt diese Aufgabe Daniel, aber den habe ich noch in die Stadt schicken müssen, um ein Messgerät abzuholen."

„Ich bin zumindest nicht wirklich schlecht. Im Tetris schon, aber nicht beim Verstauen von Dingen"

Julian bückte sich und hob eine schwere schwarze Kiste hoch. „Wohin mit dem Kasten?"

Befangen begann Rebecca ihn zu dirigieren, immer darum bemüht, die normalen Grenzen zwischen Arbeitgeber und Arbeitnehmer nicht zu überschreiten. Eine Distanz, die Julian versuchte hinwegzuwischen, indem er sich extrem ungeschickt anstellte und Rebecca ihm zur Hilfe eilen musste, damit die Sachen nicht wieder auf dem Boden landeten. Je mehr sie gemeinsam die Sachen stauchten und schoben, desto lockerer wurde sie.

Und zum Schluss, als alles in dem Wagen verstaut war, riss Rebecca sogar triumphierend die Arme in die Höhe: „Wir haben es geschafft!"

„Das haben wir tatsächlich! Wir sind ein tolles Team, ich habe Muskeln, und du bist das Hirn."

Kaum hatte Julian die letzte Wagentür geschlossen, begann der Himmel, seine Schleusen zu öffnen.

Mit einer Handbewegung bedeutete er ihr, schnell zu folgen und lief zum Eingang von Postley. Vor der riesigen schweren Eingangstür wartete Julian auf sie, um ihr dann voller Stolz die Tür zu öffnen und sie hineinzubitten in sein Haus.

„Willkommen in Postley“, sagte er würdevoll und in seiner Stimme schwangen wirkliche Liebe und Stolz mit. „Dies ist das Haus meiner Kindheit. Meine Eltern haben sich hier kennengelernt, und ich habe hier all die Sommer bis zu ihrem Tod verbracht.“

Rebecca sah ihn an, versuchte Schmerz in seinem Blick auszumachen und erhaschte doch nur einen kleinen Hauch Sentimentalität. Sie schenkte ihm ein verständnisvolles Lächeln und wünschte sich insgeheim, sie hätte eine so tiefe Beziehung zu einem Ort knüpfen können. Dachte sie jedoch an ihr altes Zuhause, sah sie keinen Ort der Liebe, sondern ein Gefängnis und Leute, die ihre Schwungfedern gestutzt hatten wie einem Huhn, um es am Fliegen zu hindern. Niemals sollte sie sich so hoch emporschwingen, dass sie die bürgerliche Idylle mit den kleinen Gärten der Siedlung verlassen konnte. Im Gegensatz zu ihrem Bruder und ihren Eltern hatte sie jedoch ihren Mut zusammengenommen und war flatternd aufgebrochen in das ferne England, nur um sich dort gleich wieder einfangen zu lassen.

Voller Respekt für den Ort legte sie eine Hand an die Steine, die Julian so viel bedeuteten und hinter denen sich seine Erinnerungen verbargen, sicher geschützt vor der Außenwelt. Sie nahm sich Zeit, über die Schwelle zu treten, und ein kurzer Blick zu ihm zeigte ihr, wie sehr es ihm gefiel, dass sie nicht hineinstürzte, sondern sich Zeit nahm, den Ort zu erleben.

Schon beim ersten Schritt ließ sie die wärmende Hitze des Sommers hinter sich und trat in die angenehme von dicken Mauern geschützte Kühle. Statt von einem altmodischen Ambiente empfangen zu werden, das tatsächlich an die Tage von Julians Kindheit und seine Ahnen erinnerte, hatte hier anscheinend jemand Hand an die Inneneinrichtung gelegt, der nichts für antike Möbel, William Morris Tapeten und schwere Samtvorhänge übrig hatte.

Stattdessen erstrahlte alles in einem hellen Weiß, mit einem glänzenden Fußboden und mit Acrylbildern in leuchtenden Farben an den Wänden. Eines zeigte Postley House im Sommer, ein anderes Molly.

Einen Moment blieb Rebecca reglos stehen, ließ alles auf sich wirken und brauchte einen Moment, um zu realisieren, was sie da sah. Sie ließ ihren Blick vom bunten Kronleuchter schweifen zu dem Tisch, auf dem in einer Vase ein vermutlich in den Gärten von Postley selbst gepflückter Blumenstrauß stand.

Irritiert drehte sie sich zu Julian um, der mit einer solchen Reaktion wohl schon gerechnet hatte.

„Ich habe hiermit nichts zu tun!“, schwor er und legte zum Zeichen des Wahrheitsgehalts eine Hand aufs Herz. „Das ist das Werk meiner Nichte Trix. Sie hat auch die Bilder gemalt. Wir sind alle ganz begeistert von ihrem Talent und versuchen, sie gerade dazu zu überreden mehr daraus zu machen. Doch bei einer Sechzehnjährigen fühlt man sich schnell wie eine übereifrige Vogelmutter, die ihr Junges aus dem Nest treibt.“

Das Anwesen war weder Jane Austen noch Downton Abbey, doch es war nicht schlecht. Sie würde sich auf jeden Fall wohler fühlen, nachts durch das frischrenovierte Haus zu streifen als durch die alten Postley Räumlichkeiten, vermutete Rebecca.

„Queenie?“, donnerte Julian plötzlich und Rebecca zuckte vor Schreck zusammen.

Sofort schoss die Bulldogge wie eine Kanonenkugel um die Ecke, rutschte über den glatten Boden, bremste mit den Vorderpfoten gekonnt ab und ließ sich dann auf den Hintern fallen. Große braune Augen blickten ihn erwartungsvoll an.

„Sie liebt mich, seit ich ihr mal etwas von meinem Bier abgegeben habe“, verriet Julian augenzwinkernd. „Aber lass es bloß nicht Parker hören, sonst gibt es nur wieder einen

Fachvortrag, dass Hunde keine Menschen sind.“

„Und das zu Recht!“, sagte da auch schon Parker und tauchte in einem der Türrahmen auf. Sie sah geschäftig aus, nun da ihr eine Lesebrille um den Hals baumelte.

„Könntest du Becky ihr Zimmer zeigen?“

„Wozu?“, fragte Parker kühl, und ihre strenge Miene hätte Vulkane gefrieren lassen können. „Ihr seid die nächsten Tage in Edinburgh. Sie hat genug Zeit, ihre Unterkunft zu sehen, wenn ihr wieder hier seid, sofern sie es dann immer noch zu sehen wünscht. Momentan glaube ich eher, dass Rebecca etwas zu essen braucht.“

„Wieso?“ Julian runzelte die Stirn und scannte dann einmal über Rebeccas Körper, als ob er überprüfen wolle, ob schon ein paar Knochen als Zeichen des Hungers zu sehen waren. Da dies noch nicht der Fall war, wandte er sich wieder irritiert Parker zu. „Molly macht doch sicher für die Fahrt Sandwiches, und auf dem Weg werden wir wohl auch essen gehen.“

Rebecca fühlte sich unwohl, Gegenstand des Gespräches zu sein, und warf ein, dass sie noch keinen Hunger habe. Eine Bemerkung die Parkers Augenbrauen in die Höhe wandern ließen, als glaube sie kein Wort.

„Rebecca, haben sie heute schon gegessen?“, fragte sie mit strenger Stimme, die keine Lüge zuließ.

„Ich hatte heute früh einen Joghurt.“

„Falsche Antwort“, raunte Julian ihr zu. „Jetzt wirst du essen müssen. Erste Regel bei Parker: Niemand verlässt hungrig das Haus.“

„Sie können die Hälfte meiner Pizza haben.“, bot Parker ihr ohne zögern an.

„Tiefkühlpizza“, schnaubte Julian neckend. „Unsere gute Parker hält nicht viel vom Kochen. Sie sieht keinen Sinn darin, in Pfannen zu rühren, Teige zu kneten und Saucen anzuschwitzen, wenn es alles schon fix und fertig zu kaufen gibt. Ab in die Mikrowelle oder in den Backofen und alle werden satt. Molly hat es versucht, Parker mit Jamie Oliver

DVDs über Gemüse aus dem eigenen Garten zum Kochen zu verleiten. Ich meine, in Postley hätten wir schließlich den Platz, aber nicht einmal der Meisterkoch konnte sie mit appetitlichen Bildern und Vitaminen überzeugen."

„Ich bitte dich, seine Argumente hinken. Warum sollte ich mich gesund ernähren, wenn ich die Lebensjahre, die ich dadurch gewinne mit kochen und gärtnern verschwende? Und bevor du meine Lebensweise kritisierst, pack dich an deine eigene hässliche Nase. Du solltest ein wenig sensibler werden, Julian, und dich vielleicht auch mal fragen, welche Bedürfnisse andere Menschen haben. Benutz mal das Ding oberhalb deines Halses, man muss kein Sherlock sein um zu ahnen, dass sie noch nichts gegessen hat."

„Du meist ich kann es noch für andere Dinge gebrauchen als Türen einzurammen? Erstaunlich", feixte Julian sie an und deutete dabei auf seinen Kopf.

Rebecca sah erstaunt von einem zum anderen, wenn sie es nicht besser wüsste, dann hätte sie geglaubt, Mutter und Sohn zu beobachten, so vertraut wie sie miteinander umgingen.

„Komm mir nur nicht so, Julian! Du musst mehr auf deine Mitmenschen eingehen, sie wahrnehmen und dir merken, was du ihnen versprichst!" Parker schien nun ernstlich sauer zu werden. Jeglicher Spaß war aus ihrer Stimme verschwunden.

„Wann habe ich das letzte Mal meine Versprechen nicht gehalten?", entrüstete sich Julian und sah Parker herausfordernd an. „Seit ich für Trix verantwortlich bin und wir in Postley leben, habe ich mich gebessert, dass kannst du nicht leugnen. Ich stehe jeden zweiten oder dritten Morgen früh auf, damit ich mit Trix noch frühstücken kann, und ich habe Laura Karten für die Oper geschenkt. Ich bin viel aufmerksamer als früher. Die Veränderungen haben fast schon biblische Ausmaße so wie vom Saulus zum Paulus."

„Du hast natürlich wie immer Recht", gab Parker seufzend auf und wandte sich zum Gehen. „Ach ja, gute Nachrichten, die Reinigung hat deinen Smoking gebracht.

Die Ketchupflecken sind rausgegangen. Du kannst ihn also heute Abend tragen."

„Heute Abend?", hakte Julian nach und runzelte seine Denkerstirn. Er sah Rebecca fragend an, als hoffte er, sie würde sich für ihn erinnern. „Den nehme ich doch nicht mit nach Schottland, Parker. Wir sind zwar auf einer Burg, aber ich glaube nicht, dass sie für uns ein Galadinner geben werden."

Voller Triumph drehte sich Parker mit einem Lächeln zu ihrem kleinen Sünder um: „Du bist heute Abend mit Laura verabredet. Die Spendensache, die ihr so überaus wichtig war, erinnerst du dich? Sie hatte es mit einem dicken Rotstift in dem Kalender eingetragen, den du abgenommen hast, als Daniel die Dartscheibe ins Haus schleppte."

An Julians Reaktion erkannte Rebecca sofort, dass Parker einen Volltreffer gelandet hatte und dass Laura wohl seine Freundin war, und sie schien wohl eher nicht der Typ zu sein, der sich ungestraft versetzen ließ, wenn man Julians geschocktes Gesicht sah. Vielleicht sah er sich selber schon gespickt mit Dartpfeilen an der Wand befestigt.

Unruhig wanderten seine Augen nach einer Losung suchend umher, und seine Hand wanderte vor Verzweiflung in seine Haare. Dann ganz plötzlich ging eine jähe Verwandlung mit ihm vor, seine Schultern sackten herunter, seine Miene wurde weich, seine Augen sanft, bis er sich schließlich mit einem herzerweichenden Welpenblick an Parker wandte.

„Nein, Julian!", protestierte diese sofort. „Du bist ein erwachsener Junge. Du wolltest eine Freundin, und nun kümmere dich gefälligst um sie. Du hast mich eingestellt, damit ich in der Agentur für Ordnung sorge und nicht in deinem Privatleben. Geh jetzt in dein Büro, ruf sie an und erklär ihr, warum du nicht in der Lage bist, sie heute Abend zu begleiten, oder fahr erst morgen nach Edinburgh. Es ist deine Wahl."

Julian überlegte einen Moment, ein Seufzer entwich seiner breiten Brust. „Ich sag ihr ab", grummelte er schließlich.

„Recht so und denk an die Navigationssysteme", sagte Parker zufrieden über seine Entscheidung. „Stell sie lieber um, bevor ihr wieder über Brücken fahrt, die es gar nicht gibt, und das alles nur, weil der Sprecher wie Arnold Schwarzenegger klingt. Und Sie, Rebecca, kommen jetzt mit mir. Sicher wird es auch Menschen geben, die Sie anrufen müssen, um ihnen zu sagen, dass sie vorerst den Job haben und nach Edinburgh aufbrechen werden."

~ * ~

„Meine Kochkunst konnte Sie überzeugen?" Parker nahm Rebeccas Teller und stellte ihn in die Spülmaschine.

„Großartig! Ich habe selten besser gegessen. Sie müssen mir bei Gelegenheit unbedingt Firma und Laden nennen."

Parker fand es falsch von Julian, Rebecca gleich mit nach Schottland zu nehmen. Er ging einfach davon aus, dass alle Menschen Geister liebten und sich über Abenteuer freuten. Doch nicht jeder hatte die Nerven dafür, und bei Rebecca war sie sich weiterhin nicht sicher. Das Mädchen hatte noch immer starken Liebeskummer und sah viel zu oft aufs Smartphone, als erwarte sie eine Nachricht, die sie sofort zurück nach London beordern würde.

Es brauchte nicht viel, an Julians mitfühlendes Herz zu rühren, und so ging es bei ihm mehr um den Wunsch anderen zu helfen, als nach Qualifikation.

„Sie müssten gleich noch einmal mit in mein Büro kommen und ein paar Dinge unterschreiben, damit Sie während der Probezeit auch versichert sind. Ich habe alles bereits vorbereitet."

„Natürlich", antwortete Rebecca schnell. „Gibt es eigentlich Standardwerke über die Geisterjagd? Etwas, in das ich mich hineinlesen kann auf der Fahrt?"

„Standardwerke mag es geben, aber im Fall von Julian wird Ihnen das nicht viel nützen. Er ist mehr der Typ Mensch, der einfach so lange wahllos Tasten drückt, bis der neue DVD Recorder funktioniert. Bei der Geisterjagd ist es nicht groß anders."

Rebecca schien nicht zufrieden mit dieser Antwort. „Es scheint sehr unkonventionell zuzugehen."

„Wir sind mehr ein Wahlfamilienunternehemen als eine Agentur", entschied Parker sich nach einigen Überlegungen zu sagen. Sie konnte nicht abschätzen, wie Rebecca darauf reagieren würde. Den meisten war es zu unkonventionell und zu wenig professionell gewesen. Sie wollten einen Job, von dem sie ausspannen konnten, mit geregelten Urlaubstagen und Arbeitszeiten.

Plötzlich hob Queenie, die die gesamte Zeit auf einem großen royalblauen Kissen in der Ecke gedöst hatte, den schweren Kopf und lauschte. Dann ging ein Ruck durch das massige Tier, und sie erhob sich. Wie ein Mini-LKW brauchte sie zwar ein wenig, doch als sich ihr Körper erst einmal in Gang gesetzt hatte, fegte sie massig aus der Tür hinaus in den Flur.

„Entweder Daniel oder Molly", kommentierte Parker beiläufig das Verhalten ihres Hundes. „Ich gehe einmal nachschauen, wenn Sie mich entschuldigen würden."

Parker hoffte, dass es Molly war, denn sie hatte ihr noch einige Takte zu sagen. Das sie Rebecca nicht gesagt hatte, um welche Art von Agentur es sich handelte war inakzeptabel. Parker hasste ohnehin jegliche Überraschungen, aber solche wie diese gingen deutlich zu weit und waren nichts, was sie einfach so tolerieren konnte.

„Und? Wie hat sie geguckt als sie es rausgefunden hat?", fragte Molly lachend und kam ihr mit zahlreichen Einkaufstaschen entgegen.

„Du weißt, was ich davon halte."

„Ja, klar, aber nun sag schon, war sie geschockt? Wie hat sie es aufgenommen. Julian meinte, sie käme mit nach Schottland und ist nicht gleich getürmt."

Parker fixierte sie so fest, als wolle sie ihr das Gefühl von

Schuld in die Seele brennen und das schlechte Gewissen wecken. Eine vergebliche Liebesmühe bei Molly, die stattdessen Parker ein paar der Taschen in die Hand drückte.

„Queenie! Schau mich doch nicht immer so an“, sagte Molly, griff in eine der Tüten und holte einen riesigen Kauknochen heraus. Nur widerwillig kam Queenie näher. Die dicke Hundelady hatte Molly vom ersten Augenblick nicht leiden können. Etwas, das Parker zunächst skeptisch hatte werden lassen, doch nach einem halben Jahr mit Molly war sie zu dem Schluss gekommen, dass die Antipathien daher rührten, das Molly einfach zu überdreht war für die Nerven des Hundes.

Zaghaft nahm Queenie Molly den Knochen ab, nachdem sie ausgiebig daran geschnüffelt hatte. Kaum war er aber Mollys Finger entglitten, schleppte sie ihn schnell und würdevoll in die Küche ab, um ihn dort genüsslich zu zerkauen.

„Sehe ich einigermaßen gut aus?“ Molly breitete die Arme aus und ließ auf einen durch Pilates und Yoga gestählten Körper blicken. Sie trug kurze Jeansshorts mit einem schmalem Gürtel, an dem buddhistische Symbole bei jedem Schritt klimperten, und eine dazu passend bestickte Tunikabluse. Parker wusste, dass es keine ernst gemeinte Frage war. Molly wollte Komplimente hören, bevor sie mit ihrer Erscheinung in Rebecca Komplexe wecken würde.

„Du wirst heute sicherlich schon ein Selfie von dir gemacht haben, also kannst du dir die Frage sparen. Du weißt sehr wohl wie du aussiehst.“ In Parker wuchs Mitleid für Rebecca. Mollys Präsenz hatte schon anderen Mädchen das Selbstbewusstsein genommen. „Und nun geh sie begrüßen, du bist die einzige vertraute Person hier.“

Als wenn Molly noch weiterer Ermutigungen bedurft hätte. Sie stellte die restlichen Taschen ab, breitete die Arme aus wie ein junger Paradiesvogel und stürmte in Richtung Küche. Parker entschloss sich, einen Moment auf dem Flur zu bleiben, bis sich Mollys Übermut gelegt hatte. Genauso wie

Queenie ertrug sie sprudelnde Fröhlichkeit und allgemein Mollys Naturell nur wohl dosiert.

„Becky!“, schallte es bis in den Flur hinein, und Parker verdrehte die Augen.

Was hatte Molly nur damit bezwecken wollen, als sie Rebecca vorschlug? Parker konnte es sich nur damit erklären, dass Molly nicht allein gegen Julians Freundin Laura ankam und Verstärkung benötigte oder zumindest jemanden, der zu ihr aufsah, nachdem Laura sie immer wieder aus dem Mittelpunkt verdrängte. Natürlich unbewusst, denn Parker unterstellte Molly nur selten wirkliche Bösartigkeit, obwohl das Mädchen einen Killerinstinkt hatte und jegliche Unsicherheiten bei anderen sofort aufspürte. Molly war sehr eigen, widersprüchlich und so schwer zu greifen, wie die Götter die sie anbetete. So achtete Molly zwar auf ihr Karma, aber was genau gut und schlecht dafür war, war für sie eine reine Auslegungssache. Wenn man etwas zu seinen Gunsten verbiegen oder zurechtschneiden konnte, würde Molly es finden. An ihr war eine gute Anwältin verloren gegangen.

Parker entschied, dass es Zeit wurde, Rebecca beizustehen, und trat wieder in die Küche, versuchend alle von Molly stehen gelassenen Taschen aufzusammeln. Wie gut, dass sie durch tägliches Fahrrad fahren, spazieren gehen und Haushalt noch immer fit war für ihre zweiundsiebzig Jahre.

Molly hielt Rebecca in einer festen Umklammerung und schob sie dann von sich weg, um sie zu betrachten. „Ich muss wirklich sagen, dass ich erstaunt bin, in welch guter Verfassung du bist, nachdem was mir Peter erzählt hat. Ich dachte, du seist nur noch ein Häufchen Elend. Du hast dich gar nicht verändert, und der Stress setzt dir nicht mehr zu als damals schon.“

Parker spürte, wie ihre Augenbrauen bei diesem eher fragwürdigen Kompliment nach oben wanderten.

„Hat Peter etwa gesagt, ich würde schlecht aussehen?“ Rebecca klang eher beunruhigt als erbost.

„Na, wie sollst du auch schon aussehen, nachdem Edward

dich ausgemustert hat, als seist du ein abgetragener Wintermantel. Ihm muss es jetzt ja richtig gut gehen. Nach allem was Peter sagt, arbeitete Charlotte mal für die Vogue."

„Durch eine schöne Porzellantasse allein kann man keinen Durst stillen", bemerkte Parker trocken.

„Heißt das, wenn man am Verdursten ist, nimmt man alles, egal wie es aussieht?" Es war also einer von Mollys schlagfertigen Tagen, und Parker entschloss sich, ihr nicht noch mehr Munition zu geben, die sie auf Rebecca abschießen konnte.

„Du hättest mir schon verraten können, um welche Art von Agentur es sich handelt. Nicht das ich es geglaubt hätte, aber du hättest es sagen können."

Molly ließ Rebecca los, als habe ihr die Kritik einen Stromschlag versetzt: „Wenn man alle Details kennt, dann gibt es nichts mehr zu entdecken, und wo ist dann der Spaß?"

Nun ernüchtert vom Widersehen mit ihrer guten alten Freundin, machte sich Molly daran, Parker beim Auspacken zu helfen.

Rebecca wollte aufstehen und helfen, doch Parker wies sie mit einer Geste an, sitzen zu bleiben. Die Arbeit würde doppelt so lange dauern, wenn sie ihr erklären müsste, wo alles hinkam.

„Was stinkt hier so?" Parker wunderte sich, dass das schüchterne Ding es überhaupt zu fragen wagte und lüftete das Geheimnis, indem sie eine kleine Holzbox aus den Tiefen der Taschen hervorholte, die bisher in eine Tupperbox eingepackt gewesen war. Parker kam sich vor, als hebe sie den Goldenen Gral aus einem Loch, so genau beobachteten Molly und Rebecca sie dabei.

„Oh, bleib mir bloß weg mit dem Zeug!" Molly wandte sich ab und riss die Fenster auf. „Kannst du dir vorstellen, dass jemand freiwillig so etwas isst?"

„Was ist das? Vergammelter Fisch?"

„Käse! Man verkauft es unter dem Begriff Käse!", erklärte Molly schaudernd. „Das Ekelzeug schimpft sich Pete's Feet.

Dass die dafür Geld verlangen ist ein Hohn, und das Stinkezeug ist nicht billig! Allein den Laden zu betreten, ist eine echte Herausforderung, und ich mache das nur, weil Julian mich dafür bezahlt. Es ist sein Lieblingskäse, weiß Gott, wie er sich die Geschmacks- und Geruchsnerven weggeätzt hat. Doch wann immer absehbar ist, dass er seine Freundin Laura die nächsten Tage nicht zu sehen bekommt, schaufelt er sich Berge von Sandwiches mit dem Zeug rein."

„Beschwer dich nicht, niemand zwingt, dich das Zeug zu essen!", sagte Parker pragmatisch.

„Aber ich muss es auf der Fahrt nach Schottland riechen. Jede Wette, dass Julian sich die reingeschlungen hat, bevor wir auf der Höhe von Manchester sind."

„Bristol." Julian betrat breitbeinig die Küche wie John Wayne einen Saloon. „Ich freue mich verkünden zu können, dass Daniel bereits eins seiner Hörbücher eingeworfen hat und sich auf dem Weg nach Edinburgh befindet. Wer also Lust hat zu sehen, ob wir ihn einholen können, sollte sich ins Zeug legen."

„Sandwiches oder keine Sandwiches, das ist hier die Frage, denn wenn du die willst, wirst du dich noch einen Moment gedulden müssen." Parker mochte es nicht, wenn man sie hetzte. Sie war eh schon fleißiger am Werk als andere Menschen.

„Du kennst mich doch? Ohne meine Sandwiches, mach ich keine lange Autofahrt." Julian legte einen Arm um Parkers Schultern und drückte ihr einen Kuss auf die Haare. „Ein bisschen Zeit haben wie eh noch, denn Daniel muss noch zum Floristen. Er soll für Laura einen großen Entschuldigungsblumenstrauß besorgen und ihn ihr auf den Schreibtisch stellen, damit sie ihn hat, wenn sie aus dem Meeting kommt und meine Nachricht abhört."

~ * ~

Das Auto, so hatte Rebecca ziemlich schnell festgestellt, war nicht groß genug für ihre Nase und Pete's Feet. Der Käse, der Tote hätte wecken können, war so präsent wie ein vierter Mitfahrer, so aufdringlich, dass man ihn nicht einfach ignorieren konnte. Warum roch man schon nach wenigen Minuten nicht mehr den Duft von frischgebackenem Brot oder das wohlriechende Aroma von Kerzen, während der Käse nicht verschwinden wollte? Zum Glück hatte Molly verkündet, dass Julian bereits beim letzten Stinkesandwich angekommen war. Er besang seinen kulinarischen Genuss mit Worten von Freiheit und dem Gefühl, ein echter Kerl zu sein. Rebecca konnte Julians Freundin verstehen, dass sie ihm verbot, auch nur auf den Gedanken zu kommen, er dürfe sie mit diesem Käse belästigen.

Doch obwohl Pete's Feet sie auf die Idee brachte, von einer Welt ohne Geruchssinn zu träumen, war Rebecca froh in dem Auto zu sitzen und noch viel glücklicher darüber, dass Julian das Fahren nicht von Parker gelernt hatte.

„Daniel ist unser Computergenie. Wenn es etwas zu hacken gibt, nicht verzagen, Daniel fragen.“, plapperte Molly weiter, nachdem sie bereits die gesamte Entstehungsgeschichte der Agentur hinter sich hatte. Von Julians ersten Gedankenspiel, über Parkers Einstellung bis hin zum heutigen Tag, wo Rebecca neu hinzugekommen war. „Wann immer Daniel Zeit hat, arbeitet er an unserem Internetauftritt. Laura meinte, dass wir viral gehen müssen, wenn wir es packen wollen und man kann über sie sagen was man will, aber da kennt sie sich aus. Sie hat eine sehr erfolgreiche Werbeagentur, oder eher ihr Vater. Naja, wie dem auch sei, haben wir uns entschieden, auf vielen Portalen zu sein. Instagram, Twitter, Youtube, Homepage... Einfach überall, wo Menschen klicken und chatten. Hast du eigentlich immer noch so starke Probleme mit deinem Aussehen, denn wenn, müssen wir daran arbeiten. Es ist heute wichtig, dass die Menschen zu einem Produkt auch ein Bild haben. Die Zeit der Anonymität ist vorbei, also wie sieht es aus?“, fragte Molly und benutzte die Kamerafunktion ihres Smartphones um Rebeccas Reaktion auf der Rückbank für immer festzuhalten.

„Ich habe kein Problem mit meinem Aussehen“, verteidigte sie sich und zog Paddigton Bär über ihren nicht vorhandenen Bauchansatz, den sie sich immer einbildete, sobald sich eine Kamera auf sie richtete. Zudem begann sie ganz automatisch das Kinn vorzustrecken in der Hoffnung, dass der Hals länger wirkte. „Ich sehe nur nie gut auf Fotos aus. In Natur wirke ich besser, zumindest haben mir das alle anderen bestätigt.“

„Sie lügen“, kam die direkte Antwort von Molly, die sich in ihrem Sitz nach hinten drehte und Rebecca eindringlich das Smartphone unter die Nase hielt. „Sieh hin! Das bist du! Das ist dein wunderschönes göttliches Selbst, das Ausdruck in diesem Körper gefunden hat. Finde dich damit ab! Freunde dich an mit dem, was du da siehst, denn das bist du! Das bist du!“

Rebecca wollte nicht hinsehen, denn alles, was sie erblickte, war eine übermüdete mittlerweile nicht mehr ganz so gut geschminkte Form ihrer selbst. Sie wollte sich nicht näher mit ihrem Spiegelbild konfrontieren, nicht jetzt, wo sie für einen Augenblick vergessen hatte, wie unwohl sie sich in ihrer Haut fühlte.

„Das bist du!“, wiederholte Molly noch einmal mit traurigem Unterton. „Himmel, daran werden wir aber noch arbeiten müssen. Aber letztlich kannst du auch im Hintergrund bleiben, wir haben nämlich beschlossen, dass ich das Aushängeschild werde. Selbst Laura war dafür, dass es hauptsächlich ich und Julian sein werden, die zum Gesicht der Agentur werden. Laura meinte, Leute die Geister sehen, würden mich sicherlich sympathisch finden.“

„Du kannst ihr gern den Platz streitig machen“, sagte Julian und warf Rebecca über den Rückspiegel einen Blick zu. Wenn Augen lachen konnten, dann seine. Rebecca lächelte, lehnte aber dankend ab.

„Bei Twitter habe ich schon zwanzig Follower“, verkündete

Molly stolz, und dabei bin ich erst seit gestern Abend dabei.

„Ich würde das weniger Follower nennen, sondern Stalker." Julian erklärte, dass er kein großer Fan der neuen Medien sei, die einen dazu aufforderten, allem eine übermäßige Bedeutung zu geben. „Gestern Abend hat ihr doch glatt jemand einen Stern dafür gegeben, dass sie getwittert hat, dass sie sich noch eine heiße Milch mit Honig macht und dann ins Bett geht. Verrückte Welt!"

„Man hat mir keinen Stern gegeben, sondern es als Favorit abgespeichert", korrigierte Molly. „Der Tweed hatte eine gemütliche Note. Die Leute mögen so etwas."

„Ich schwöre dir, der Typ hat nur dein Profilbild gesehen und dann das Wort Bett raus gefiltert", bemerkte Julian lachend. „Blondinen im Bett sind immer eine Kerbe, ich meine natürlich ein Sternchen wert."

„Mach dich nur lustig! Du wirst nicht mehr lachen, wenn die mich in den Talkshows sehen wollen und nicht dich!" Molly vertiefte sich schmollend wieder in ihr Smartphone. „Das war kein Typ. Das war eine Frau namens Amy, und auf ihrem Banner ist sie mit ihrer Katze. Sieh selbst!"

Sie hielt Julian das Smartphone so hin, dass er es nicht übersehen konnte und zeigte es dann auch noch nach hinten, damit auch Rebecca sah, dass niemand an Sex gedacht hatte, sondern nur an das altbewährte Mittel zum Schlafen.

„Ich sag doch Romantik des abendlichen Augenblicks. Du und dein blödes Männergehirn. Das ist nämlich, was du denkst und das schiebst du anderen in den Kopf."

Julian zuckte unbekümmert die Schultern: „Ich bin ein Mann, ich habe Fantasien und Gedanken, verklag mich doch!"

„Wenn man Männer dafür verklagen könnte, wärst du eh frei gesprochen, weil es ein minderwertiges Delikt ist, heißt das so? Minderwertiges Delikt?", sagte Molly und kramte in ihrer Fransentasche nach etwas, das sie Gedankenspray nannte. Es sei der Duft von Rose und Vanille und hatte in ihren Augen die Wirkung, negative Gedanken neutralisieren zu können. Zudem hegte sie die Hoffnung, dass der Duft auch die Reste von Pete's Feet eliminiere.

Julian wollte gerade gegen das Spray protestieren, als ein lauter Summton die Musik aus den Boxen durchbrach und eine Frauenstimme ankündigte ‚Laura Calling'. Sofort veränderte sich Julians Körperhaltung. Er setzte sich aufrechter in seinem Sitz zurecht, räusperte sich und murmelte, dass er diesen Anruf wohl entgegennehmen müsse.

„Laura, Baby, du bist auf Lautsprecher. Hast du meine Blumen erhalten?“, erkundigte sich Julian aufgesetzt fröhlich.

„Sie stehen vor mir, Julian, sie stehen direkt vor mir auf dem Schreibtisch“, sagte eine Frauenstimme, die klang, als unterdrücke ein Vulkan einen Lavastrom. Hörbar um einen freundlichen Tonfall bemüht, zitterte ihre Stimme, verlor immer wieder die Spur von Lieblichkeit und wurde eine Oktave tiefer, nur um sich dann wieder zu fangen. „Was ich aber auch gehört habe war die Nachricht, die du mir geschickt hast. Wenn das ein Scherz sein soll, Julian, dann hat er sein Ziel verfehlt. Ich kann jedenfalls nicht darüber lachen.“

Das letzte Wort war in ein gefährliches Zischen übergegangen.

„Vielleicht wirst du es später mal können, so in ein oder zwei Jahren“, versuchte Julian ihre Laune mit einem Scherz aufzulockern.

„Du meinst, wenn ich meinem Ehemann erzähle, mit was für einem respektlosen Idioten ich mal zusammen gewesen bin. Da magst du Recht haben, Julian.“ Einen Moment war Stille, dann kam eisig die Frage wo er gerade steckte.

„Kurz vor Schottland“, log Julian und selbst Rebecca konnte heraushören wie unangenehm es ihm war zu lügen, daher schob er noch in einem festeren Ton hinterher, dass er noch nicht wisse, wann er zurück sei, aber auf keinen Fall am Abend.

Stille trat ein. Es war eine gefährliche Stille, wie sie im Inneren eines Tornados herrscht. Rebecca hielt unwillkürlich mit die Luft an, während sich der Moment des Wartens ausbreitete.

„Laura?“

„Ich hatte dir den Termin extra in den Kalender eingetragen, oder? Ich hatte es sogar unübersehbar dick und rot umrandet! Ich hatte dich vorgestern daran erinnert und gestern noch einmal, oder sprach ich mit einer Projektion deiner selbst?“, fragte Laura und ihre Stimme klang so freundlich wie gefrorenes Eis. „Was hast du dir nur dabei gedacht?“

„Ich dachte, dass ...“, begann Julian

„Spar es dir! Vermutlich hast du wieder einmal gar nicht gedacht. Dein erbsengroßes Gehirn ist ja schon mit einem Gedanken vollkommen ausgelastet, wie hättest du, als du das Angebot bekamst, ein paar Gehirngespinste in Schottland zu jagen auch noch an mich denken sollen? Ich würde jede Wette eingehen, dass wenn Parker dich nicht an die Veranstaltung erinnert hätte, ich heute Abend mutterseelenallein auf der Straße vor dem Haus gestanden und gewartet hätte? Nach zwanzig Minuten hätte ich mir gedacht ‚Gut, Julian ist halt nicht der Zuverlässigste‘ und nach vierzig Minuten, hätte ich dich vermutlich angerufen und erfahren, dass du in dem verdammten Schottland bist! Ich wollte den Hauch eines Kleides tragen, Julian. Nur eine seidene Stola um meine Schulter gelegt, um mich vor dem britischen Wetter zu schützen. Ich hätte mir eine Erkältung eingefangen, wegen deiner Dämlichkeit!“

Laura schaffte es, ihre Worte zu schreien und gleichzeitig zu zischen. Rebecca war es unangenehm, bei dem Streit dabei zu sein. Sie starrte aus dem Fenster und versuchte, unbeteiligt zu wirken. Aus den Augenwinkeln sah sie, wie Molly begann, an ihrem Smartphone herumzuspielen. Es waren eindeutig zu viele Ohren für diese Art von Unterhaltung vor Ort.

„Dann sind wir doch alle froh, dass es Parker gibt“, bemerkte Julian, wieder einmal mit dem falschen Timing für einen Witz.

„Falsche Antwort!“, sagte Laura gefährlich leise, worauf wieder eine Stille folgte, doch diesmal beendete sie diese. „Während du mit deinen kleinen Freunden Scooby Doo und Mystery Inc. spielst, werde ich heute Abend mit der Erwachsenenwelt konfrontiert. Es wäre schon schlimm genug gewesen, in deinem Beisein immer darauf angesprochen zu werden, warum wir noch nicht verheiratet sind, aber nun wird das Ganze zum reinsten Spießrutenlauf.“

„Weißt du, was dich von dieser unangenehmen Zukunft bewahren könnte? Wenn du Trix mitnimmst. Sie würde sich sicher freuen, ein wenig rauszukommen“, schlug Julian vor und schien sich echte Chancen auszurechnen, dass sie diesen Vorschlag annahm, denn er beugte sich plötzlich aufgeregt ein wenig nach vorne. „Die Leute sehen, dass alles in Ordnung ist und mit Trix hast du sogar eine Adlige an deiner Seite, die du herumzeigen kannst, wie ein dressiertes Hündchen und mit der dich die Presse fotografieren wird. Mindestens die Lokalzeitungen werden ein großes Foto von euch bringen, und ich rufe bei denen an und lasse dann das Zitat einfügen, dass ich meine zwei wichtigsten Frauen als Vertretung schicke, weil ich leider verhindert war, um Geld zu sammeln für … für was war es noch gleich?“

Man sah Julian an, dass es ihm unangenehm war, dass seine bis dahin gute Rede am Grund der Veranstaltung Gefahr lief zu zerschellen. Molly und Rebecca zogen gleichzeitig die Luft ein in der Anspannung, ob Julian es schaffen würde, am Eisberg Laura ohne bleibende Schrammen vorbei zu kommen.

„Pferde in Not“, sagte sie und ihre Stimme verriet nicht, wie sie es aufnahm.

„Siehst du? Passt doch wunderbar. Wer hängt denn in den Reitställen rum? Die sind doch alle in Trix Alter.“

„Das zeigt wieder einmal, wie wenig du von meiner Welt verstehst“, sagte Laura, und es klang ein wenig deprimiert.

„Komm schon, es ist ja nicht gerade die Veranstaltung des Jahres. Um zehn Uhr setzt du Trix in ein Taxi nach Hause und dann stößt du mit deinen Pferdefreunden mit reichlich

Alkohol auf Black Beauty und Mr. Ed an."

„In Ordnung," lenkte nun Laura vorsichtig ein und sowohl Molly als auch Rebecca begannen sich zu entspannen. Im Gegensatz zu Julian, der siegreich seine Faust nach oben streckte. „Ich nehme Trix mit. Sie ist immerhin deine Erbin und süße sechzehn, da sollte sie langsam in die lokale Gesellschaft eingeführt werden."

Rebecca nahm ihr Smartphone zur Hand und schickte Molly unauffällig eine WhatsApp Nachricht, in der sie nach einem Foto von Laura fragte, damit sie sich ein Bild von Julians Freundin machen könne. Sie wollte wissen, ob sie die Haare tatsächlich zu einem strengen Zopf zurückfrisiert trug und vielleicht sogar lässig mit einer Reitgerte in der Hand spielte, als Zeichen, das sie sich niemals behandeln lassen würde, wie Rebecca es immer wieder tat.

Kaum war es abgeschickt, da blinkte Mollys Smartphone auf ihrem Schoss auf und sie begann eifrig die Galerie zu durchforsten, wie Rebecca von ihrem Platz aus beobachten konnte.

„Baby, sollte ich am Wochenende noch in Schottland sein, hast du dann nicht Lust Trix ins Auto zu packen und zu uns zu kommen?", fragte Julian und sofort wirbelte Mollys Kopf zu ihm herum. Ihre Augen anklagend zusammengezogen und ihr Mund deutlich ein ‚NEIN' artikulierend.

„Nur wenn Rosenblätter auf dem Bett liegen, Champagner bereit steht und du mir einen Verlobungsring an den Finger steckst", stellte Laura unterkühlt ihre Bedingungen klar.

Rebecca fragte sich sofort, ob Laura sich freuen würde, wenn Julian wirklich ihre Forderungen erfüllen würde. Einfallslos und noch dazu genötigt. Für sie selbst war immer nur ein ungezwungener und schöner Antrag in Frage gekommen, und wenigstens das hatte Edward damals erfüllt. Romantisch an ihrem vierten Date, noch bevor sie nach London zu ihm gezogen war, hatte er sie erst ins Theater und dann in ein wunderschönes italienisches Restaurant ausgeführt, wo er sie zwischen Spaghetti und Eiscreme mit

Amaretto Sirup fragte, was er tun müsse, damit sie für immer bei ihm bliebe. Das ‚Für immer' so kurz war, hatte sie sich nicht träumen lassen, doch wenn sie an den Abend zurückdachte, schossen ihr noch immer sofort die Tränen in die Augen. Möglichst unauffällig blinzelte sie die sentimentalen Gedanken weg und starrte stattdessen aus dem Fenster, hoffend, dass Laura und Julian schnell ein anderes Thema fänden und es nicht mehr um Anträge und Liebe gehen würde.

„Den Ring nimmst du mal ganz schnell wieder vom Tisch, meine Liebe und schaust mal erst, was ich zu bieten habe. Da ist nämlich ein steinreicher, junger Amerikaner der seine Burg zum Hotel umbauen wird und vermutlich hat er noch niemanden, der für ihn die Werbetrommel rührt. Könnte ein richtig fetter Deal werden. Molly meint, der Kerl ist sogar mit so einer angesagten neuen Schauspielerin zusammen. Klingt doch ganz nach deinem Lieblingssong ‚Süßer die Kassen nie klingeln'."

Mit einem Vibrieren verkündete Rebeccas Smartphone, dass Molly ihr ein Bild übermittelt hatte, und nach einem weiteren Klick hatte sie Laura vor Augen. Ironischer Weise wirkte sie wie eine glückliche Braut bei ihrer Gartenhochzeit in einem weißen Sommerkleid umgeben vom saftigen Grün vor der Kulisse Postleys. Neben ihr in T-Shirt und Cargohose stand Julian, der wie ein Bauarbeiter aussah, der nicht schnell genug aus dem Bild verschwunden war. Sie lachte auf dem Bild herzlich, wobei ihre braunen Haare im Wind flatterten. Neidvoll musste Rebecca anerkennen, dass Laura die Figur eines Models hatte, eines Laufstegmodels. Irgendwie hatte sie geglaubt, dass Julian mehr Frau brauchte, Laura musste in seinen Armen aussehen wie eine zerbrechliche Puppe.

„Das ist der Beweis, wie Fotos täuschen können. Trau dem trügerischen Schein nicht, sie ist der Antichrist", schrieb Molly dazu und übertrieb vermutlich gnadenlos, wie sie es immer schon gern getan hatte. Wenn sie Leute mochte, dann liebte Molly sie großzügig über alle Fehler hinweg sehend, betonte jedem gegenüber, dass sie Engel wären und schrieb ihnen alle guten Charaktereigenschaften in maßloser Übertreibung zu. Mochte sie jedoch jemanden nicht, dann ließ sie kaum ein gutes Haar an ihm.

„Am Wochenende werden wir sehen, was wir machen. Sollte das Projekt jedoch Potential haben, dann finde mir zumindest Spuren von einem Geist und wenn du sie selbst mit bloßen Händen in die Steine ritzt. Gespenster und Hotels lassen sich leichter vermarkten, und Geld wird für alle Beteiligten nur so fließen."

„Das ist mein Mädchen wie ein Staubsauger in menschlicher Form, immer auf der Suche nach Möglichkeiten, Menschen das Geld vom Konto zu ziehen", grinste Julian.

„Ich melde mich heute Abend noch einmal", sagte Laura, und dann erklang aus den Lautsprecherboxen wieder leise Musik zum Zeichen, dass der Anruf beendet war.

„Sie soll nach Schottland hoch kommen?", fragte Molly skeptisch und ihre Antipathien damit deutlich zeigend, was ihr sicherlich an den meisten Arbeitsplätzen übel genommen würde, doch an Julian schien die Kritik abzuprallen.

„Sie ist meine Freundin. Ich liebe sie, und ich teile mein Leben mit ihr, sie darf überall sein, wo ich bin", sagte Julian achselzuckend aber bestimmt, und Rebecca fragte sich, ob dies eine Warnung in Richtung Molly gewesen war. Was auch immer, sie mochte Julians Einstellung. Genauso musste es sein, wenn man mit jemanden zusammen war, und mit weniger würde sie sich in Zukunft nicht mehr zufriedengeben, schwor sich Rebecca und bezweifelte dabei stark, dass sie in naher Zukunft überhaupt über das Thema würde nachdenken müssen. Was sie jetzt brauchte, war Abstand zu Edward und nicht die nächste Romanze, die sie noch mehr von sich selbst entfernte und durcheinanderbrachte.

~ * ~

„Aufwachen, Schlafmütze!", holte sie eine Stimme aus ihrem Schlummer, die angenehm und dennoch fremd wirkte. Etwas rüttelte sanft an ihrer Schulter und als Rebecca träge die Augen öffnete, sah sie in ein Männergesicht, das ihr nur vage bekannt war.

„Ich bin es dein neuer Boss, Julian, erinnerst du dich?"

„Oh doch", versicherte Rebecca schnell und griff sich in die Haare, als wollte sie fühlen, ob ihr Kopf noch an Ort und Stelle war. Sie brauchte einen Moment um zu rekonstruieren, wo sie war und warum, doch nach dem sie die Ereignisse wieder auf einen ihr sinnvoll erscheinenden Zeitstrahl gelegt hatte, musste sie grinsen, war doch dies alles kein wunderschöner Traum, sondern Realität gewesen.

„Wir gehen jetzt erst mal eine Pizza essen. Ich habe Hunger bekommen", sagte Julian mit blitzenden Augen.

„Hattest du nicht eben Sandwiches?", fragte Rebecca ihre Habseligkeiten zusammen kramend.

„Eben war eben, und jetzt ist jetzt", lachte Julian und stieg aus dem Auto aus. „Ich bin ein großer Junge, ich brauche viel Energie."

Vermutlich war Laura deshalb so dünn. Dieser Mann aß ihr alles weg, bevor sie überhaupt mit einer Gabel hineinstechen konnte, dachte Rebecca und musste über ihr eigenes Kopfkino lachen, was ihr schon lange nicht mehr passiert war.

Durch die Frontscheibe konnte sie Molly dabei beobachten, wie sie auf dem Parkplatz Yogaübungen machte und dabei aussah, als würde sie für ein Yoga-Reise-Buch fotografiert werden. Nicht ein bisschen schwankend machte sie den Baum in der heißen Nachmittagssonne, die Sonnenbrille auf der Nase, die blonden Locken stilvoll durchwuschelt.

Mit ihrer Tasche unter dem Arm stieg sie aus dem Wagen aus und konnte nicht anders als bei dem Blick aufs Smartphonedisplay zu hoffen, dass Edward ihr geschrieben hatte, nun vielleicht einsichtig geworden durch die leere Wohnung. Aber nein, vermutlich genoss er es, sie nicht mehr um sich zu haben. Sie schimpfte sich selbst in Gedanken eine dumme

Kuh, weil sie ihm noch immer hinterhertrauerte und packte das Smartphone tief in die Tasche unter das Jane Austen Buch, sollten Darcy und Lizzy ihn und seine nicht geschriebenen Nachrichten doch ersticken. Hatte sie sich nicht noch heute Morgen auf dem Bahnhof geschworen, dass jetzt alles anders werden sollte?

„Wenn du dir eine Zerrung holst, dann lass ich dich liegen, und du kannst dir einen Depp suchen, der dich schleppt", rief plötzlich jemand über den Parkplatz, und automatisch schnellte Rebeccas Kopf hoch, als sei sie gemeint.

„Was soll das eigentlich darstellen? Hat das beim Yoga nicht immer so einen komischen Namen.", sagte ein junger Schotte, der sich in Jeans und weißem Hemd näherte. Er sah ein bisschen aus wie die kleinere und jüngere Version von Julian.

„Man nennt es Skorpion."

„Aha, hört sich ja gefährlich an. Liegt der zweite Harry Dresden eigentlich noch bei euch im Auto?" Ohne Molly weiter zu beachten, hangelte er mit dem Arm durch das Beifahrerfenster und kramte im Handschuhfach. „Ist egal, dann werde ich jetzt wohl erst ‚Lockwood' hören. Das ist das letzte Mal, dass ich mir Hörbücher auf CD gekauft habe." Plötzlich stockte er in seiner Bewegung. Er hatte Paddington auf dem Rücksitz entdeckt. „Ist ja geil. Seit wann jagen denn peruanische Bären Geister, oder ist er nur ein Anhalter, den wir bei der nächsten Marmeladenfabrik absetzen?"

„Er mag keine Geister", schaltete sich Rebecca ein und strich eine Haarsträhne hinter ihr Ohr. „Aber uns gibt es nur als Doppelpack. Ein eingespieltes Team seit mehr als zwanzig Jahren. Und da ich das Hirn habe und er angeblich nur Watte im Kopf hat, haben wir beschlossen, dass es besser ist, wenn ich die Entscheidungen treffe."

„Kombiniere, dann musst du Rebecca sein", lächelte er sie charmant an.

„Und du musst Daniel sein."

„Die Yoga-Kobra hat dir selbstverständlich schon alles

Wissenswerte über mich erzählt."

„Skorpion!", zischte Molly wie eine Natter und kam langsam wieder aus ihrer Position.

„Was auch immer es sein soll, es ist nicht gut für deinen Rücken, wenn du dich nicht aufgewärmt hast", sagte Daniel ohne sich zu Molly umzudrehen. „Kommt jetzt noch der Elefant, die Grinsekatze und das Nashorn oder können wir reingehen?"

„Mach dich nur lustig", sagte Molly und ging zu ihnen herüber eine Sonnenbrille auf ihr Näschen schiebend. „Doch diese Figur ist nicht gottgegeben, sondern durch mich selbst geformt. Würde dir auch nicht schlecht bekommen." Dabei pikste sie ihm mit dem ausgestreckten Zeigefinger leicht in den nicht vorhandenen Bauch.

„Lass mich und meinen Bauch in Ruhe, der ist noch im Wachstum und alles, was der gerade braucht, ist eine Pizza mit doppeltem Käse, Ananas, Schinken und eine wunderbar eisgekühlte Cola. Fett und Kohlenhydrate!"

Sie schlenderten zusammen über den Parkplatz und wie schon unzählige Mal zuvor, begann Molly wieder damit, Rebecca verkuppeln zu wollen, indem sie Daniel erzählte, dass Rebecca ebenso gerne Bücher lese, wie er sie hören würde.

„Letztes Buch?" Er warf ihr einen Blick zu, der verriet, dass er sie versuchte einzuschätzen.

„Stolz und Vorurteil", erwiderte Rebecca und schämte sich ein bisschen dafür. „Ich versuche, das Hobby neu zu entdecken."

„Wie wäre es dann mal mit Neuerscheinungen? Klassiker sind jetzt nicht so dafür bekannt, junge Leute fürs Lesen zu begeistern."

„Endlich sagst du mal was Vernünftiges!" Molly hielt vor sich und Daniel das Smartphone und pflichtschuldig blieb Daniel auch kurz stehen und lächelte übertrieben in die Kamera, bevor er dann den Frauen, ganz Gentleman, die Tür zum Restaurant aufhielt.

Leise italienische Musik empfing sie, und der leckere Geruch nach Pizza und anderen Köstlichkeiten machte Appetit auf die Schätze der Speisekarte. Julian stand an der Theke und war in ein angeregtes Gespräch mit den Kellnern verwickelt, die ihn bewundernd ansahen. Daniel blieb bei der kleinen Gruppe kleben mit der Begründung, dass Julian nur wieder Dinge durcheinanderbrachte, wenn er versuchte, technisch versiert für die Geisterjagd Werbung zu machen. Nur ein einziger Tisch war besetzt mit einer Familie, die entweder völlig ausgehungert war oder sich nichts zu sagen hatte, sogar die Kinder sahen kaum von ihren Tellern hoch. Rebecca folgte Molly, die zielsicher auf einen Tisch in der Ecke zusteuerte.

„Ich meine das ernst. Ihr passt perfekt zusammen! Er ist Klasse. Lass dich vom Shirt nicht täuschen, darunter sitzt ein halbtrainiertes Sixpack. Außerdem interessiert er sich für die gleichen Dinge wie du." Molly war ganz begeistert von ihrer Idee und Rebecca schwante, dass es ihr nicht gerade erst eben eingefallen war.

„Vergiss das lieber ganz schnell, denn erst muss Edward aus meinem Herzen ausgezogen sein, bevor ein anderer es sich dort wieder gemütlich machen kann", meinte Rebecca ernst und verschanzte sich hinter der Speisekarte, die eine Kellnerin ihr reichte. „Alles woran ich gerade interessiert bin ist Freundschaft, ein Salat und Cola. Freunde, davon habe ich echt zu wenig. Alle Welt dreht sich immer um Liebe, aber wo sind die Geschichten, die uns vom Geschenk der Freundschaft erzählen? Wie schön es ist, jemanden zu haben, mit dem man durch dick und dünn geht, der für einen da ist, ohne gleich etwas zu fordern? Sind wir ehrlich, bei der Liebe bekommst du gleich einen riesigen Katalog von Dingen, die man zu tun und zu lassen hat, mitgeliefert."

Daniel setzte sich neben sie. „Herr der Ringe."

„Was?", fragte Rebecca und spürte, wie ihr die Hitze vor Scham in die Wangen stieg und hoffte, dass er nicht das ganze Gespräch mitgehört hatte.

„Geschichten, in denen die Freundschaft im Mittelpunkt steht“, erinnerte sie Daniel an ihre eigenen Worte. „Harry Potter ist ein anderes Beispiel. Asterix und Obelix.“

„Reichlich männlicher Überschuss in Sachen Freundschaft. Können Frauen nicht befreundet sein?“

„Sag du es mir.“ Daniel lächelte Molly herausfordernd an. Ein Blick, den Rebecca nur zu gut von ihrem Bruder her kannte.

Julian ließ sich an dem Tisch nieder. „Sie haben sich unsere Nummer geben lassen und wollen einen Termin mit Parker vereinbaren. Wenn man erst einmal glaubhaft macht, dass man Geisterjäger ist, erzählen sie alle von ihren Spukerscheinungen. Hier ist es die Großmutter, die glaubt, ihr Mann sei nicht gegangen.“

Nachdem sie die Bestellungen aufgegeben hatten und jeder vor seinem Getränk saß, lächelte Julian stolz in die Runde. „Und? Was meint ihr? Was wird uns in Schottland für ein Geist erwarten und warum spukt er?“

„Ich glaube, es ist ein Burgfräulein, das von ihrem Mann im Kerker eingesperrt wurde, um sich ungestört seiner Geliebten zuwenden zu konnen, und nun ist sie auf Rache aus.“, ließ Molly ihrer Fantasie freien Lauf. „So eine weiße Lichtgestalt, die im Mondlicht durch die Gänge und die Ländereien streicht, in einem keltischen Gewand mit Trompetenärmeln, die Haare offen und leicht gelockt.“

„Schon klar, dass du das glaubst“, unterbrach Daniel lachend. „Wahrscheinlich siehst du dich selber in einer Verfilmung auch in der Hauptrolle als romantisches Gespenst, oder? Aber weißt du, es soll da draußen eine Welt geben, die so ganz anders ist, als deine Fantasien. Die denken da anders als du und fühlen anders. Deswegen agieren die meistens auch nicht so, wie du es willst.“

„Das weiß ich“, grummelte Molly. „Ich bin keine drei Jahre alt mehr. Ich weiß, dass jeder göttlich in seiner Einzigartigkeit ist, frag Rebecca. Ich hab ihr eben noch ihr göttliches Selbst gezeigt.“

Daniel warf Rebecca einen mitfühlenden Blick zu. Molly konnte einfach zwischendurch die Pest sein.

„Okay, nehmen wir an, deine weiße Frau lebt." Daniel lachte. „Falsche Wortwahl bei einem Geist, nehmen wir lieber das Wort existiert. Wieso sollte sie, wenn sie auf Rache aus ist, sich die Muße nehmen und sich inszenieren wie ein melancholisches Gespenst?"

„Weil sie eine Frau ist und im Gegensatz zu dir einen Sinn für Schönheit hat.", schnappte Molly zurück. „Nur weil jemand auf Rache sinnt, wird er noch die Zeit haben, sich den kühlen Abendwind durchs Haar wehen zu lassen."

„Stimmt, ist das Erste woran ich denken würde. Ich denke nicht daran, wie ich möglichst grausam Rache nehmen kann, sondern möglichst stilvoll. Könnten ja noch Werbeverträge herausspringen oder ein muskelbepackter Held. ", sagt Daniel spitz.

„Was denkt denn der Herr Sherlock, was es ist?", fragte Molly und griff sich ein Grissini, das sie in bemerkenswerter Geschwindigkeit herunter nagte.

„Ich würde auf einen der Angestellten tippen." Daniel lehnte sich nach dieser Bekanntmachung selbstbewusst zurück. „Ich habe mal ein wenig gegoogelt, als ich auf den Blumenstrauß für Laura warten musste. Die Geschichte klingt ein wenig übertrieben, so als habe hier jemand auf der Suche nach einem Geist den guten alten Shakespeare bemüht."

„Hamlet? Sein oder nicht sein?"

„Nein, etwas einfallsreicher waren sie dann schon. Sie haben dem ganzen einen Romeo und Julia Touch gegeben. Unverstandenes Liebespaar und angeblich spukt er jetzt noch durch die Gänge, sie nicht, was ich ein bisschen eigenartig finde. Aber nun gut, jedem seine eigene Fantasie."

„Und wieso sollten es deiner Meinung nach die Angestellten sein, die Ärger machen?"

„Aye, alles war relativ ruhig, nur die üblichen kleinen Geistergeschichten, die zu jeder ordentlichen schottischen Burg gehören, bis ein junger Mann den ganzen Besitz kaufte“, sagte Daniel und freute sich sichtlich darauf, die Katze aus dem Sack zu lassen. „Niemand geringeres als Logan Sanders.“

„Logan Sanders?“, fragten Molly und Rebecca im Chor. Natürlich kannten sie den Namen. Jeder kante den Namen, wenn er nur einen Funken Sinn für Promigeschichten hatte.

„Das ist nicht dein Ernst oder? Logan Sanders ist nicht wirklich unser Auftraggeber?“ Molly wurde ganz aufgeregt.

„Müsste der Name mir irgendetwas sagen?“ Julian schien keinen Blick in die Klatschspalten zu riskieren.

„Männer! Überhaupt nicht informiert“, stöhnte Molly und lehnte sich genüsslich vor, als weihe sie alle Anwesenden in einen geheimen Kult ein. „Logan Sanders ist seit etwa zwei Jahren topaktuell. Mit neunzehn Jahren wurden er, sein Bruder und ein Freund der beiden so unfassbar reich mit einer Website für den asiatischen Markt. Als sie sich dann zerstritten, verkauften sie das Ganze und nun hat Logan so eine Glücksimbiss-Kette aufgemacht, total trendy.“

„Glücksimbiss-Kette?“ Julian sah von Sekunde zu Sekunde noch irritierter aus. „Was zum Teufel soll das sein?“

„Glück kann man essen. Natürlich nicht, wenn wir so zulangen wie jetzt. Auch nicht, wenn Parker mal wieder eine Konserve in den Topf kippt und das noch als Essen bezeichnet.“, erklärte Molly bereitwillig. „Vitaminreich, vegan, frisch zubereitet und in relaxter Atmosphäre serviert. Nicht nur Smoothies, sondern noch ein wenig mehr.“

„Vegan? Was ist nur aus dem guten alten Wort ‚Vegetarisch‘ geworden?“ Julian wirkte skeptisch und seufzte dann. „Trix und Laura probieren es auch gerade aus. Der Junge liegt also wirklich im Trend.“

„Aber so richtig! Und er sieht gut aus!“

„Aber was macht er in Schottland?“

„Weil wir Schotten dem Herrn Surferboy vermutlich noch nicht körperbewusst genug sind für seine Imbisskette, will er aus der Burg ein Wohlfühlzentrum machen für Amerikaner, die abschalten wollen.“

„Wäre da nicht etwas Sonnigeres passender gewesen?“ Molly, die schon damals immer nur gen Karibik, Ibiza oder Indien hatte fliehen wollen, verstand garantiert nicht, warum Urlaube in Schottland erstrebenswert sein sollten.

„Vielleicht Sentimentalität oder er nutzt den Strom der Amerikaner, die glauben, dass sie dort noch Nachfahren finden können. In meinem kleinen Dorf kamen auch immer ganze Herden im Sommer an, um auf den Friedhöfen nach einem Brodie, MacAvoy oder Fraser zu suchen.“

„Naja, lieben die Amerikaner nicht auch so sehr Downton Abbey? Vielleicht sieht er darin den nächsten Trend?“, warf Rebecca ein.

„Warum auch immer, er wird vermutlich den geregelten Haushalt etwas durcheinanderbringen, und wir Schotten lieben unsere Traditionen.“ Daniel zog die Augenbrauen zusammen, als wäre es sein Leben, das amerikanisiert würde. „Und Haggis in veganer Form ist kein Haggis. Das ist was anderes, aber kein Haggis.“

Julian gab Daniel begeistert Recht. „Und Mädels, was wollt ihr jetzt lieber sehen? Den Promi oder noch die Geister? Nicht dass ihr mir von Geisterjägern zu Promijägern mutiert.“

~ * ~

„Ich spüre die Sehnsucht des Geistes!“, sagte Molly mit düsterer Stimme. Nur noch zehn Minuten und sie würden laut Navigationssystem Dendell Castle erreichen. Der Nervenkitzel und das Gefühl gleich in ein unfassbares neues Abenteuer zu starten, prickelte ihr im Nacken, stellte ihr die Härchen auf und jagte ihr einen angenehmen Schauer über den Rücken. „Fühlst du die Kühle, die schon hier von ihm ausgeht.“

„Das ist die Klimaanlage.“ Daniel wollte sich einfach nicht von ihrer Abenteuerlust anstecken lassen. Seit dem Pizzastop hatten sie beschlossen, dass sie mit Daniel fahren würde, da er die vergangene Nacht damit zugebracht hatte, bei eBay ersteigerte Tonbänder nach Geisterstimmen abzuhören und müde geworden war.

„Sei nicht immer so ein Spielverderber und mach mit. Komm, Daniel, lass deiner Fantasie freien Lauf. Entspann dich, schüttel die Anspannung mal raus und dann die Lippen auf das Wort ‚brrr' vibrieren lassen." Erinnerte sich Molly an Tipps aus den Zeiten, in denen sie versucht hatte, Schauspielerin zu werden.

„Nichts davon werde ich tun und du konzentrier dich lieber auf die Straßen, die sind nicht ohne hier auf dem Land."

Schmal waren sie tatsächlich geworden und Straßenbeleuchtung schien ein Fremdwort zu sein. Molly traute sich nicht Daniel, gegenüber zu erwähnen, dass es das erste Mal war, dass sie in Schottland war. In den letzten Jahren hatte sie es zwar geschafft, viel zwischen London, Bath, Manchester, Brighton und York zu pendeln, aber viel von der Welt hatte sie dabei nicht gesehen. Sie behauptete zwar gerne, dass es auf die Menschen ankam, die man traf, und in gewisser Weise stimmte das auch, aber trotzdem träumte sie noch immer, irgendwann die ganze Welt bereisen zu können.

„Ist es noch weit zu deinem Heimatdorf?", fragte Molly in einem ernsteren Tonfall. Daniel sprach nicht viel über seine Vergangenheit, sehr wohl jedoch über die Schönheit der Highlands. Außer Julian kannte wohl keiner die Geschichte, warum Daniel verlassen hatte, was er so liebte.

„Meine Heimat sind die Bücher." Daniel hielt zum Zeichen des Wahrheitsgehaltes zwei Hörbücher in die Höhe. Doch als er sah, dass sie es diesmal nicht durchgehen lassen würde, korrigierte er sich auf ca. zwei Stunden Fahrzeit. Er verfiel in Schweigen, das zeigte, dass jede weitere Nachfrage nicht mehr beantwortet werden würde.

Die Agentur der Heimatlosen hätte man sie auch nennen können. Ein jeder, sogar Laura war auf ihre Art und Weise gestrandet, um hier zwischen Gleichgesinnten etwas Neues aufzubauen. Etwas, das vielleicht halten würde. Das war auch der Grund, warum sie Rebecca zu ihnen geholt hatte. Edward hatte nicht viel von ihr übriggelassen. Sie war zu einem Schatten seiner Vorstellungen von dem, wie eine Frau zu arbeiten hatte, geworden. Das hatte Molly schon damals gesehen, als sie sich kennenlernten. Hier hatte Rebecca die Chance zu heilen, wieder ganz zu werden. So wie Molly.

Die Nacht, die Motorgeräusche und Daniels Stille ließen sie melancholisch werden. Ein Gefühl, das sie hasste, und sie unterbrach es damit, dass Daniel bei Rebecca und Julian im Wagen hinter ihnen anrufen sollte.

„Wir sind gleich da." Molly gab sich übertrieben heiter. Eine weitere Methode, die sie aus dem Schauspielunterricht gelernt hatte. Sie arbeitete von Außen nach Innen oder wie es so schön hieß: ‚Spiel es, bis du es kannst oder fühlst.

„Ich weiß", gähnte Julian. „Ich habe eben den Wegweiser zur Burg gesehen. Es wird auch Zeit. Ich bin wie erschlagen."

„Wir kommen zur besten Geisterzeit an", behauptete Rebecca. „An Schlaf wird da wohl nicht zu denken sein."

Alle anderen protestierten lautstark. Molly wollte auch nur noch ins Bett. Ihre Kontaktlinsen begannen zu zwicken, und es würde eine Wohltat sein, sie gegen ihre Brille einzutauschen. Sie konnte nur hoffen, dass die Geister sie für diese Nacht in Ruhe ließen.

Sie bogen um eine Wegkrümmung und sahen in der Ferne ein offenstehendes Tor. Es war viel gepflegter als Postley und hing nicht in den Angeln. Über dem Eingang leuchtete eine große Laterne, ganz so wie der Burgangestellte Burt es ihnen versichert hatte. Er hatte das Tor extra für sie offen gelassen und gemeint, sie sollten vorne auf dem Platz parken.

Molly verlangsamte die Fahrt und mit einem Bienenschwarm im Magen rollte sie durch das Tor. Sogar Daniel setzte sich gerade hin, um diesen Moment zu genießen. Wie sehr hatten sie auf einen solchen Auftrag gehofft. Fast jeden Abend, wenn sie noch beisammen saßen und plauderten, wie sie sich die Zukunft vorstellten, hatten sie hiervon geträumt.

Eine verspukte Burg wie man sie aus Filmen kannte.

„Kannst du diesen Burt bitte noch einmal anrufen und ihm sagen, dass wir vor Ort sind? Vielleicht ist er so nett, uns mit den Taschen zu helfen“, sagte Julian. Doch bevor Daniel etwas erwidern konnte, fuhren sie in ein Funkloch und rauschend brach die Verbindung ab.

„Daraus wird dann wohl nichts.“

Dendell selbst war eine Burg, die weder wie aus einem Märchen noch aus einer Rittergeschichte wirkte. Sie sah nicht aus wie ein Ort für Geister, da hätte sich schon eher Postley geeignet, aber vermutlich konnten es sich Seelen nicht aussuchen, wo sie hängen blieben.

Die Burg hatte vier Türme, war gradlinig, ohne verspielte Winkel, ebenso akkurat waren die Hecken gestutzt, die sich im Licht ihrer Scheinwerfer zeigten. Als wollte der Nachthimmel Dendell in Szene setzen, brach der sichelförmige Mond durch die Wolken hervor. Ihn umgab ein rötlicher Schein, ein schlechtes Zeichen, wie Molly wusste, aber es musste ja nicht ihnen gelten. Schließlich waren sie Geisterjäger, um hier den Geist zur Strecke zu bringen.

„Hoffentlich ist es nicht wieder ein gluckernder Abfluss“, schnaubte Daniel, an den letzten Fall erinnernd.

Sie brauchten dringend ein Erfolgserlebnis.

~ * ~

„Ich kann diesen Burt nicht erreichen, Funkloch!“ Daniel war noch nicht ganz ausgestiegen, als er die Information verkündete. Etwas an dem, wie er es sagte, ließ in Rebecca ein ungutes Gefühl aufkommen. Wenn sie nicht stark aufpasste, würde alles, was ihr hier begegnete, zur mutmaßlichen Gefahrenquelle werden.

„Lass weiter durchklingeln, vielleicht ist er auf der Toilette“, meinte Julian und Rebecca schüttelte den Kopf, um ihre Vorstellungen von einem durch Geisterhand getöteten

Burt zu verdrängen.

Rebecca trat ein wenig beiseite, den Ort auf sich wirken lassend. Sie musste an Dracula und seine blutdurstigen Vampirgespielinnen denken. Es erinnerte sie an ihr jüngeres Selbst, als sie den Roman von Bram Stoker gelesen hatte und dann lange Zeit nur bei Licht schlafen konnte, die Bettdecke soweit hochgezogen, dass sie ihren jungfräulichen Hals bedeckte. Sie hätte doch Knoblauchbrot in der Pizzeria essen sollen, aber das half vermutlich nicht gegen Geister, sondern nur gegen Vampire. Half überhaupt etwas gegen Geister? Werwölfe und Vampire, da wusste jedes Kind Bescheid, aber wie man Geister abwehrte, die doch in jedem Kinderzimmer unter dem Bett und im Schrank lauerten, lernte man nicht mehr durch die einschlägige Kinderliteratur. Es war eben anscheinend doch nicht gegen alles ein Kraut gewachsen.

Hoffentlich hatten wenigstens Molly, Daniel und Julian eine Ahnung von dem, was sie hier taten, sie jedenfalls hatte es nicht.

Rebecca sah sich um, und an einem der Turmfenster blieb ihr Blick hängen. Sie hatte das Gefühl, dass dort oben etwas war, das sie nicht sehen konnte, das sie aber sehr wohl beobachtete.

„Schaurig, oder?“, Molly wies zu den Fenstern empor und legte von hinten einen Arm um ihre Schultern. „Ob der Geist uns schon entdeckt hat und sich fragt, wer wir wohl sind?“

„Wenn der Geist Ohren hat, dann wird er das wohl schon wissen“, mischte sich Daniel ein. „Ich habe wieder ein Freizeichen, aber Burt geht nicht ran. Ich glaube, wir sollten mal nachsehen gehen, bevor wir den Wagen entladen und feststellen, dass Burt vielleicht gegangen ist oder im Weinkeller seinen Rausch ausschläft.“

„Gute Idee“, Julian stellte umgehend das Entladen des Gepäcks ein.

Molly war noch immer ein energievoller Wirbelwind, spurtete los und die Freitreppe hinauf zur großen Eingangstür. Mit dumpfen Schlägen hämmerte sie dagegen, lautstark

Einlass fordernd, mehr Ähnlichkeit mit einer betrunkenen Randaliererin als mit einer übermüdeten Geisterjägerin. Nichts in der Burg rührte sich. Kein Licht ging an, kein Geräusch drang durch die dicken Mauern, nichts als Stille, in die sie angestrengt hinein lauschten.

„Willkommen auf Dendell Castle, wir empfangen sie mit offenen Armen." Daniel setzte sich auf die Ladefläche des Kofferraums. „Soll ich schon mal die Unterkünfte hier in der Nähe durchtelefonieren?"

„Na, die werden sich um ein Uhr nachts freuen", bemerkte Julian. „Hier in der Umgebung sind das doch sicherlich alles Privatleute, die Zimmer vermieten."

„Und deswegen immer bereit, ein Pfund extra zu machen", entgegnete Daniel.

„Probier es weiter bei Burt, ein Auto steht hier ja noch." Julian holte aus einer der Taschen zwei Stabtaschenlampen und drückte sie ihnen in die Hand.

„Reicht nicht auch das Smartphone?" Daniel sah ein wenig skeptisch auf das schwere Metall in seiner Hand.

„Nicht, wenn du es zur Not jemanden über den Schädel ziehen musst. Wenn deine These mit den Angestellten stimmt, sollten sie versuchen, uns ganz schnell loszuwerden."

Rebecca fror bei diesen Aussichten und blickte sich nervös um. Nicht nur, dass man es mit Geistern zutun bekam, jetzt sollte sie sich auch vor gewaltbereiten Menschen in Acht nehmen.

Nach zwei weiteren Versuchen, Burt ans Telefon zu bekommen, steckte Daniel resignierend sein Smartphone weg. „Ich würde vorschlagen, Rebecca und ich gehen mal auf Entdeckungstour und ihr wartet darauf, dass sich Burt hier zeigt. Vielleicht entdecken wir ja irgendwo Licht, und ich kann Steine ans Fenster werfen."

„Steinchen", korrigierte Julian ermahnend. „Ich habe keine Lust, eine Rechnung zu bekommen von diesem Logan Sanders, ich will ihm eine schreiben."

Mit einem schrägen Grinsen sprang Daniel auf und deutete

Rebecca an, ihm zu folgen. Sie war unschlüssig, ob sie Daniel begleiten sollte. Die Dunkelheit erschien ihr plötzlich sehr dunkel.

„Hat da jemand Angst vor Geistern?“, provozierte Daniel sie, als er sich nach ein paar Schritten zu ihr umdrehte und feststellte, dass Rebecca sich noch immer nicht durchgerungen hatte ihm, zu folgen.

Vorsichtig setzte sich Rebecca in Bewegung, als gelte es geheimen Gruben und Fallen zu entgehen. Schließlich seufzte sie und gab sich einen Ruck, sich selbst einredend, dass es purer Unsinn war, an Geister zu glauben. Alles was sie beweisen würden, wäre, dass es Menschen gab, die so wie Rebecca sich schnell in ihrer eigenen Fantasie verliefen.

Sie folgten einem schmalen Weg, der gerade breit genug war, dass zwei Personen nebeneinander gehen konnten. Er schlängelte sich, dicht an die Burg geschmiegt, in die ungewisse Düsternis.

Irgendwie hatte Rebecca es sich immer romantischer vorgestellt, wenn sie daran gedacht hatte, mit einem Mann des Nachts in einem herrschaftlichen Garten spazieren zu gehen. Sie hatte geglaubt, dass sie in einer nicht allzu fernen Zukunft mit ihrem Liebsten zärtliche Belanglosigkeiten austauschte, die unterbrochen wurden von sanften Küssen, voller Glück zum Mond hinauf sehend. Doch wie meistens im Leben kam alles anders, als man dachte, und so klammerte sich Rebecca an ihre Taschenlampe. Ihr Herz schlug jetzt bis zum Hals.

„Wenn es dich beruhigt, kannst du ruhig ein Liedchen pfeifen. Sei doch locker. Wie soll das erst mit dir werden, wenn tatsächlich ein Geist vor dir steht? Erstarrst du dann zur Salzsäule?“

Rebecca wusste, dass er sie nur necken wollte, und trotzdem fühlte sie sich ertappt. Er hatte ja Recht. Sie versuchte sich zu entspannen, doch kaum raschelte es im Gebüsch, verkrampfte sie sich gleich wieder.

„Hör auf damit! Es ist meine erste Geisterjagd. Für mich

hat sich noch kein Geist als Marder auf dem Dachboden entpuppt."

Daniel blieb stehen, kämpfte sich durch das Gebüsch zum einem Fenster durch und hämmerte dagegen. „Hey! Aufmachen!"

Sie lauschten. Nichts.

„Vielleicht haben sie Burt umgebracht. Jetzt liegt er da zerquetscht von einem herab gekrachten Kronleuchter mitten in der Eingangshalle." Daniel gab es auf und gesellte sich wieder zu Rebecca.

„Das glaubst du doch selbst nicht." Rebecca gab sich unterkühlt, weil sie lieber an etwas anderes denken wollte, zum Beispiel, dass Burt und das Stubenmädchen ein Stelldichein in einem der Zimmer hatten.

„Was machen wir, wenn keiner aufmacht?", erkundigte sich Rebecca, die keine Lust hatte, wieder ins Auto zu steigen, durch die Gegend zu kurven und verschlafene Leute wegen einer Unterkunft aus dem Bett zu scheuchen.

Plötzlich hörten sie etwas, das wie ein dumpfer Schlag klang. Daniels gesamte Körperhaltung veränderte sich. Er wirkte jetzt wie ein Raubtier, das auf den rechten Moment wartete, um mit einem Satz über seine Beute herzufallen. Stimmen lagen in der Luft. Daniel legte einen Finger an die Lippen und pirschte sich näher an die Stelle heran, von der das Geräusch kam. Rebeccas Herz trommelte, und die feinen Haare in ihrem Nacken stellten sich auf.

„Das ist ein Fehler! Das ist viel zu hoch, das kann nicht...", hallte es plötzlich durch die Nacht, gefolgt von einem Aufschrei, dann das Knacken von Zweigen.

Daniel schob sich mit seinem Körper schützend vor Rebecca und drängte sie in den tiefen Schatten der Burgmauer.

Schmerzenslaute waren zu hören.

„Brian?", hörten sie eine Stimme in einem breiten schottischen Akzent eine andere Stimme rufen. „Bist du am Sterben?"

~ * ~

Molly hatte schon immer Schwierigkeiten mit dem Verstehen von starken Akzenten gehabt, und so sah sie oftmals ratlos zu Daniel herüber, der ihr dann zuraunte, was gesagt wurde, wenn es für sie ganz unverständlich wurde. Dabei hatte sie geglaubt, die vergangenen Monate mit ihm, hätten sie auf Schotten vorbereitet, doch dem war wohl nicht so.

Wie gut, dass sich der Krankenwagen noch gelohnt hat. Aber wenn es wirklich nur der Arm ist, den er sich gebrochen hat, dann wird er bald wieder werden." Burt Morton hatte sich als kleiner Mann von vielleicht Ende Zwanzig herausgestellt. Er hatte das Gesicht eines Igels mit großen dunkelbraunen Kinderaugen, die in ihrem naiven Ausdruck viel von der nicht vorhandenen Intelligenz verrieten.

Sie waren Burt durch die vielen steinernen Korridore gefolgt bis zu der Stelle, an der Burt und die anderen Angestellten vom Geist angeblich eingeschlossen worden waren.

Julian griff sich einmal mehr in die Haare. Dies war nicht der Start in ein Abenteuer, den er sich erhofft hatte, wie sie einem belauschten Telefonat mit Laura entnahm. Er war unsicher, ob sie sich nicht übernommen hatten und glaubte, dass ein Abenteuer, das mit Blaulicht begann, auch damit enden würde.

„Das Grünzeug fällt dann jetzt wohl auch noch in meinen Aufgabenbereich, bis die Gartenspezialisten kommen." Burt seufzte schwer, an all die Arbeit denkend.

„Was passiert eigentlich mit den ganzen Angestellten, wenn Mr. Sanders die Burg übernimmt?", fragte Rebecca die Rolle übernehmend, für die sie eingestellt worden war.

„Oh, Mr. Sanders ist ein ganz großartiger Mann, der lässt uns alle hier weiter arbeiten. Besonders die Campbells werden davon profitieren, aber das ist ja schon das halbe Dorf."

„Campbells?" Rebecca machte sich wunderbar, hörte genau

zu und fragte nach. Molly war stolz auf sie. Rebeccas Erfolge waren auch ihre Erfolge, hatte sie sich doch für das Mädchen verbürgt.

„Die machen hier alles, die Feuerwehr, die Polizei, das Krankenhaus und den Pub. Wann immer man hier einen Laden oder so was betritt, ist mindestens einer ein Campbell, und die anderen sind wenigstens verschwägert oder sonst wie mit ihnen verwandt. Es gibt sogar den Witz, wenn man einen Stein wirft, wird man einen Campbell treffen.“ Burt schien sich darüber zu amüsieren, was Molly keinesfalls verstehen konnte.

„Ist ja schön“, unterbrach Julian ihn, bevor weitere Ausführungen folgten. Burt schien nicht wirklich zwischen brauchbaren Informationen und unbedeutenden unterscheiden zu können.

„Ich würde aber gerne irgendwann in mein Bett fallen.“

„Ach ja, die Zimmer“, erinnerte sich Burt und hielt eine Liste in die Höhe, mit all den Dingen, die er zu erledigen hatte. „Die alten Burgführer habe ich schon ausgeteilt, oder?“

Molly verdrehte die Augen nach oben und wedelte mit ihrer Broschüre.

„Die Zimmer!“ Julian schien langsam wütend zu werden, etwas das sie bis jetzt nur einmal erlebt hatte, als seine Nichte Trix vollkommen verstört von der Schule gekommen war, weil Mädchen von ihr Bilder mit fiesen Untertiteln ins Netz gestellt hatten.

„Die Zimmer können sie zwar beziehen, aber wir hatten mit weniger Personen gerechnet und nur zwei fertig gemacht. Wenn es unangenehm ist, könnte ich vermutlich noch eins finden, dass sie nehmen könnten, aber das würde dauern und vielleicht wäre auch keine frische Wäsche da. Das hätte jetzt Ian beantworten können, aber der ist ja eben schon gefahren.“

„Einzelbetten oder ein großes Doppelbett?“ Sie konnte es sich nicht verkneifen, ließ ihre Stimme sexy rau werden und blickte Burt tief in die Augen. Sie konnte sehen wie Burt rot wurde, nervös in seine Liste blickte und schluckte.

„In dem einen Zimmer Einzelbetten und in dem anderen ein großes Doppelbett.“ Burt schluckte schwer.

„Becky, lassen wir den Männern die Einzelbetten?“ Sie sprach extra langsam, damit Burt auch genau verstand, was sie da sagte.

„Worauf ihr Gift nehmen könnt“, sagte Daniel entschieden, der die ganze Zeit schon an dem Türschloss hantierte. „Burt, jetzt mal ehrlich, denk mal nach, das kann nicht der Geist gewesen sein. Geister drehen keine Schlüssel im Schloss um.“

„Doch!“, behauptete Burt störrisch. „Raymond macht es ständig.“

Raymond, so hieß er also, der Romantiker. Ein Lächeln legte sich bei dem Gedanken an ihn auf ihre Lippen. Sie hatte ein Faible für dramatische Liebesgeschichten und noch mehr für verträumte Seelen.

„Burt!“, probierte es Daniel noch einmal. „Du wirst doch mal darüber nachgedacht haben, wenn dies alles nicht von Spuk ausgelöst wäre, wer könnte dann vielleicht hier den Geist spielen?“

„Nein, es ist der Geist, und er mag es nicht, wenn man ihn beleidigt.“ Burt begann sich ängstlich umzusehen, als erwarte er, dass der Geist sich auf irgendeine Weise bemerkbar machte. „Kamt ihr gar nicht auf den Gedanken, mit euren Smartphones Hilfe zu holen?“, versuchte Daniel, doch noch etwas aus ihm herauszulocken.

„Seit zwei Monaten hat er raus, wie er die Mobilfunknetze stören kann.“ Burt erschauerte sichtlich und wurde bei den Erinnerungen ein wenig blass um die Nase. „Wir haben meist nur Rauschen, wenn er da ist und das eine Mal …“

„Ja?“, hakte Julian mit sanfter Stimme nach, um den armen Burt nicht noch mehr zu verschrecken, als dieser nicht mit der Sprache heraus wollte.

„Da war seine kalte Stimme in der Leitung, als Mr. Jenkins mit Mr. Sanders sprach. Aber könnten wir nicht über etwas anderes reden?“ Immer schneller huschten seine Augen umher, und er machte sich kleiner, als er eh schon war, als würde er dann weniger Angriffsfläche bieten.

„Sagst du mir, was er gesagt hat?" Julian fixierte ihn fest.

Burt schüttelte verneinend mit dem Kopf: „Da werden sie Mr. Jenkins morgen fragen müssen."

„Burt!"

„Er hat ‚Claire' gesagt", flüsterte Burt zusammenzuckend, und als ob dies das Codewort gewesen sei, flackerte die Lampe direkt über ihnen, bis sie mit einem Knistern erlosch. Molly zog eine Augenbraue hoch, das war jetzt sogar für ihre Verhältnisse zu unglaubwürdig. Nichts als schlechte Schauspielerei.

„Wieso waren eigentlich bis eben noch so viele von euch in der Burg?", erkundigte sich Daniel als sei nichts geschehen, bei dem vor sich hin murmelnden Burt.

„Ich wollte nicht allein mit Mr. Jenkins in der Burg bleiben, und da sind die anderen zum Kartenspielen geblieben. Kein Angestellter wurde je angegriffen, aber man kann nie wissen, aye? Ich würde jetzt auch gerne gleich gehen, wenn es recht wäre."

„Wirklich?", fragte Molly in einem gespielt bedauernden Tonfall.

Burt schluckte schwer, aber nicht einmal Molly kam mit ihrem Charme gegen seine Gespensterangst an. Nachdenklich wanderte ihr Blick zu der Lampe empor. Und was wenn dies alles doch Spuk war?

~ * ~

„Das sieht ziemlich nach Dienstbotenzimmer aus", nörgelte Molly und warf sich direkt mit Schwung auf das Himmelbett aus massivem Holz, dass die Vorhänge mit dem altmodischen Rosenmotiv wippten.

„Naja, sind wir das nicht letztlich auch?", stellte Rebecca die Gegenfrage.

„Muss man uns deswegen auch so behandeln? Der Raum ist nett, aber ich weiß, dass es bessere Zimmer gibt, die jetzt garantiert von niemandem genutzt werden. Das ist degradierend. Wenn in der ersten Klasse eines Flugzeugs Plätze frei sind, wünscht man sich doch auch, dass jemand kommt und sagt ‚Tada! Es ist ihr Glückstag - Hier ist ihr upgrade'. Die ungenutzten prunkvollen Zimmer nutzen niemanden, wenn sie leerstehen, also warum dürfen wir nicht in den hochherrschaftlichen Betten schlafen? Nur weil wir nicht dafür zahlen könnten?"

Mollys Geplapper möglichst ausblendend, setzte Rebecca Paddington auf ihr Kopfkissen. Ihr war es egal, wo sie schliefen.

„Was meinst du, wer in diesem Raum gelebt hat?", fragte Molly, während sie auspackte und dabei Kerzen, Meditationskissen, zahllose Kleidungsstücke und sogar Räucherstäbchen aus ihren Taschen kramte.

„Keine Ahnung. Könnte jeder gewesen sein."

„Ist wahrscheinlich besser, wenn ich den Ort von negativen Schwingungen reinige." Molly türmte ihre Haare zu einem hohen Turm auf und schnürte sie dann routiniert mit einem bunten Seidenschal zusammen.

„Dauert das lange?" Auf stundenlanges Reinigen und eine Gong Zeremonie konnte Rebecca jetzt gut und gerne verzichten.

„Es dauert nicht so lange, als wenn man versucht unerwünschte Energien wieder aus seiner Aura zu bekommen", meinte Molly ernsthaft.

„Hast du etwas dagegen, wenn ich schon einmal ins Badezimmer gehe?" Rebecca war so unglaublich dankbar, dass es direkt an das Zimmer grenzte und sie nicht erst in den gruseligen Flur hinaus musste.

„Geh ruhig, wenn du zurückkommst, ist alles von negativen Energien gereinigt, und ich werde es auch gleich geistersicher machen."

„Wie willst du das denn machen?" So ganz konnte Rebecca

den skeptischen Ton nicht unterdrücken.

„Salz!“ Molly hielt zwei Packungen Speisesalz in den Händen und schüttelte sie, als seien es Maracas. „Es ist ein uraltes Mittel. Das haben schon unsere Großmütter benutzt, um Energien draußen zu halten oder sie zu neutralisieren.“

Rebecca dachte an ihre nüchterne Großmutter und bezweifelte das stark.

„Ich bin dann mal …“, sagte Rebecca und wies auf das Badezimmer, doch Molly war bereits dabei sich umzuziehen. Rebecca öffnete die Tür, knipste das Licht an und wurde mit ihrem Gesicht konfrontiert, dass ihr aus dem Spiegel über dem Waschbecken müde entgegensah.

Das kleine angrenzende Badezimmer war enorm schmal und wirkte frisch renoviert. Die auf antik getrimmten Armaturen blitzten über einer bildschönen Duschwanne, die auf den ersten Blick, wie ein Märchenbrunnen wirkte. Schnell schlüpfte Rebecca aus ihren Sachen und ließ voller Genuss warmes Wasser über ihren Körper fließen.

Es dauerte nicht lange, da vermischten sich der Klang des Wassers mit indischen Mantras und Mollys etwas schiefer Stimme, die durch die Tür gedämpft zu ihr drang.

Vermutlich tanzt sie auch noch, dachte Rebecca, während sie sich abtrocknete und dann anfing, ihre Zähne zu putzen.

Als sie in das Zimmer zurückkam, saß Molly aufrecht im Lotossitz auf dem Bett, in ein kimonoartiges Gewand gekleidet und meditierte, die Nachtbrille schräg auf dem Kopf thronend. Trotz der nahenden Morgenstunden sah Molly im Schein der Kerzen wie ein Hollywood Starlet aus, während Rebecca sich in ihrer Pyjamahose und dem Tank Top eher wie eine Dorfpomeranze fühlte.

Eins hatte Molly ganz sicher geschafft, wenn es hier im Raum auch nur ein klein wenig nach Muff gerochen hatte, so hatte Molly ihm mit einem Duftgemisch aus Vanille und Rose den Garaus gemacht. Entlang der Wand zog sich lückenlos eine dünne Salzspur, sogar auf der Fensterbank hatte Molly eine salzige Linie gezogen.

Rebecca schlich leise zu ihrem Smartphone, unnötige Geräusche vermeidend, damit sie Molly nicht auf sich aufmerksam machte und sah nach, ob ihr jemand geschrieben hatte – Doch das Display zeigte keine neuen Nachrichten an. Seit Edward aus ihrem Leben verschwunden war, hatten sich mit ihm auch die gemeinsamen Bekannten zurückgezogen, und ihre Familie meldete sich auch nur eher sporadisch. Enttäuscht ließ sie das Smartphone wieder in ihre Tasche gleiten und wandte sich wieder dem Bett zu.

Als ob sie Rebeccas Blick auf sich gespürt hätte, öffnete Molly langsam die Augen, so als würde sie aus einer Trance erwachen: „Er ist nicht böse. Er ist voller Traurigkeit und Sehnsucht."

Beim Klang von Mollys monotoner Stimme, lief es Rebecca eiskalt über den Rücken. Verunsichert beobachtete sie Molly, darauf gefasst, dass sie auch noch die Augen verdrehen, in Richtung Decke schweben oder wohlmöglich gleich im Spiderwalk auf sie zukommen könnte.

„Er ist unglücklich, dass wir ihm nicht vertrauen, dass wir ihn aussperren."

„Molly, hör sofort mit diesem Ton auf, du machst mir Angst, wenn du so sprichst!"

„Angsthase", lachte Molly und veränderte sich binnen einer Sekunde komplett. Genüsslich wie eine Katze reckte sie sich. „Wenn man mit der übernatürlichen Welt Verbindung aufnehmen möchte, muss man ganz ruhig sein, sich auf ihre Schwingung einlassen. Sie leben in einer anderen Dimension, und jegliche Veränderung oder Aufregung erschwert die Kontaktaufnahme. Es herrschen dort andere Gesetze. Es sind feinstoffliche Wesen, die sich durch Gefühle, Gerüche, Töne oder Farben bemerkbar machen. Wir haben auch eine leuchtende Aura um uns. Meine ist golden."

Molly sprang vom Bett auf, zückte ihr nach Rose duftendes Gedankenspray und sprühte sie von oben bis unten ein. Das alles geschah so schnell, dass Rebecca in ihrer Verblüffung nicht reagieren konnte.

„Hey!“, protestierte Rebecca noch, doch da hatte Molly den kleinen Zerstäuber schon wieder in ihren BH zurückgesteckt.

„Besser als die Seele verlieren, oder?“, fragte Molly und wer hätte ihr da widersprechen können? „Wir werden in diesem uralten Bett schlafen, wer weiß, wer darin gestorben ist oder welch böse Menschen darin lagen und ihre finsteren Pläne ausheckten. Da sind sicher noch Schwingungen verhaftet, die dann nachts ausströmen und in deine Aura eindringen wie Zecken. Und auf einmal denkst du über Dinge nach, die nicht zu dir gehören, verspürst Lust auf etwas, das völlig untypisch für dich ist oder wirst depressiv. Man kann mit Schwingungen nicht sorgsam genug umgehen.“

Tänzelnd schlenderte Molly zum Badezimmer, doch dann hielt sie inne. Sie ging drei Schritte zurück und betrachtete die Tür. Abwehrend hob sie die Hände, dann schüttelte sie den Kopf, als wolle sie Gedanken aus ihrem Kopf vertreiben.

„Was ist?“

„Ich glaubte gerade eine Präsenz zu spüren, aber nein, ich habe mich getäuscht.“

Langsam öffnete sie die Tür und sah sich selbst im Spiegel, ansonsten war dort niemand. Molly kam zurück, nahm das Salz und eine der herunterbrennenden Duftkerzen.

„Weißt du, was ich gar nicht leiden kann? Spannergeister, die meinen, sich bei Frauen im Badezimmer einzunisten. Hey Mr. Victorian, wo bleibt ihre Erziehung?“

Nichts geschah und Rebecca wagte es, ihren Kopf aufs Kissen zu legen. So einfältig dies auch alles vermutlich war, aber Mollys Sicherheitsvorkehrungen gaben ihr trotzdem das Gefühl, beschützt zu sein. Sie dachte mit einem Schaudern daran, dass der Geist sie hätte beobachten können und dann glitt sie ins Reich der Träume, während Molly leise im Bad hantierte.

~ * ~

Am nächsten Morgen fühlten sich Rebecca und Molly putzmunter, kein Geist hatte durchs Zimmer oder ihre Träume gespukt. Sie hatten sich zu den Klängen von Shakira und Beyoncé angezogen, geschminkt, etwas aufgeräumt und Molly hatte es gerade geschafft, die wundervolle Aussicht aus ihrem Fenster zu fotografieren und sie für ihre Follower auf Twitter und Instagram zu veröffentlichen, als es auch schon an ihre Tür klopfte.

„Guten Morgen!“, riss Molly die Tür auf und begrüßte freudestrahlend Julian und Daniel, die übernächtigt wirkten.

„Sagt mir nicht, dass ihr schlafen konntet!“, grummelte Daniel und Julian rieb sich verdrießlich den Nacken, um seine Kopfschmerzen zu vertreiben.

„Becky, konntest du schlafen?“, fragte Molly vergnügt.

„So gut, wie seit Wochen nicht mehr!“

„Wir nicht! Ich bin ständig aufgewacht, weil das Holz geknackt oder ein gewisser Jemand geschnarcht hat.“ Daniel gähnte laut und Julian sah so aus, als ob er Einspruch erheben wollte, aber Daniel war mit seinen Klagen noch nicht fertig. „Und dann, kaum, dass ich endlich eingeschlafen bin, ruft Laura um acht Uhr morgens an. Julian hatte natürlich das Smartphone auf volle Lautstärke eingestellt und so stand ich fast senkrecht im Bett und meinte, ich stände plötzlich bei einer Wagner Oper mitten auf der Bühne.“

Verständnislos sah Rebecca Daniel an.

„Sein Klingelton für Laura ist ‚Der Walkürenritt‘, glaub mir, davon will man nicht geweckt werden.“ Daniel schickte Julian einen vorwurfsvollen Blick.

„Was habt ihr denn hier gemacht?“ Julian ignorierte Daniels Vorwürfe und folgte mit seinem Blick der Salzlinie.

Molly packte Julian am Arm und schob ihn energisch in Richtung Flur zurück, bevor er sich weiter im Zimmer umschauen konnte. „Das ist einer der Gründe, warum wir so gut geschlafen haben und ihr nicht. Ist Logan Sanders schon da?“

„Wir haben um Punkt zwölf Uhr einen Termin mit ihm,

doch vorher habe ich Hunger. Der Brunch wartet und ich kann es kaum abwarten, endlich einen Kaffee zu bekommen", erklärte Julian. Gemeinsam gingen sie durch die Gänge und Rebecca war erstaunt, wie der Sonnenschein die in der Nacht bedrohlich wirkenden Gänge positiv verwandelt hatte. Nicht so gemütlich und nicht so schön wie Postley House, aber doch so, dass man sich wohlfühlen konnte.

Unten auf dem Kies standen schon mehrere Wagen, ein roter Sprinter trug den Schriftzug einer Baufirma, aus der Handwerker diverse Gerätschaften luden. Die Menschen wirkten geschäftig, diskutierten in kleinen Gruppen oder eilten hin und her.

„Die Neuen", erklärte Daniel. „Alle aus den USA. Sie weigern sich sogar im Dorf zu schlafen und nehmen lieber den langen Weg von Glasgow Tag für Tag auf sich, nur aus Angst, der Geist könne sich nachts an ihnen rächen, weil sie hier arbeiten."

„Woher weißt du das alles?", fragte Rebecca.

„Wenn du aus einem kleinen Dorf in den Highlands kommst, dann ist Klatsch und Tratsch dein Lebenselixier und wie sich herausstellte, ist unser lieber Burt ein waschechter Highlander, auch wenn er nicht so wirkt. Wir haben sogar einen gemeinsamen Vorfahren entdeckt."

„Also ist er weder der Geist noch in die Geistergeschichten eingeweiht?"

„Nein, dafür weiß er, wer mit wem und wer wo arbeitete und wer mit wem verwandt ist", verkündete Daniel mit einer Spur von stolz. „Und weil er das weiß, weiß ich es nun auch."

„Ist es was Schottisches, was unter euch stattfindet?", fragte Julian belustigt.

„Aye, wenn es so weitergeht, werden wir noch einen Kiltvergleich machen oder Haferkekswettessen. Nur kein Neid, wir Schotten halten wenigstens zusammen, was man von euch Engländern nicht erwarten kann."

Eine Tür zu ihrer Linken öffnete sich und heraus trat ein hochgewachsener älterer Mann, der sicherlich fast 2 Meter groß war und Julian und Daniel kopfhoch überragte. Er hielt sich kerzengerade und sein Gesicht verriet, dass man von ihm keine spontanen Anfälle von Heiterkeit zu erwarten hatte. Er trug einen akkuraten Anzug und strahlte so viel Würde und Zurückhaltung aus, dass er ohne Frage der Butler des Hauses war.

„Willkommen auf Dendell Castle“, sagte der Butler. „Mein Name ist Jenkins. Ich möchte mich in aller Form bei Ihnen entschuldigen, dass ich Sie gestern nicht persönlich begrüßen konnte, aber eine Unpässlichkeit zwang mich zur Bettruhe. Ich habe erst heute Morgen von den unsäglichen Zwischenfällen erfahren. Mr. Sanders bat mich, Sie schon einmal ins Esszimmer zu geleiten. Er selbst nimmt seine Mahlzeit erst später ein und Sie sollten es sich bitte munden lassen.“

Er führte sie durch die Räumlichkeiten. Es war Rebeccas erste Begegnung mit einem echten Butler, und sie fand es so spannend als sei er ein seltenes Tier im Zoo. Butler waren so selten geworden. Dieser wirkte auf den ersten Blick ganz so, wie sich Rebecca Butler immer vorgestellt hatte, als wüsste er genau Bescheid über geheime Polituren für blitzende Schuhe und alles was seinen Herrn aus einer misslichen Lage befreien könnte. Rebecca hatte schon immer die steife Würde der Butler in englischen Filmen bewundert, die oftmals adliger wirkten als die Blaublüter, für die sie arbeiteten.

„Wurden schon viele Veränderungen seit der Übernahme durch Mr. Sanders durchgeführt?“, erkundigte sich Julian, dessen Stimme im Beisein des Butlers irgendwie herrschaftlicher klang, noch tiefer wie das Grollen eines Bären und um einiges klangvoller, seine Worte genau artikuliert. Ob sein Großvater einen Butler gehabt hatte?

„In einigen Badezimmern wurden die sanitären Einrichtungen bereits erneuert und modernisiert, wie Sie vielleicht bereits feststellen konnten. An der nördlichen Seite wurden die Fenster mit Dreifachverglasung ausgestattet, und die Küche wurde den Bedürfnissen der funktionellen Arbeitsweise eines Hotelbetriebes angepasst und mit den neuesten Gerätschaften ausgestattet."

Julian nickte verstehend: „Mit Umbauarbeiten kenne ich mich derweil gut aus."

„Es ist eine Plage."

Ob er den Schmutz und den Dreck meinte, oder dass hier Hand angelegt wurde an dieses alte Gebäude, das Generationen der vorigen Besitzer versucht hatten zu bewahren, konnte Rebecca nicht einschätzen.

Jenkins öffnete eine Tür und bedeutete ihnen, in einen länglichen Raum einzutreten, an dessen einer Seite viele Fenster waren und an der anderen ein großer Kamin mit üppigen Schnitzereien. Darüber prangte eine Fuchsjagdszene.

„Nach dem offiziellen Treffen mit Mr. Sanders können Sie sich in der Bibliothek die Unterlagen abholen und einen Plan der Burg." Mit diesen Worten wies er auf ein Büffet, das den kühnsten Träumen entsprungen zu sein schien. Auf sie wartete frisches Obst im Zentrum und darum herum befanden sich mehrere Speisen, teilweise auf Wärmeplatten angerichtet, vor denen Karten mit Beschreibungen der Gerichte standen.

„Der Koch lässt Ihnen ausrichten, dass Sie sich nach diesem Brunch energievoller fühlen als jemals in ihrem Leben zuvor."

Rebecca bezweifelte das stark. Wer sollte das alles essen? Was für eine Verschwendung, und wenn sie diese Berge an Essen bewältigten, würde sich vermutlich keiner von ihnen je wieder bewegen können.

Etwas unsicher einander Blicke zuwerfend, nahmen sie sich jeder einen Teller, nur Molly glühte vor Vorfreude, klickte mit ihrem Smartphone und angelte sich einen mit grünlicher Creme beschmierten Bagel ab, von dem sie sofort ein Stückchen kräftig abbiss.

„Es ist himmlisch!", schwärmte Molly und nahm einen zweiten Bissen. „Es ist das Paradies!"

„Nun ja", entwischte es Jenkins. „Sollten Sie etwas benötigen, dann zögern Sie bitte nicht, die Klingel zu benutzen, damit Ihnen einer der Angestellten zu Hilfe kommt. Mr. Sanders sollte ja auch jeden Augenblick eintreffen."

Er sah sich um, zuckte dann leicht mit den Schultern, und es wirkte auf Rebecca als würde er versuchen, entgegen aller Resignation sich in sein Schicksal zu ergeben. Oder vielleicht projizierte Rebecca dies alles auch nur auf Jenkins, weil sie sich so gefühlt hätte, wenn sie den Spagat machen müsste, zwischen Loyalität dem neuen Herren gegenüber, Respekt vor dem Alten und der Hilflosigkeit, das alles was einem lieb und teuer war, verändert wurde.

„Bananen-Quinoa-Pancakes. Hat jemand schon dieses Quinoa probiert?", fragte Molly, die wie eine Biene von einem Teller zum nächsten flog.

„Klingt nicht nach einem Lebensmittel, sondern nach einem Stamm in Afrika, wenn du mich fragst!", brummelte Julian und wagte sich skeptisch an das Büffet. „Himmel, ich bin ein Mensch und kein Gorilla."

„Dickes Gorillamännchen, du tun viel für Figur und Wohlbefinden, wenn du essen all das Obst", lachte Molly und klatschte ihm mit ihrer Hand auf den Bauch. „Du willst doch noch sorgen für Nachwuchs, der dann ebenfalls wird großes starkes Gorilla."

„Komm mir nicht so." Julian hob warnend die Hand. „Von Nachwuchs will ich nichts hören. Ich will weder was von kleinen Äffchen hören, noch davon dass ich meine Hauptfrau krönen soll."

„Du hast eine vollkommen falsche Auffassung vom Leben. Du musst nichts aufgeben, wenn du heiratest oder Kinder hast, du erweiterst einfach nur dein Glück um ein paar neue Komponenten", klärte ihn Molly auf.

„Dann frag ich mich, warum du weder ein Kind auf dem Arm hast, noch einen Ring am Finger", schaltete sich nun Daniel zu Julians Verteidigung mit ein. „Wenn es doch nur eine Erweiterung der Glückskomponenten ist."

„Alles zum richtigen Zeitpunkt, man kann das Schicksal

nicht zwingen. Du brauchst gar nicht so abfällig zu tun, wenn es bei dir so weit ist, wirst du noch an meine Worte denken.“

Rebecca, Julian und Daniel hielten nach Essen Ausschau, das sie kannten. Sie trauten den Kreationen nicht. Wer wusste schon, woraus diese Bagels gemacht waren, machten sie doch einen sehr gesunden Eindruck und was verbarg sich in dem Müsli? Das sah nicht aus wie normale Haferflocken, denn es waren weiße Kügelchen darin. Auf den Schildchen standen zwar Begriffe, aber keiner von ihnen wusste, wie es schmeckte. Wer konnte einschätzen, was ihn erwartete, bei Wörtern wie Amaranth, Reissirup, Mandelmus, Agavendicksaft und Matcha.

„Ich fühle mich wie gerädert, und jetzt soll ich mich auch noch wie ein Kaninchen ernähren. Das wird nix, nach dem Gespräch fahr ich in eins der Dörfer in der Gegend und hol mir was Richtiges auf den Teller! Die Leute bleiben der Burg nicht wegen des Geistes fern, die wollen sich einfach nur richtig ernähren.“

„Jetzt iss! Wie sieht es aus, wenn Logan Sanders gleich durch diese Tür kommt und du das Essen ansiehst, als habe er dir geröstete Insekten angeboten“, drangte Molly. „Ich versteh es nicht, ihr esst alles, was im Kühlschrank ist ohne aufs Etikett zu schauen, aber hier seid ihr plötzlich etepetete Gourmets die sich zieren wie kleine Mädchen.“

Rebecca entschied sich für das Müsli und fand es nach den ersten Bissen gar nicht schlecht, nur die Milch hatte einen Nachgeschmack, den sie nicht mochte. Julian und Daniel schienen sich jedoch in ihrem Widerwillen gegen die Kaninchennahrung verschworen zu haben. Sie stocherten lustlos auf ihren Teller herum und redeten nur darüber, was sie später am Tag essen könnten, wenn sie erst in der Stadt seien. Da half es auch nicht, dass Molly immer wieder anmerkte, wie albern sie waren.

Doch als sich die Tür öffnete, verstummten sie alle sofort.

Logan Sanders betrat den Raum flankiert von zwei weiblichen Assistentinnen in Bleistiftröcken und engen Blusen, ganz so, als seien sie gerade einem Männertraum entsprungen. Er selbst war sehr leger, der Typ Mann, der so selbstbewusst war, dass er mehr glänzte als Statussymbole es je gekonnt hätten. In jeder Sekunde war er sich seines Wertes bewusst. Er glänzte wie ein neuer Pfennig, wie Rebeccas Großmutter gesagt hätte. Er war ebenso groß wie Julian, sein Kreuz noch breiter, seine eher kleinen Augen von einem intensiven Blau, so dass man sofort an die Südsee denken musste und jede Frau auf der Stelle den Wunsch verspürte, in ihnen zu versinken. Sie hatte Fotos von ihm in den Zeitschriften gesehen, doch sie hatte es für Photoshop gehalten, für einen Marketing Trick.

„Logan Sanders“, sagte er mit einer Bassstimme, die vibrierend den Boden ebnete für allerlei Fantasien, die Rebecca gleich wieder versuchte zu begraben. Er gefiel ihr, aber wem würde er nicht gefallen?

„Julian Windfall. Windfall Agency.“, stellte sich jetzt auch Julian vor. Zusammen wirkten Julian und Logan, wie zwei Giganten, die nicht zögern würden mit den alten Göttern zu kämpfen. „Und das ist mein Team, bestehend aus Rebecca Seifert, Molly Anderson und Daniel Graham.“

„Sehr erfreut“, sagte er und nahm Rebeccas Hand, wobei sie in diesem unglaublichen Blau seiner Augen versank. Ein feiner Stich der Eifersucht hatte sich bemerkbar gemacht, als er auch Molly ebenso intensiv bei der Begrüßung in die Augen sah.

„Ich hoffe, euch hat das Essen geschmeckt?“, fragte er mit einem Grinsen, das verriet, dass er genau wusste, das nicht jeder ohne Vorbehalte zugegriffen hatte.

„Es ist okay“, sagte Julian schwerfällig und abwägend. „Aber wir sind vermutlich nicht ihr Zielpublikum, mit Ausnahme von Molly.“

Logan lachte und wirkte dabei wie ein Donnergott. „Ich habe eigentlich kein richtiges Zielpublikum, aber ich kann sie verstehen, meine Familie hält auch nicht viel davon oder sagen wir, sie finden es nur genießbar, wenn es durch die

Begeisterung der Kunden veredelt, als Geld auf dem Konto sichtbar wird. Neulich hat mir jemand eine wunderbare Einhorntasse geschenkt, auf der steht, dass nicht jeder Einhörner mag. Ich frage mich zwar noch immer, ob es wirklich ein Wink mit dem Zaunpfahl war, aber ich habe es zu meinem Motto gemacht, seither habe ich das Zwangsmissionieren aufgegeben und freue mich über Menschen wie Molly, die einfach Spaß an dem haben, was ich bieten kann."

Er zwinkerte Molly zu, bat sie alle sich wieder zu setzen und nahm selber mit am Tisch Platz. Eine seiner Begleiterinnen, goss ihm unaufgefordert ein Glas sprudelndes Mineralwasser ein, dem sie ein Stückchen Zitrone zufügte: „Es tut mir unheimlich leid, dass ich drängeln muss, aber ich habe noch verschiedene Dinge zu erledigen. Ich bin noch bis nächsten Donnerstag in Schottland, und mein Zeitplan ist straff gesteckt."

„Wir haben gestern schon die erste Bekanntschaft mit dem Geist gemacht", erzählte Julian und Logan Sanders winkte sofort ab.

„Jenkins hat mir bereits davon berichtet, und es tut mir ehrlich Leid, dass Sie diese Unannehmlichkeiten hatten, aber genau da liegt das Problem. Wenn meine Gäste hierher kommen, dann will ich nicht, dass sie von Geistern eingeschlossen werden und durchs Fenster fliehen müssen. Die Burg soll ein Wellness- und kein Abenteuerhotel werden. Zwischen Yoga am Abend und Pilates am Morgen soll nicht eine Adrenalin aufgeladene Flucht vor einer Horde kettenrasselnder Gespenster auf dem Programm stehen."

Rebecca musste bei der Vorstellung lachen, und er warf ihr einen freudigen Blick zu.

„Glauben Sie, dass der Geist einer der Angestellten ist?", sprach Julian direkt die Vermutungen von Daniel aus.

Der Amerikaner wurde sofort ernst, beugte sich etwas vor und verschränkte die Hände auf dem Tisch ineinander. „Das war natürlich auch mein erster Gedanke, also habe ich einzeln mit jedem von den Männern und Frauen gesprochen.

Es sind insgesamt sechs Menschen, die ich allesamt von den Higgins übernommen habe und die auch weiterhin hier einen sicheren Arbeitsplatz haben werden. Wissen Sie, diese Personen sind wirklich gute Menschen. Sie mögen ihre Vorurteile gegen mich, meine Pläne und mein Essen haben, aber sie wollen niemandem schaden. Millie Campbell, die Frau die den Campbell Clan leitet, hat mich sogar zum Essen eingeladen, damit ich mal was Ordentliches bekomme. Als wenn ich am Verhungern wäre."

Er breitete die Arme aus, sodass man seinen durch Sport gestählten Körper sehen konnte.

„Nein, es sind wirklich gute und arbeitsame Menschen, und die Geistergeschichten existieren nicht erst seit meiner Übernahme der Burg. Hier sind einige schlimme Dinge passiert, wie ich mittlerweile erfahren habe. Ein junger Mann hat sich und seine Freundin auf dem See umgebracht, sein Vater ist vom Turm in den Tod gestürzt, eine junge Frau ist in den 20er Jahren fast bei einem Treppensturz ums Leben gekommen, und ein Mädchen hat sich das Leben genommen. Das sind die großen Katastrophen untermalt von vielen kleinen." Er zuckte mit den Schultern, plötzlich wandte er sich zu seinen Assistentinnen um und bat sie, in der Halle auf ihn zu warten. Eine Geste, die alle der Windfall Agentur neugierig werden ließ.

„Es gab auch Zwischenfälle, die ich mir nicht erklären kann. Die meisten Personen, die dabei waren, weigern sich überhaupt, noch die Burg oder das Grundstück zu betreten. Egal ob bei Tag oder bei Nacht." Man merkte, dass er selbst nicht gern darüber sprach, sich fast schon dafür schämte, dass er Geister überhaupt in Erwägung zog. „Ich wurde auch schon Zeuge solcher Vorfälle. Der Geist hat sogar gesprochen, als ich mit Jenkins telefoniert habe. Er war einfach plötzlich in der Leitung."

„Das hatte man uns bereits gesagt", erklärte Julian. „Sie halten es aber nicht für möglich, dass es nur ein Effekt war, der geschickt eingespielt wurde?"

„Nein, das hätte Jenkins Mitarbeit erfordert, und dieser Mann würde sich nicht für so etwas hergeben. Er war selber erschrocken und völlig durcheinander. Ich wünschte Sie würden logische Erklärungen finden, Mr. Windfall. Verstehen Sie mich richtig, ich will keinen Spuk. Ich war froh, als meine Nanny mir als kleinem Jungen genau erklärte, wo die Geräusche herkamen, die mich nicht einschlafen ließen. Seit dem Tag vertraute ich meinem Verstand mehr als meiner Vorstellungskraft. Am liebsten würde ich von Ihnen hören, dass ich mich in den Menschen geirrt habe, einem üblen Scherz aufgesessen bin und es tatsächlich keine Geister gibt, aber ich glaube nicht mehr daran, denn meine Freunde und ich wurden von ihm verfolgt. Ich gab eine kleine ‚Ich habe eine Burg gekauft Party'. Wie man es eben so macht, wenn man etwas völlig Verrücktes getan hat. Wir waren gut fünfzig Personen und bis zum Morgengrauen war nicht einer mehr in der Burg. Wir haben ihn gesehen und er war wütend, als hätten wir ihn gestört. Die meisten erklären es sich heute damit, dass halluzinogene Drogen im Wasser oder im Essen waren, aber ich habe Stichproben der Getränke und der Snacks nehmen lassen, die noch hier herumstanden. Laut Labor waren keine Drogen vorhanden. Mag sein, dass es jemand ausgetauscht hat, aber was immer es war, es hat mir Angst gemacht und nicht nur mir."

Als er zugab, dass er sich gefürchtet hatte, waren seine Augen prüfend umher gehuscht, als wolle er herausfinden, ob ihn jemand als Feigling einstufte, doch niemand kam auf die Idee.

„Was genau ist passiert?", fragte Daniel schließlich.

„Ich habe wieder und wieder versucht den Abend Revue passieren zu lassen, aber ich glaube, da vermischt sich mittlerweile das, was passiert ist, mit all den Geschichten die erzählt wurden. Die Mädchen berichteten, dass man sie geschubst, gekniffen und an den Haaren gezogen habe. Möbel wurden gerückt, Türen flogen zu, Fenster gingen auf, Dinge flogen durch die Luft. Die Smartphones waren unbrauchbar, keiner hat auch nur noch ein Foto von dem Abend, alle Speicher wurden gelöscht. Als wir losfahren wollten, sprangen unsere Autos nicht an, also sind wir gelaufen, getürmt wie in einem Horrorfilm."

„Aber es ist niemandem etwas passiert?"

„Nein. Zum Glück nichts weiter als ein paar harmlose Schürfwunden, blaue Flecke und ein verstauchter Knöchel. Alles Dinge, die wir uns auf der Flucht zuzogen."

Stille trat ein. Sie überlegten, versuchten das gerade Gehörte zu sortieren und sich einen Reim auf all die neuen Informationen zu machen.

„Das ist jedenfalls alles, was ich ihnen sagen kann." Logan setzte sich wieder gerade hin und lächelte traurig. „Ich will einfach nur, dass diese Burg wieder beziehbar wird. Natürlich lasse ich gerade weiter daran arbeiten, dieses Objekt in Stand zu setzten, aber es arbeitet sich nur mit einem Minimum an Freude, wenn der Geist wohlmöglich die Gäste später verjagt."

Sie nickten alle verständnisvoll. Keiner wusste, was er dazu sagen sollte, oder traute sich. Julian, Molly und Daniel waren ebenso ratlos wie Rebecca. Wie sollten sie reagieren? Was geschah als nächstes? Sie hatten sich einfach ins Abenteuer gestürzt, im Vertrauen, dass sie schon weich landen würden, doch nun standen sie vor der ersten Hürde als echte Geisterjäger, nämlich professionell den nächsten Schritt anzugehen. Wie gut, dass Jenkins ihnen schon Hinweise gegeben hatte, denn genau das führte Julian nun ins Feld. Er sagte, dass sie sich die Burg ansehen müssten, den Grundriss studieren, mehr über die tragischen Unglücke in Erfahrung bringen und in der Umgebung sich umhören wollten. Dann erst würden sie Kameras aufbauen und mit ihren Gerätschaften gegen das Übersinnliche in den Kampf ziehen.

„Tun sie, was sie tun müssen", meinte Logan und sah aus, als setze er wirklich Vertrauen in ihr Können. „Sie sind die professionellen Geisterjäger, nicht ich. Sie wissen wie man das macht und wie man vorgeht. Ich werde Ihnen da auch überhaupt nicht reinreden, denn wie schon gesagt, für mich war ab dem vierten Lebensjahr alles logisch erklärbar."

Bei dem Wort ‚Professionell' hatten sie sich schnelle Blicke zugeworfen, außer Julian, der versuchte, genau so auszusehen wie jemand, der bereits dafür bezahlt worden war.

„Ihre eigentliche Arbeit beginnt nach Sonnenuntergang, vermute ich?", fragte Logan, als handele es sich um einen Job, den man um eine bestimmte Uhrzeit antrat und dennoch löste der Gedanke an die zweite Nacht in der Burg eine Gänsehaut bei Rebecca aus.

„Das ist unterschiedlich", behauptete Julian großspurig.

„Ich frage, weil ich Sie gerne zum Essen einladen würde. Meinetwegen auch keine veganen Köstlichkeiten, sondern in ein Restaurant ihrer Wahl. Es fasziniert mich, wie jemand auf die Idee kommt, Geisterjäger zu werden und wie sie in Ihrem Beruf vorgehen. Es klingt schon nach einem Kleinjungentraum, den man sich erfüllt. Es hat etwas von Abenteuer und Spiel, auch wenn ich jetzt beschwöre, das es gefährlich werden kann, schließlich habe ich Kontakt zu dem Geist gehabt und habe eine kleine Kostprobe seiner Kräfte bekommen. Was ich eigentlich damit ausdrucken will, ich finde es aufregend und brenne darauf mehr zu erfahren." Er sah auf seine Uhr. „Sagen wir morgen Abend, so dass Sie zurück sind, sobald hier der Spuk losgeht?"

„Gern", sagte Julian fest, und alle erhoben sich, als Logan aufstand.

„Bleiben Sie ruhig sitzen", lachte er. „Ich wünsche Ihnen, ja, was wünscht man Ihnen? Ungefährliche Geister? Viel Spuk?"

„Das passt beides hervorragend", behauptete Julian schnell, und als die Männer sich die Pranken reichten, war es, als besiegelten sie damit etwas.

„Rebecca, Molly." Logan schenkte ihnen ein kurzes strahlendes Lächeln. „Sie wissen aber schon, dass Sie beeindruckend und einschüchternd auf Männer wirken? Ich renne vor den Geistern fort und dann kommen Sie, hübsch anzusehen in ihren sommerlichen Kleidern und stellen sich den übernatürlichen Gefahren. Beeindruckend! Ich dachte, Frauen wie Sie, gäbe es nur in Videospielen und Comicbüchern."

Weder Rebecca noch Molly bekamen einen einzigen Ton vor lauter Freude heraus. Er schien bei ihnen im Hals stecken zu bleiben, und das breite Lächeln verhinderte jede Möglichkeit der Artikulation. Sie waren Superheldinnen wie Lara Croft, Wonder Woman oder die schwarze Witwe, dazu geadelt worden von keinem geringeren als Logan Sanders.

Sie sahen ihm nach, innerlich vor Freude fast platzend. Und kaum hatte er den Raum verlassen, fassten sie sich wie Teenager an den Händen, sich gegenseitig versichernd, wie cool das gerade war.

~ * ~

Molly hatte nie verstehen können, wie jemand auf die Idee kam, so viele alte Bücher anzuhäufen. Was wollte man mit all diesen Werken bezwecken? Wollte man damit demonstrieren, wie gebildet man war? Nun, das meiste was hier in den Regalen sorgfältig katalogisiert und gehütet wurde, war mit Sicherheit hoffnungslos veraltet oder sogar in einer Schrift gedruckt, die heute kaum noch jemand lesen konnte.

Doch nur ein Blick auf Rebecca reichte aus, um ihr zu zeigen, dass manche Menschen beim Anblick dieser Werke das Leuchten in die Augen bekamen wie Kinder, die vor einem Weihnachtsbaum standen. Es war ganz und gar ihre Welt, und Rebecca drehte sich in der Mitte des Raumes, versuchend alles zu erfassen, die Bücher, die Gemälde, und die großen dunklen Ohrensesseln vor dem Kamin.

„Ich bin verliebt!", hauchte sie in den Raum hinein, während Molly ganz andere Gedanken kamen, als sie auf einem Tisch sauber aufgereiht Notizblätter, Mappen und Bücher liegen sah. Das sah nach staubtrockener Arbeit aus.

In der oberen Etage war Jenkins dabei, mit einem Staubwedel die teuren Werke zu säubern.

Im Frühstückszimmer hatte er noch umgänglicher gewirkt, doch jetzt starrte er einen Moment zu ihnen herab, bevor er sich in ihre Richtung in Bewegung setzte. Es schien ihm nicht zu gefallen, dass er sie hierher hatte bitten müssen. Vermutlich war es sein Rückzugsort, glaubte Molly, was gut zu seiner antiquierten Art passte.

„Ich habe Ihnen alles, was für Sie von Belang sein könnte, zurecht gelegt." Jenkins wies auf die kleine Ansammlung. „Für alles weitere stehe ich natürlich gern zur Seite und bin bereit, Ihnen Auskunft zu erteilen."

Daniel und Rebecca beugten sich sofort, als seien Jenkins Worte ein Startschuss gewesen, über die Unterlagen, während Molly Sicherheitsabstand hielt.

„Jenkins", begann Julian. „Dürfte ich Sie fragen, wie lange Sie schon Teil dieses Hauses sind?"

„Genau dreiundfünfzig Jahre und sieben Monate", sagte er stolz. „Ich habe im Januar 1962 bei der Familie Higgins meine Stellung angetreten."

„Und seither wohnen sie auch hier?"

„Bis auf drei Reisen, auf denen ich die Familie begleitete, habe ich jeden Tag in Dendell verbracht", erklärte Jenkins, was Molly beängstigend fand. Wie konnte man sich so beschneiden und darauf auch noch stolz sein. Es war ein wenig, als würde man mit einem stolzen Hamster sprechen, der erklärte, wie viele Tage er schon im ewig gleichen Käfig seine Runden drehte. Molly würde durchdrehen, wenn sie an einem Ort, egal wie paradiesisch er auch sein mochte, für immer bleiben sollte. Wie gut, dass die Arbeit in Postley ihr beides bot - Wurzeln und Flügel.

„Wenn Sie immer auf Dendell gelebt haben, dann haben Sie viele Nächte mit dem Geist verbracht, nicht wahr?"

„Sie glauben doch nicht wirklich an diese ganzen Geistergeschichten?", gab Jenkins zurück, was gänzlich unerwartet kam.

„Da wir Geisterjäger sind, sollte man das vermuten dürfen"

„Ich wollte Ihnen sicherlich nicht zu nahe treten. Ich vermutete lediglich, dass Sie eher wie diese Leute im Fernsehen arbeiten, die erklären, wie es zu gewissen Phänomenen kommt und für jeden Spuk eine naturwissenschaftliche Erklärung finden. Sehr beruhigend für Menschen, die vermuten, dass etwas in ihrem Zuhause nicht stimmt und nach der Sendung beruhigter wieder schlafen können."

„Waren Sie in der Nacht anwesend, in der Mr. Sanders seine Party gab?", fragte Molly, die den Mann nicht leiden konnte. „Was ist denn Ihrer Meinung nach passiert? Mr. Sanders meinte, Drogen könne man ausschließen, es sei denn die Spuren wurden von einem dienstbaren Geist diskret entfernt."

Jenkins hatte Mollys versteckte Anspielung durchaus verstanden und wurde, wenn es überhaupt möglich war, noch steifer. Er sah sie an wie einen Fleck auf dem Silberbesteck.

„Ich kann Ihnen nicht sagen, was in jener Nacht geschah, da ich mich, nachdem alles arrangiert war und glaubte für einen reibungslosen Abend gesorgt zu haben, in meine Gemächer begab. Diese jungen Menschen meinten, es sei nicht nötig, wenn ich mich zwischen ihnen langweile." Man konnte deutlich heraushören, dass es für Jenkins eine Beleidigung gewesen war.

„Haben Sie sich schon einmal überlegt zu kündigen?", rutschte es Molly heraus und Rebecca sah sie an, als habe sie die Queen persönlich beschimpft. Sogar Julians Blick zeigte ihr, dass sie sich besser entschuldigte für diese indiskrete Frage.

„Ich ziehe es vor hier zu bleiben."

Vielleicht würde er selbst eines Tages einer der Geister von Dendell sein, schoss es Molly durch den Kopf, nach dem Tod, keinen anderen Ort habend, an den er zurückkehren konnte, weiterhin des nachts mit dem Staubwedel die Bücher abstaubend.

„Was glauben Sie denn, was passiert sein könnte?", ließ Julian nicht locker. „Wenn Sie nur ein wenig wie der gute

Kenneth sind, der im Dienst meines Großvaters stand, sind Sie ein kluger Mann und haben sich zumindest eine Theorie zurecht gelegt."

Der Butler schien einen Augenblick irritiert. „Wie hießen Sie noch gleich?"

„Windfall. Lord Windfall. Der letzte meiner Art, zumindest im Moment noch."

„Es tut mir leid, dass ich Sie nicht gleich erkannte, Lord Windfall." Jenkins ganzes Gebaren änderte sich sogleich. „Fotos in den Zeitungen täuschen oft, aber Sie haben sich stark verändert, wenn ich mir diese Anmerkung erlauben darf."

„Sie dürfen, Jenkins, Sie dürfen. Ich habe mich tatsächlich sehr verändert. Die Zeiten von frischrasiert und Anzug sind vorbei, aber ich bin nicht der erste Lord, der dem Abenteuer frönt. Unter meinen Ahnen sind doch einige Exzentriker zu finden", lachte Julian und der Butler versicherte ihm, dass er damit richtig läge.

„Ich habe von Ihrem Verlust gehört, und es tut mir sehr Leid. Ich hoffe, das Mädchen ist wohlauf." Jenkins blickte ihn mitfühlend an.

Molly hielt die Luft an und Daniel warf ihr einen Blick zu, genau wissend, wie schmerzhaft dieses Thema für Julian und Trix war. Über Autounfälle, David Windfall und ihre Trauer wurde nicht gesprochen. Jeder kleine Ausrutscher zog sofortige Schuldgefühle mit sich.

Und auch dieses Mal sah sie es in Julians Augen. Der schmerzhafte Pfeil hatte getroffen.

„Trix macht sich gut. Ich bin sehr stolz auf sie", sagte Julian ernst.

„Das freut mich zu hören", sagte Jenkins und wirkte, als meine er es wirklich so. „Zu den Ereignissen an jenem Abend kann ich Ihnen leider wirklich nicht viel mehr sagen. Man müsste schon an Geister glauben, wenn man sich eine Erklärung zurechtlegen will."

Auf einmal ganz neue Töne. Dass Julians Titel ein Türenöffner war, hatte sie schon oft festgestellt und auch diesmal verfehlte es nicht sein Ziel. Es war wie ein Masterschlüssel, den man gleich zu Beginn seines Lebens in die Hand gedrückt bekam.

„Aber Sie glauben nicht an Geister, nicht wahr?“, hakte Julian nach und ließ Jenkins nicht aus den Augen.

Der Butler wankte in seiner Entscheidung, mit sich ringend, wie viel er preisgeben sollte. Molly konnte förmlich spüren, wie schwer es ihm fiel, darüber zu sprechen. „Ich ziehe es vor, nicht darüber zu reden. Das ganze Thema ist mir leidig. Soviel sei gesagt, bis zu diesem Tag, hat der Geist, mich noch niemals bedroht oder angegriffen.“

„Also gibt es ihn doch!“ Molly triumphierte.

„Gibt es ihn oder gibt es ihn nicht? Das bleibt wohl die ewige Frage, nicht wahr? Wenn Sie mich entschuldigen würden. Mr. Sanders bat mich, ihn zu einer geschäftlichen Besprechung zu begleiten. Sie haben vorerst alles?“

Julian nickte und ließ Jenkins gehen, ohne weitere Fragen zu stellen.

„Was denkst du? Spuk oder Mensch?“, richtete Daniel seine Frage direkt an Julian, der nachdenklich mit den Schultern zuckte.

„Ich habe nicht den Schimmer einer Ahnung.“

Molly warf einen angewiderten Blick auf den Tisch und zog Rebecca am Arm hoch. „Was haltet ihr davon, wenn ihr das alles durchschaut, und wir schnappen uns den Lageplan von den Ländereien der Burg und schauen uns ein wenig um. Vielleicht mal unschuldig mit den Leuten hier reden, ein paar Fotos machen, ein bisschen was dokumentieren.“

„Ein bisschen was dokumentieren?“, fragte Daniel skeptisch und zog eine Augenbraue hoch. „Oder ein bisschen Logan Sanders stalken?“

„Als wenn wir das nötig hätten.“

~ * ~

Langsam begriff Rebecca die Ausmaße dessen, wie amateurhaft die Geisterjäger waren, doch was andere als Nachteil empfunden hätten, legten die Windfalls sich als Tugend aus. Die Geisterjäger lernten, indem sie es taten, was andere vorher in der Theorie ein dutzendmal durchgingen.

Rebecca vermisste ihre Schritt für Schritt Anleitungen. Stattdessen folgte sie Mollys spontanen Eingebungen, und die erste sollte sie direkt auf den Friedhof führen, denn dort, befand Molly, sei es nur logisch, nach Geistern zu suchen.

„Beim nächsten Fall sind wir professioneller", raunte Molly ihr hoffnungsvoll zu, als sie über die Ländereien von Dendell gingen.

Es war ein wunderbar warmer Augusttag. Es fühlte sich wie ein Ausflug an, als sie über einen schmalen Grasstreifen gingen. Die wenigen Angestellten hatten die Arbeit nicht mehr bewältigen können und so wucherte hier alles so, wie die Natur es gewollt hatte. Sehnsüchtig sah Rebecca immer wieder zum See hinüber, der verführerisch in der Sonne glitzerte. Wie gerne hätte sie sich jetzt an den Rand gesetzt und ihre Füße in das kühle Nass gehalten.

Als sie das kleine Wäldchen erreichten, in das der Friedhof eingebettet war, hörten sie eine Krähe hoch oben über den Bäumen krächzen. Rebecca hatte diese Vögel nie gemocht, hatte man ihr, als sie klein war, erzählt, ihr Schrei sei ein Todesomen.

„Krähen! Botschafter der Götter. Becky, sie wollen uns etwas mitteilen."

Rebecca nickte mit einem halben Lächeln, wollte sie Molly nicht den Spaß daran verderben. Sollte sie ruhig glauben, dass Odin oder welcher Gott auch immer ihren Lebensweg vorzeichnete.

Die Frage, ob der Friedhof noch oft besucht wurde, erübrigte sich, als sie sah, wie überwuchert der Weg war. Auf jeden ihrer Schritte mussten sie achten, um nicht zu fallen.

Sie erreichten einen kleinen schmiedeeisernen Zaun, an dem an manchen Stellen Efeu hochrankte und hinter dem die

Gräber der Industriellenfamilie Higgins friedlich neben denen der adeligen Familie Welfollow lagen, die laut Burgführer vorher hier gelebt hatten.

Vorsichtig schoben sie das in den Angeln quietschende Tor auf und betraten ehrfurchtsvoll die letzte Ruhestätte so vieler Personen. In der Mitte des quadratisch abgeteilten Friedhofes stand eine mächtige Eiche, und davor ruhte über einem der Grabsteine ein weinender Engel.

„Ich würde sagen, wir suchen dann mal nach Raymond", schlug Rebecca vor, die ein beklommenes Gefühl hatte und einfach irgendetwas hatte sagen wollen, um die Angst zu vertreiben.

Molly schloss die Augen, breitete die Arme aus und fühlte die Luft um sich herum.

„Geister? Könnt ihr mich hören?", hauchte sie in die Stille hinein. Rebecca war unwohl bei dem Gedanken, wen sie da alles wecken könnte und zückte zur Ablenkung ihr Smartphone. Fotografieren gab ihr eine Aufgabe.

Sie kniete vor dem ersten Grab nieder, drückte das wuchernde Gestrüpp beiseite und fand eine verwitterte Inschrift vor, die kaum noch lesbar war.

Molly indessen ging summend von Stein zu Stein und legte die Hand darauf. „Sie schweigen."

Hoch über ihnen kreischten die Krähen, und Rebecca fuhr zusammen. Nicht bereit, sich davon ängstigen zu lassen, drückte sie auf den Auslöser ihres Smartphones, ließ die Konturen des Grabsteins auf dem Display schärfer werden. Doch anstatt ein Foto zu machen, schaltete es sich aus.

Wind kam auf und trug den frischen Geruch von Lavendel mit sich. Das Tor quietschte wieder, und Rebecca stand wie in Zeitlupe auf. Nicht wagend sich umzudrehen, aus Angst, was sie sehen könnte.

„Ich glaube, wir sind nicht allein", sagte Molly, die das Tor fixierte. Ein Satz, den niemand hören wollte, schon gar nicht jetzt auf dem Waldfriedhof.

Weg hier schrien Rebeccas Instinkte in ihr auf, doch ihre

Beine gehorchten nicht. Sie fühlten sich steif an und nicht zu ihrem Körper gehörend.

„Ich glaube, wir sollten vielleicht doch lieber …“, begann Molly sich unruhig umschauend, „eventuell mit den Männern noch einmal herkommen.“

„Klingt nach einem guten Plan.“ Doch kaum wandte sich Rebecca zum Gehen, fiel das Tor ins Schloss. Aufschreiend wichen sie zurück.

„Oh, große Göttin!“, sagte Molly leise dabei rückwärtsgehend, bis sie an den Grabstein mit der Engelsfigur stieß. „Raymond? Bist du es?“

Wind rauschte in den Ästen, ansonsten herrschte Stille. Der Geruch von Lavendel wurde immer intensiver, und ein kühler Windhauch strich über Rebecca.

„Burt? Jenkins? Das ist nicht lustig. Aufhören!“, verlangte Molly mutig.

Niemand antwortete, nichts knackte, und sogar die Vögel schienen verstummt zu sein.

Für einen kurzen Moment hoffte Rebecca, dass dies alles eine Aufzeichnung für die britische Version von ‚Versteckte Kamera‘ war und ein Moderator gleich lachend aus dem Gebüsch springen würde, verkündend, dass sie die Geisterjäger hereingelegt hatten.

„Du riechst gut!“, versuchte Molly den Geist zu beschwichtigen. „Du bist ein guter Geist. Gute Geister riechen gut und böse stinken, oder?“

Rebecca bezweifelte es, denn das wäre zu einfach gewesen, die Logik eines Kindes, das sich die Augen zuhält und meint, man könne es nicht sehen. War der gefährliche Luzifer nicht einst der schönste Engel gewesen? Warum sollten also böse Geister stinken?

Langsam bewegte Molly ihre Hand in Richtung BH, um dann vorsichtig ihr Gedankenspray herauszuziehen. Molly hielt den Flakon wie eine Pistole vor sich, jederzeit bereit abzudrücken.

„Du gehörst hier nicht her. Wir haben das Jahr 2015, und

du bist tot. Wenn du ein Licht siehst, dann geh hinein, aber hier hast du nichts mehr zu suchen."

Es schien zu funktionieren. Der Geruch verschwand zusammen mit dem Wind, und als sei dort wirklich eine unsichtbare Person, schwang das Tor wieder auf.

„Glaubst du er oder sie ist weg?", flüsterte Rebecca, nachdem einige Herzschläge vergangen waren.

Statt einer Antwort packte Molly sie bei der Hand und spurtete los. Immer wieder strauchelnd, sich aufrappelnd und erneut lossprintend, als sei der Leibhaftige hinter ihnen her, liefen sie durch den Wald auf die Burg zu.

Erst als sie wieder den Bereich des gepflegten Rasens erreichten, ließen sie sich erschöpft zu Boden fallen.

„Es gibt Geister", sagte Molly immer noch aus der Puste. „Ich habe den Beweis. Nach so vielen Jahren."

~ * ~

„Ich weiß nicht, ich fühle hier nichts", sagte Daniel und ging bereits das dritte Mal den kleinen Friedhof prüfend ab.

„Ich auch nicht." Molly thronte respektlos, aber voller Vergnügen auf den Schultern des Engels und lutschte einen Lolli, den sie noch im Handschuhfachs des Autos gefunden hatte. Darauf bestehend, dass man bei einem Schock wie sie ihn gehabt hatte, Zucker bräuchte. Dabei wirkte sie keinesfalls verängstigt, sondern wie eine hochvergnügte Grinsekatze.

„Vielleicht muss man weiblich sensibel sein, um es zu fühlen", schlug Julian vor sichtlich bemüht, Erklärungen zu finden, an die er auch glauben konnte.

„Nein, du würdest es wissen, wenn Raymond hier wäre, aber der Geist ist nicht hier. Er duftet wunderschön nach Lavendel, denn er ist ein guter Geist", sagte Molly mit den Beinen baumelnd. „Vielleicht habe ich den Fall auch schon erledigt und ihn ins Licht geschickt."

Rebecca konnte beobachten wie Julian und Daniel sich

einen langen ernsten Blick zuwarfen.

„Nach was hat er gerochen?"

„Lavendel", bestätigte Rebecca.

Wieder tauschten sie einen Blick aus, der Rebecca unruhig machte.

„Was ist los?", fragte sie, bevor ihre eigene Fantasie Amok lief.

„Der Butler vor Jenkins und der Butler davor haben ein Geisterjournal geführt", begann Daniel zu erklären. „Und viele der Einträge sind nur solche Sachen wie ‚Lavendelduft in der Bibliothek' oder ‚Lavendel umgab Lady Charlotte'. Sie wurde zur Sicherheit zu Lady Mary nach Edinburgh geschickt'."

„Es gibt Geister!", frohlockte Molly weiter.

„Ja, aber der Geist scheint nicht so nett zu sein, wie er riecht. Der Geruch lag in der Luft als sich der alte Higgins aus dem Turm warf und auch bei der Selbstmörderin im Turm lag schwer Lavendelduft im Raum."

Mollys Miene gefror, und sie wies mit dem Lollie auf Daniel. „Vielleicht begleitet er die Seelen in die andere Dimension."

„Ja, oder vielleicht ist er auch einfach nur böse und mörderisch und befördert sie höchst persönlich in den Tod."

„Warum bestehst du darauf, dass seine Absichten böse sind und er mörderische Gedanken hegt?", fragte Molly mit einem Lächeln so selig wie Buddha. „Schließ dich meinem Glauben an und du wirst dich gleich besser fühlen, denn ich glaube an Liebe und Frieden. Meine Welt ist schöner, bunter und liebevoller."

Daniel warf einen flehenden Blick hinauf zu den Baumkronen, als bete er um göttlichen Beistand: „Wenn er nicht mehr hier ist, dann ist es sinnlos, hier noch rumzustehen."

„Der Täter kommt immer zum Tatort zurück", säuselte Molly.

„Dann auf in den Turm", sagte Daniel. „Denn da wurde er ja immer gesehen."

~ * ~

„Rebecca, du bist so bleich, als hättest du einen Geist gesehen.“ Daniel war gerade dabei, eine Kamera im Turmzimmer zu installieren. Julian war in der Stadt einkaufen und Molly konferierte über Laptop mit einem Medium, um mehr über den Geist in Erfahrung zu bringen.

Hier hatte also Raymond gelebt, sein Vater war von hier in den Tod gestürzt, und das Mädchen hatte sich vor dem Kamin getötet. Rebecca fühlte sich unwohl, in einem Turm zu sein, der so viel Leid erlebt hatte. Sie sah sich bei Burgführungen auch nie die Folterkeller an. Es ließ sie schwindelig werden, wenn sie sich vorstellte, was für schreckliche Schicksale dort stattgefunden hatten.

Zudem machte Rebecca der leichte Lavendelduft nervös, der in den Vorhängen, den Kissen und den Bezügen des großen Himmelbetts hing.

„Mir geht es gleich schon wieder gut“, versicherte Rebecca, die Nähe zu den schmalen Fenstern vermeidend. Sie wollte gar nicht wissen, wie klein der Burghof unter ihnen lag.

Daniel schien ihr nicht zu glauben und warf ihr weiterhin immer wieder besorgte Blicke zu.

„Ich glaube weiterhin, dass es nur einer der Angestellten ist.“ Daniel versuchte, sie mit der Aussage zu beruhigen, doch Rebecca fühlte, dass er Unrecht hatte.

„Glaubst du überhaupt, dass es Geister gibt?“

Daniel bejahte, ohne auch nur eine Sekunde zu zögern. „Ich komme aus den Highlands, und wenn man viel in der Natur ist, viel alleine durch die Gegend läuft, da wird man gläubig. Da findet man nicht nur einen Glauben zu etwas wie einem Gott, sondern einem begegnen auch Dinge, die man nicht erklären kann, Zufälle, die keine sind. Die Wesenheiten halten sich vom Lärm der Menschen fern, deswegen sind solche Begegnungen auch nur noch ganz selten.“

Daniel kam von seiner Leiter und wies sie an, sich zu ihm aufs Bett zu setzen. Zögernd kam sie seiner Aufforderung nach.

„Du darfst das niemandem sagen, schon gar nicht Molly, aber meine Familie hat einen echten Hausgeist. Ein Brownie, dem früher meine Oma und jetzt meine Mutter, täglich ein wenig Essen und eine Schale mit Milch hinstellt. Dafür hilft er uns."

Rebecca hob zweifelnd die Augenbrauen.

Daniel stand wieder auf. „Es war ein Fehler, dir davon zu erzählen."

„Nein, nein!", versicherte Rebecca sofort, doch sie sah, dass Daniel es tatsächlich bereute. „Es ist nur, dass ich vollkommen fern von diesen Dingen aufgewachsen bin. Mein Vater ist Psychiater und meine Mutter Physiklehrerin. Alle in meiner Familie haben ganz nüchterne Berufe. Alles Übersinnliche war Humbug oder eine Geistesstörung. Ich muss mich an all das erst gewöhnen."

Daniel nickte, stieg erneut auf seine Leiter und richtete wieder die Kamera aus.

„Vielleicht sollte einer von uns die Nacht über hier schlafen, und wir anderen verfolgen auf den Bildschirmen was passiert", sagte Daniel. Rebecca wusste nicht, ob er ihr mit seiner Überlegung signalisieren wollte, dass er ihr die Skepsis verzieh oder er einfach nur das Thema wechseln wollte, ehe sie noch Fragen über den hilfreichen Brownie stellen konnte.

„Man sollte sein Glück nicht herausfordern."

„Kein Risiko - Kein Spaß." Daniel zuckte mit den Schultern.

Kälte kroch plötzlich in Rebecca hoch, als sie sich umblickte. Sie hatte das Gefühl, dass Daniel nicht hier im Raum sein sollte, als ob er nicht erwünscht sei und er besser den Raum verließe. Nicht sie, sondern Daniel. Vielleicht mochte der Geist keine Männer?

„Vielleicht sollten wir später noch einmal zurückkommen", sagte Rebecca und versuchte, die Panik in ihrer

Stimme niederzukämpfen.

„Nur noch einen Moment." Daniel ließ sich von ihr nicht aus der Ruhe bringen.

Sie wollte ihn anbrüllen, er solle dort herunterkommen. Er musste gehen. Jetzt sofort. War er so unsensibel? Konnte er die Gefahr nicht spüren oder waren es lediglich ihre Nerven, die zum Zerreißen gespannt waren.

Sie verbiss sich jeden Kommentar, der ihn zur Eile antrieb und beobachtete in stiller Verzweiflung, wie er auf der Leiter stand.

Doch gegen ihre Erwartungen kam er ohne Blessuren heruntergestiegen mit dem zufriedenen Ausdruck auf dem Gesicht, dass er etwas erledigt hatte.

„Meinetwegen können wir jetzt gehen", Daniel legte sein Werkzeug in den Koffer und ging zur Tür. Rebecca folgte ihm, sich immer wieder umblickend. Daniel hatte gerade die Schwelle überschritten, als hinten im Raum etwas Schweres zu Boden fiel. Rebecca fuhr voller Panik und böser Vorahnungen herum.

„Was ist?", fragte Daniel, neugierig auf der Treppe stehen bleibend.

Ein dickes Buch war aus dem halbhohen Regal auf den Boden gefallen, so dass ein loses Blatt halb herausgerutscht war. Rebecca spürte, wie ihr Herz bis zum Hals pochte. Ein Hinweis? Von ihrer Neugierde gesteuert, bewegte sie sich wie in Zeitlupe darauf zu, so kam es ihr jedenfalls vor. Der Geist war hier, und er wollte ihr etwas zeigen. Der zarte Hauch von Lavendel hatte sich zu einem intensiven Geruch gesteigert.

Sie fröstelte, als sie ein kalter Luftzug streifte und als sie sich zu Daniels ratlosem Gesicht umdrehte, fiel die Tür mit einem Knall zu, und gleich darauf hörte sie das grauenvolle Klicken des Schlosses, das sie von Daniel trennte.

Sie hörte ein Krachen hinter der Tür, als Daniel seinen Werkzeugkasten fallen ließ und dann das Scheppern der Werkzeuge, die die Treppe herunterpolterten. Er begann ihren Namen zu rufen, an der Türklinke zu rütteln und gegen die Tür zu hämmern, doch vergeblich. Die Tür war zu und sie saß in der Falle. Sie war eingesperrt mit einem Geist.

~ * ~

„Ein Geist?“, fragte Laura skeptisch. „Julian, du willst mir nicht allen Ernstes erzählen, dass du wirklich der Meinung bist, dass es auf dieser Burg spukt? Du bist in solchen Gebäuden aufgewachsen, hast nie was gesehen und jetzt Simsalabim, kaum bist du Geisterjäger, sind Geister in deinem Leben? Alles was passiert ist, ist dass du dich jetzt darauf eingeschossen hast, Geister zu sehen wollen, und dein Unterbewusstsein dir die Bilder dazu liefert. Ich glaube, dafür gibt es sogar einen Spezialbegriff. Alles ein schöner, netter Selbstbetrug deines Gehirns.“

Laura wusste, wovon sie sprach. Erstens war ihre letzte Beziehung ein einziger Selbstbetrug gewesen. Wo sie Liebe hatte sehen wollen, hatte ihr Unterbewusstsein ihr dementsprechend die Wahrnehmung verzerrt und zweitens hatte sie genug Coachingseminare mit besagtem Ex besucht, um zu wissen, wie der Hase lief.

„Komm doch nach Schottland und bilde dir selbst eine Meinung, wenn du mir nicht glauben willst“, sagte Julian mit der Stimme, die er immer anschlug, wenn er sie ins Bett bekommen wollte. Eine Spur spielerischer Provokation lag in der Luft.

„Nein“, antwortete Laura fest. „Jetzt da ich auch noch weiß, dass der Amerikaner niemand geringeres ist als Logan Sanders, habe ich da oben nichts zu suchen. Logan ist fest in der Hand von Carrigton Advertising. Dort arbeitet auch seine geliebte Tante, also keine Chance ihn umzustimmen. Da haben sich schon andere für ihn die Kleidung vom Leib gerissen, doch der Junge bleibt standhaft. Was ihnen vielleicht eine Nacht in attraktiver Gesellschaft eingebracht hat, aber leider keine Aufträge.“

„Vielleicht kannst du den Geist vermarkten? Ihn auf Promotour schicken, schließlich will Sanders, dass er sich eine neue Bleibe sucht.“

„Sehr witzig, Julian, aber sind wir nicht zu alt, um an Casper, Beetlejuice und wie sie alle heißen zu glauben?“ Laura driftete geistig von dem Gespräch ab und begann damit, sich Entwürfe zu einer Werbung für Jummys gebackene Bohnen anzusehen. Einfach nur aufwärmen und auf den Tisch! Sie würde Dobson am Abend fragen, welcher Entwurf ihr am besten gefiel, schließlich sollte man sich an den Meinungen potentieller Kunden orientieren.

„Warte mal, Laura, da kommt ein Anruf rein“, sagte Julian plötzlich und drückte sie weg, was ihr Zeit gab, ein paar der Zeichnungen mit einem Negativ Smiley zu versehen, der ihren Angestellten verkündete, dass der Entwurf schon auf den ersten Blick wie ein schlechter Witz aussah.

„Laura!“, meldete sich Julian wieder. Sie schreckte auf, in seiner Stimme schwang ein Ton mit, den sie bei ihm noch nie gehört hatte. War es Panik? War es Angst? Auf jeden Fall war Bewegung im Spiel, denn sie konnte das Poltern hören, als ihr Koloss von Mann sprintete. „Verfluchter Mist!“

„Was ist los?“, fragte sie und versuchte, sich anhand der Geräusche, die durch ihr Headset direkt ins Ohr drangen, ein Bild von Julians Umgebung zu machen. Sie hörte ihn rennen und stoßweise atmen.

„Ich melde mich gleich. Der Geist hat Rebecca!“

„Die Neue?“

Das letzte, was sie verstand war Burg, Turm und mehrere Flüche, so wie eine Autotür, die hastig aufgerissen und zugeschlagen wurde. Der Motor jaulte auf und dann war die Verbindung unterbrochen.

Laura blieb ruhig. Ihr Blick wanderte in ihrem Büro umher. Sie sah auf den Kalender und auf die Bilder vor sich auf dem Schreibtisch. Auf einem von ihnen waren Julian und Trix zu sehen, ein anderes war ein Foto vom Sommerfest, wo sie alle fröhlich posierten inklusive Queenie.

Als Laura sich für Julian entschied, hatte sie gewusst, was auf sie zukam, zumindest ansatzweise. Er hatte davon gesprochen, irgendwann eine Großfamilie im südeuropäischen Sinn haben zu wollen, zusammen essen, leben und feiern. Sie hatte gedacht, er spräche von Kindern, dass jedoch seine Angestellten zum Familienersatz wurden, war eine Überraschung gewesen, eine mit der sie durchaus leben konnte. War sie nie begeistert von Schwangerschaft, Babys und schreienden Kleinkindern gewesen.

Sie seufzte, so wie sie ihn kannte, war er unvorbereitet und wie ein kleiner Junge nach Schottland gereist. Ihm war vermutlich wichtiger gewesen, seinen stinkigen Käse dabei zu haben, als diese seltsamen Gerätschaften, die sie sich zwar gekauft hatten, die nach einem unspektakulären Testlauf, den Herren Geisterjägern jedoch zu langweilig geworden waren und die Molly von vornherein nicht interessierten.

Nachdenklich drehte sie ihren Stift hin und her, während ihr Blick an seinem Gesicht hängenblieb. Begeisterte Augen strahlten sie an. Sie wollte ihn heiraten, ihr Leben mit ihm teilen, was wohl zwangsläufig auch bedeutete, dass sie seins teilen musste. Was immer dort oben in Schottland vor sich ging, es war für Julian etwas Besonderes, ein Abenteuer, von dem er und die anderen Geisterjäger noch Jahre zehren konnten. Die schottischen Anekdoten würden sie verfolgen, wann immer sie gemütlich zusammen saßen. Sie würde sich immer ausgeschlossen fühlen und was noch schlimmer war für Trix, die mehr als alle anderen eine Gemeinschaft brauchte.

Sie griff zu ihrem Handy und tippte eine Nachricht.

„Wenn dir so übel ist, dann geh zur Schulkrankenschwester. Ich bin in zwanzig Minuten dort, um dich abzuholen“, schrieb sie eine Nachricht an Trix, wohlwissend, dass die Kleine sofort verstand. Gestern Abend schon, als sie gefleht hatte, Laura gefleht mit ihrem Psychologen und Arzt zu sprechen, um eine Krankschreibung zu erhalten.

Nun brauchte Trix nicht mehr zu betteln. Sie würden nach

Schottland reisen und Laura musste bei dem Gedanken grinsen, dass wenn sie gleich verkündete, dass Pierce ihre Termine für die nächsten Tage übernehmen sollte, niemand auf die Idee käme, dass sie ihr Businesskostüm tauschte gegen schwarze Jeans, Tanktop und Schnürstiefel im Stil von Lara Croft. Ihr Smartphone summte. Trix hatte zurückgeschrieben. Nur ein einziges Wort hatte sie getippt ‚Danke' und Laura wusste, dass dieser Ausflug dem Mädchen vielleicht wirklich helfen würde. Was Trix brauchte war Teamgeist, Spaß und Dinge, die den Tod ihrer Eltern in den Hintergrund verbannten, statt ihn immer wieder aufzuwühlen.

Als sie sich von ihrem Stuhl erhob, fühlte sie Vorfreude in sich aufkommen. Es wurde Zeit, ein paar bösen Geistern in den Hintern zu treten.

~ * ~

Es herrschte absolute Stille im Raum. Alles, was Rebecca hörte, war das Rauschen ihres Bluts in den Ohren. Sie war allein mit der gespenstischen Präsenz, die zumindest jetzt, da sie Daniel verboten hatte, weiterhin an die Tür zu schlagen und zu brüllen, nicht mehr eisig im Raum umherhuschte, sondern ruhig geworden war.

„Darf ich zum Buch gehen und es aufheben?"

Ein zarter Windhauch kam auf, der sich merkwürdig fremd auf ihrer Hand anfühlte.

Ganz vorsichtig, als bewege sie sich auf eine Bombe zu, die es zu entschärfen galt, ging sie zu dem Buch hinüber. Er wollte doch, das sie es las oder zumindest genauer betrachtete, oder warum hätte er es sonst aus dem Regal werfen sollen?

„Ich heiße Rebecca", stellte sie sich dem Geist vor. Er war sicher ein Brite gewesen und vielleicht wusste er es zu schätzen, wenn sie sich höflich gab.

Vor ihr blätterte sich das Buch auf, und sie wich einen hellen Laut ausstoßend von ihm zurück.

„Was ist los?“, fragte Daniel von der anderen Seite aus.

„Das Buch hat sich von allein aufgeschlagen.“ Sie wartete, dass noch etwas geschehen würde, und als sich nichts anderes im Raum veränderte, bewegte sie sich vorsichtig wieder darauf zu. Sie kniete sich nieder und drehte es zu sich um, so dass sie lesen konnte, was auf der Seite stand, die der Geist aufgeschlagen hatte.

„Raymond Higgins“, stand dort im Ex-Libris verzeichnet, direkt unter dem Titel. Es war eine Ausgabe von William Makepeace Thackerys Jahrmarkt der Eitelkeiten. Und eine Gänsehaut lief über ihre Arme, die sich auch als Prickeln auf der Kopfhaut und im Nacken bemerkbar machte. So fühlte es sich also an, wenn einem die Haare zu Berge standen.

„Raymond?“, fragte sie leise in den Raum hinein. Es umfing sie ein milder Lavendelhauch. Behutsam nahm Rebecca das Papier an sich, das heraus gefallen war. Es zeigte die Zeichnung einer jungen Frau. Sie war schön mit langen braunen Haaren, großen braunen Augen und einer dünnen geraden Nasen. Man hätte sich einbilden können, dass sie und Rebecca miteinander verwandt waren. Doch anstatt Angst zu bekommen, fühlte sich Rebecca sicherer. Er würde sie nicht aus dem Fenster stoßen oder in den Wahnsinn treiben. Er wollte ihr etwas zeigen, sie auf das aufmerksam machen, was ihm fehlte.

„Claire?“, fragte sie sanft und hielt das Bild hoch. Er bestätigte mit einem Windhauch. „Du musst sie sehr geliebt haben.“

Wind kam auf und drängte sich heulend durch Ecken und Löcher.

„Was ist los, Becky?“ Man hörte Daniel seine Nervosität an.

„Ihr braucht keine Angst zu haben. Er ist friedlich“, sagte Rebecca und betrachtete noch einmal das Bild. Ein Geist, der seine Freundin so sehr geliebt hatte, dass sogar noch im Tod der Kummer ihn quälte, so dass er auf der Erde wandeln musste nicht einmal mehr ein Schatten seiner selbst, musste doch freundlich sein. Vielleicht hatte Molly recht, und all die Dinge die man ihm zuschrieb, waren einfach nur Unfälle, für die man einen Schuldigen suchte.

„Was willst du mir sagen?“, fragte Rebecca.

Was war mit Claire geschehen? Mussten sie Claire finden? Hatte man Claire vielleicht verscharrt, und sie mussten ihr ein richtiges Begräbnis bereiten? Gab es ein Kind, das aus dieser Liebe entstanden war? Mussten sie nun den rechtmäßigen Nachfahren von Raymond Higgins finden? Rebecca wurde ganz aufgeregt.

Sie lächelte: „Was auch immer es ist, Raymond, wir werden uns darum kümmern. Du brauchst dir keine Sorgen zu machen. Wir schaffen das schon. Hinterlass uns nur Zeichen, wir finden heraus, was du willst.“

Wieder strich Duft nach Lavendel über sie und fuhr ihr sanft durch die Haare.

Dann klickte es in der Tür und die Präsenz, die sie eben noch gespürt hatte, war fort. Stattdessen hechteten Molly, Daniel, Burt so wie einige Bauarbeiter herein.

Rebecca hielt die Zeichnung hoch: „Das ist Claire! Die große Liebe von Raymond Higgins!“

~ * ~

„Da will man sich was Ordentliches zu Essen holen, und dann passieren hier die besten Dinge!“, grummelte Julian, der noch immer wütend war, dass er das Spektakel verpasst hatte und die Videoaufnahmen, die Daniel ihm dank der installierten Kamera zeigen konnte, waren kaum ein Trost für ihn. Immer wieder sah er sich die stumme Version von Rebecca an, wie sie mit dem Geist Kontakt aufnahm.

Rebecca hingegen mümmelte an einem Cadbury-Schokoriegel, den ihr Molly vorsorglich in die Hand gedrückt hatte, und betrachtete weiter die Zeichnung von Claire. Strikt ignorierend, dass sie selbst immer wieder über den Laptop lief. Geister hin oder her, sie mochte keine Videoaufnahmen von sich.

„Stimmt es, Julian, dass du bei der Feuerwehr angerufen hast, um notfalls ein Sprungtuch zu organisieren?", fragte Molly vergnügt. „Burt hat mir etwas in der Art erzählt. Einer seiner Saufkumpanen ist wohl der Mann gewesen, mit dem du gesprochen hast. Das ist so süß von dir!"

„Ich wäre niemals dort hinuntergesprungen", schreckte Rebecca aus ihren Beobachtungen auf. „Niemals!"

„Vielleicht hättest du keine Wahl gehabt", sagte Julian. „Der alte Walter Higgins hatte schließlich wohl auch keine."

„Julian ist ein Held! Julian ist ein Held!", zog Molly ihn auf und tänzelte noch immer elektrisiert durch die Ereignisse durch den Essenssaal, den Jenkins ihnen als provisorisches Büro zur Verfügung gestellt hatte.

„Wenn schon wollte ich einer sein, und nun schau dir das hier lieber an, ist das bei Minute 4:23 ein Schatten, der bei Rebecca schwebt?"

Rebecca schreckte auf, als ihr Name fiel. Ihre Neugier war zu groß, als dass sie nicht selbst einen Blick riskieren musste.

„Tatsächlich!", frohlockten Daniel und Molly.

Auch Rebecca konnte es erkennen, ganz schwach, nicht mehr als ein Lichtreflex, der den Bruchteil einer Sekunde später wieder verschwunden war.

„Martha, das Medium, meint, wir haben es mit einem sehr, sehr mächtigen Geist zutun. Sie selbst hat solche Phänomene noch nie gesehen", sagte Molly. „Ich glaube, sie wäre gerne nach Schottland gekommen, um uns bei der Geisterjagd über die Schulter zu sehen, aber ich habe ihr klar gemacht, dass wir das nicht gebrauchen können!"

„Richtig so", sagte Julian leicht abwesend, da er dabei war, ein Standbild vom Schatten über Photoshop zu vergrößern.

„Er sieht sehr formlos aus", stellte Daniel enttäuscht fest.

Es klopfte dezent an der Tür und herein kam Burt, dicht

gefolgt von drei jungen Männern. Sie wollten die Geisterjäger noch einmal sehen, bevor sie sie die Nacht über alleine ließen.

„Wir haben eine Liste mit Notfallnummern erstellt", sagte Burt, trat vor und schob ihnen schüchtern einen Zettel entgegen. „Das sind die Nummern von uns, unseren Familien und Freunden. Wir würden alle gerne helfen, wenn wir können. Wir könnten schnell mit den Autos kommen und euch einsammeln, oder so. Was halt so gebraucht wird."

„Das ist echt lieb von euch!", freute sich Molly und warf den Männern Kusshände zu.

„Was macht ihr eigentlich mit dem Geist, wenn ihr ihn habt?", fragte Burt und die interessierten Gesichter hinter ihm zeigten, dass er auch im Namen seiner Freunde sprach.

„Ins Licht schicken", prophezeite Molly überschwänglich. „Er soll glücklich in das Jenseits entschweben."

„Wir werden sehen, wie er sich verhält und dann entscheiden wir", ließ sich Daniel dann jedoch lieber alle Möglichkeiten offen, zog die Liste zu sich heran und begann damit, die Nummern in sein Smartphone einzuspeichern, wohlwissend, dass es bei einer Spukerscheinung vermutlich unbrauchbar werden würde. „Gibt es eigentlich noch etwas, was man wissen muss? Irgendwelche Dinge, die den Geist reizen?"

„Nichts Besonderes, nur die Dinge, die jeden reizen würden."

Sie schienen auf etwas zu warten. Vielleicht, dass sie die coole Ausrüstung herausholten oder dass sie mehr Action zeigten, als an einem Tisch zu sitzen, als sei man zum Kaffeetrinken verabredet und nicht zur Geisterjagd.

„Was haltet ihr davon, wenn wir uns Morgen in eurer Mittagspause zusammensetzten und wir euch dann alles brühwarm erzählen?" Versucht Julian die Gradwanderung zwischen Freundlichkeit und Rausschmiss zu nehmen.

Eifrig nickten Burt und seine Freunde. Genau darauf hatten sie gehofft. Erstklassige Informationen, die sie dann im Pub zum Besten geben konnten, vom Whiskey begossen und von der eigenen Fantasie belebt.

Doch sie gingen nicht. Sie blieben weiterhin stehen und starrten, als seien sie Ausstellungsstücke oder Tiere im Zoo.

„Wenn ihr uns jetzt entschuldigen würdet, aber wir müssen noch alles für die Nacht vorbereiten. Die Sonne geht schneller unter, als man denkt. Auch wenn dieser Geist tagaktiv ist, glauben wir, dass er sich in der Nacht zeigen wird, und dann werden seine Kräfte am größten sein", machte Julian schließlich einen Punkt und wies dabei freundlich aber bestimmt auf die Tür. „Taschenlampen kontrollieren. Die Gerätschaften einstellen. Ihr wisst schon, was man so macht."

Ein wenig widerwillig verabschiedeten sie sich.

„Sie sind schon irgendwie knuffig, oder? So unglaublich hilfreich und freundlich. Immer bereit, einem zu helfen, Tee zu kochen oder einem etwas abzunehmen", sagte Molly, als sei sie Schneewittchen, die von ihren sieben Zwergen sprach.

Julian warf einen gedankenverlorenen Blick nach draußen: „Wir geben besser alle die Telefonnummern ein, wer weiß, was der Geist heute noch so anstellt."

*

„Wenn Sie es so komisch finden, dann lade ich Sie herzlich dazu ein, meine Arbeit zu machen, wollen wir mal schauen, ob Sie dann immer noch so ein lustiges Kerlchen sind", sagte Laura frostig in ihr Smartphone und Trix ahnte, dass der Mann von der katholischen Kirche am anderen Ende der Leitung garantiert weniger Angst vor dem Geisterjagen haben würde als vor Laura.

Manchmal wünschte sie sich, sie würde so sein wie die Freundin ihres Onkels Julian. Schön, durchsetzungsstark und selbstbewusst, doch stattdessen war sie ein Freak durch und durch, mit ihren blonden wirren Locken, den pink blauen Strähnchen und den uncoolen Hobbys wie Zeichnen, TV-

Serien und Cosplay. Sie konnte sich noch nicht einmal wehren, wenn die Mädchen in der Schule ihr den Rucksack wegnahmen, ihr die Hefte entrissen und ihre Zeichnungen bösartig kommentierten oder sie wie eine Aussätzige behandelten. Nicht selten wünschte sie sich, sie hätte Laura immer bei sich, als Bodyguard, oder zumindest Queenie, die dicht bei ihr auf dem Asphalt saß und sich an ihr Bein schmiegte.

„Sie werden sich jetzt durch ihre Kollegen durchtelefonieren und einen Exorzisten kontaktieren, der sich mit mir in Verbindung setzt, und zudem finden Sie mir eine Stelle, wo ich mindestens zwei Liter Weihwasser auf meinem Weg nach Schottland abholen kann“, sagte Laura streng. Als der Mann etwas entgegnete, begann Laura auf und ab zu gehen. Trix versuchte sich alles genau einzuprägen, jede Bewegung, den bestimmten Ton, der keinen Widerspruch zuließ, in der Hoffnung, all diese Kleinigkeiten in ihr Leben einfließen lassen zu können, damit sie eines Tages vielleicht auch ein bisschen mehr wie Laura war.

„Wissen Sie, ich bin eine Geschäftsfrau und wenn mich jemand um meine Dienste bittet, dann mache ich alles in meiner Macht stehende, um dieser Person zu helfen, weil ich nicht will, dass sie sich in Zukunft mit all ihrem Geld einem Konkurrenzunternehmen zuwendet. Also frage ich Sie allen Ernstes, ob es tatsächlich eine Rolle spielt, ob ich zum gegenwärtigen Zeitpunkt bei Ihnen Mitglied bin? Ich verfolge schon lange Ihre Presseartikel und die Fluktuation Ihrer Gläubigen, die ihr Glück woanders suchen. Sie stecken meines Erachtens in einer zu großen Flaute, als dass sie es sich leisten könnten, einer Seele in Not Hilfe zu verweigern. Luther hätte um jedes einzelne Schäfchen mit dem Teufel gekämpft, und wir sollten doch auch immer an die Presse denken.“

Trix amüsierte sich, wusste sie jetzt schon, dass der Mann sich nicht würde gegen Laura durchsetzen können. Knockout in der ersten Runde, ohne wirklich eine Chance auf einen

Sieg. So oder so, würde der Kirchenmann eine Schlappe erleiden.

Mit einem zufriedenen Lächeln legte Laura auf und kam zu Trix und Queenie herüber: „Sie melden sich bei uns."

„Wie lange gibst du ihm?", erkundigte sich Trix und stellte wie immer an ihrem Smartphone den Kurzzeitwecker ein.

„Eine halbe Stunde, wenn bis dahin kein Rückruf erfolgt ist, werde ich ihn leider noch einmal kontaktieren müssen, oder mir ist bis dahin etwas Wirkungsvolleres eingefallen. Kannst du dir vorstellen, dass die sich anstellen, uns Weihwasser auszuhändigen? Sie meinten, man könne nicht so einfach mal zwei oder drei Liter segnen. Was kann an einem Gebet, Wasser etwas Salz und Chrisam-Öl so schwierig sein? Diesmal habe ich ihm noch Zeit gelassen, die Sache noch einmal zu überdenken, das nächste Mal erinnere ich ihn daran, dass die Kirche sogar Waffen segnet. Es gibt schließlich immer einen Weg, wenn man etwas will. Das Problem, dass ich einen Exorzisten außerhalb der Geschäftszeiten sprechen will, haben wir auch schon abgehandelt. Schließlich ist unser Seelenheil in Gefahr. Man hilft, wenn Hilfe getan werden muss und nicht, wenn es gerade passt, oder?"

Laura wirkte zufrieden mit sich und ihrer Welt. Friedlich sah sie zum Himmel hinauf, der sich langsam darauf vorbereitete, Platz für Mond und Sterne zu schaffen, kraulte Queenie und war ganz bei sich, anstatt den Gesprächen noch nachzuhängen. Eine weitere Eigenschaft, die Trix an Laura so bewunderte, während sie selbst noch Tage später Ge-spräche durchkaute, immer wieder die Dialoge gedanklich durchging und sich dabei überlegte, wie sie hätte besser reagieren können. Laura wechselte einfach wieder zur Tagesordnung über.

„Julian hat mir Bilder von ihren Vorbereitungen geschickt", sagte Trix und reichte Laura ihr Smartphone, damit sie sich durch die Fotos klicken konnte. Ein sanftes Lächeln legte sich auf Lauras Gesicht, als sie zu einem Selfie von Julian kam. Sie waren seit drei Jahren zusammen und gleich nach wenigen Wochen hatten sie die erste Bewährungsprobe bestehen müssen, als Trix Eltern tödlich verunglückten. Laura hatte sich nicht abschütteln lassen, weder von Julians distanziertem Verhalten noch von Trix Sprachlosigkeit. Stattdessen hatte sie getröstet, sich um sie gesorgt und versucht, ihrem Leben eine Regelmäßigkeit zu geben, an der sie sich Tag für Tag entlang gehangelt hatten, als sei es das wichtigste Seil, das dafür sorgte, dass sie nicht in bodenlose Traurigkeit stürzten. Schließlich hatte Laura zu Parker, Julians ehemaliger Nanny, Kontakt aufgenommen, die ebenfalls gerade einen Verlust zu verkraften hatte. Julian ernannte Parker zu seiner Assistentin, sowie zur Mutter von Postley House. Ohne Laura, so wusste Trix, wären all die schönen Momente in den vergangenen Jahren nicht möglich gewesen.

„Das wird so genial, wenn wir da heute Nacht einfach vor der Tür stehen", freute sich Trix.

„Das hat er verdient, schließlich hat er mich sitzenlassen für diese Geister", lachte Laura. „Da nehmen wir keine Rücksicht. Hast du ihm wie vereinbart geschrieben, dass wir ins Kino gehen?"

„Ja und ich habe sogar ein wenig Research betrieben. Wir sehen alle zusammen einen Film der ‚Ein Herz für Jupiter' heißt und davon handelt, dass eine Familie einen autistischen Sohn aufnimmt. Wir fanden ihn berührend, aber Parker meint, dass die Eltern mit ihrem übertriebenen Sicherheitsbewusstsein das Kind zu einem noch größeren Außenseiter gemacht hätten, als er von Natur aus sei. Ich habe ein paar Rezensionen gelesen und kann notfalls sehr glaubwürdig argumentieren."

„Ich glaube nicht, das es nötig sein wird, wenn er den Titel und die Handlung hört, schaltet Julian sofort auf Durchzug. Es hat ja nichts mit Schatzsuche, Tempeln und sonstigen Geheimnissen zu tun. Hast du auch mal nachgesehen, ob es hier in der Nähe so einen Wiccashop gibt, den wir noch überfallen könnten?"

„Ja, aber der hat bereits zu", sagte Trix bedauernd, die

schon Lust gehabt hätte, sich den Shop genauer anzusehen, denn schon die Bilder im Netz versprachen viel wovon eine Junghexe träumen konnte. Nicht dass sie eine wäre, aber Trix träumte manchmal davon, sie sei eine so wie in dem Film ‚Der Hexenclub', doch dann mangelte es ihr und ihrer besten Freundin Amber doch an Mut, um Rituale auszuprobieren, die sie im Internet gefunden hatten. Sie blieben dabei, sich nur vorzustellen, wie cool es sei, wenn sie den Mut dafür aufbrächten.

„Versuch mal herauszufinden, wo der Besitzer wohnt. Ich glaube mit mir und der katholischen Kirche wird das nichts mehr", erklärte Laura und lächelte Parker entgegen, die mit einem Papptablett Coffee-to-go und Tee auf sie zukam. „Bereit für die nächste Station des Abenteuers?"

Trix nickte und stand auf. Natürlich war sie das. Zumindest solange Queenie, Parker und Laura bei ihr waren.

~ * ~

Mr. Jenkins saß wie ein Märchenonkel vor dem leeren Kamin in der kleinen Bibliothek. Ein griesgrämiger Märchenonkel, der sicherlich besonders gerne erzählte, wie man dem Wolf den Bauch aufgeschlitzt, ihn dann mit Wackersteine gefüllt hatte, um ihn dann zu versenken. Dennoch fühlte sich Rebecca durch seine Anwesenheit seltsam geborgen, wie sie mit einer Tasse Earl Grey Tee und einem Teller voll Shortbread Fingers auf dem Boden saß umgeben von Julian, Molly und Daniel, die auch ganz erwartungsvoll zu Jenkins hinaufsahen.

„Die Geschichte von Raymond Higgins beginnt so trostlos, wie sie endete. Bei seiner Geburt starb seine Mutter. Obwohl damals nicht ungewöhnlich, glaubte seine Großmutter Lady Gladys er habe, klein wie er war, seine Mutter getötet und unglaubliche Schuld auf sich geladen. Die Nächte zuvor hatten sie wohl Albträume geplagt, in denen der Heiland selbst ihr verkündete, dass mit dem Jungen etwas nicht stimme. Sein Vater, Mr. Walter Higgins, ein überaus realistischer Mann, der mit der Eisenbahn ein Vermögen verdiente und Dendell Castle kaufte, glaubte natürlich nicht an derlei Geschichten, aber dennoch hat er das Kind Lady Gladys Obhut übergeben“, Jenkins wies auf das überdimensionale Gemälde direkt hinter ihm über dem Kamin, das einen Mann zeigte, der so wirkte, als habe er nicht einen Tag in seinem Leben je gelacht. „So wuchs der kleine Raymond heran, streng von der Großmutter erzogen. Alle Flausen hat man aus ihm herausgeprügelt.“

Jenkins, der seine Rolle als Geschichtenerzähler genoss, schlug mit der flachen Hand effektvoll auf die Lehne. Molly zuckte zusammen, als habe er sie persönlich getroffen.

„Jedes noch so kleine Vergehen wurde streng geahndet, und so wurde einer der Türme, Sie wissen schon welcher, zu dem Ort an welchem er seine Strafen verbüßen musste.“

Alles zog sich in Rebecca zusammen und ein Gemisch aus Wut und Mitleid stieg in ihr auf. Sie hatte es nie ertragen, sich Geschichten anzuhören, in denen Kindern oder Tieren etwas angetan wurde. Wenn sie jetzt an den kleinen Raymond dachte, hätte sie am liebsten den alten Walter Higgins aus dem Gemälde gezerrt.

„Wer jedoch glaubt, dass es für den kleinen Raymond leichter wurde, als seine Großmutter an einer Lungenentzündung starb, der liegt falsch. Hauslehrer übernahmen die Erziehung und schlugen ihn weiterhin mit ihren Stöcken und dachten sich alle möglichen Demütigungen für den Knaben aus. Wer die Aufzeichnungen liest, weiß um die blauen Flecken, die aufgeplatzte Haut und all die Misshandlungen, die der junge Raymond erleiden musste. Doch wie in jedem Leben, gab es auch in seinem eine Sonne, die das Leben für ihn erträglich machte, etwas das ihm Mut gab und ihn all die Leiden ertragen ließ. Sie wissen schon von wem ich spreche?“

Rebecca sah auf das Porträt von Claire hinab, das in ihrer Hand lag. Warme, sanfte Augen blickten ihr entgegen.

„Richtig, es war das Mädchen, das hier alle schlicht Claire nennen. Sie war die Tochter einer der Wäscherinnen und schon als Kinder trafen sie sich heimlich, wofür Raymond so manche Strafe in Kauf nahm."

Molly hob die Hand und schnupperte: „Es riecht nach Lavendel."

Und tatsächlich lag jetzt in der Bibliothek ein schwacher Lavendelduft. Rebecca fröstelte. Sie wich zurück, so dass sich ihr Rücken schutzsuchend an den von Daniel lehnte. Unruhig fragte sie sich, wo der Geist sich wohl aufhielt. Ob er einen festen Platz hatte oder sich formlos in der Bibliothek ausbreiten konnte.

„Oh, er kommt meistens, wenn man über Claire spricht. Ich glaube es gefällt ihm, wenn wir sie noch einmal in unseren Gesprächen auferstehen lassen. Vermutlich ist mir nie etwas in der Burg geschehen, da ich sie immer sehr gemocht habe", sagte Jenkins, sich nicht aus der Ruhe bringend. „Und es ist nicht verwunderlich, war sie nach allem, was man sich erzählt, ein wundervolles Mädchen, so sanft, dass die Schwäne, die zu jener Zeit auf dem See von Dendell lebten, zu ihr kamen, wenn sie sie rief. Wie die Jahre vergingen wurde aus der Liebe, die sie als Kinder noch wie die zwischen Bruder und Schwester verband, mehr. Sie wandelte sich und so wurden sie im Frühjahr 1879 zu einem Liebespaar, soweit wir es einem seiner Tagebücher entnehmen können. Doch sie war nur eine Angestellte, ein Leben das nicht mehr wert war, als die paar Pennies die man ihr für die täglich zu verrichtenden Arbeiten zahlte. Als Mr. Higgins herausfand, dass sie sich heimlich mit seinem Sohn traf, warf er sie mit Schimpf und Schande hinaus in den herannahenden Winter. Keiner der Menschen im Dorf, nicht einmal ihre eigene Familie nahm sie auf, denn sie waren abhängig von Mr. Higgins Wohlwollen. So streifte Claire umher, während Edward in seinem Turm gefangen war. Eingesperrt von seinem Vater, musste er über vier Wochen ausharren, bis sich die Möglichkeit zur Flucht ergab und er am Weihnachtsabend aufbrach, um Claire zu finden. Ein halbes Jahr hörte niemand etwas von ihm, doch dann ging das Gerücht umher, man habe ihn mit einer Alten gesehen, um die er sich fürsorglich kümmerte. Nur wussten sie nicht, dass die in Lumpen gehüllte und ihr Anlitz verbergende, jene einstmals schöne Claire war, die durch eine schwere Krankheit gezeichnet war. Es war der Tag des 28. Augustes 1885, als Raymond in Dendell einbrach und das Hochzeitskleid seiner Mutter stahl, in dem man in den frühen Morgenstunden des 29. Augustes Claire finden sollte. Claire lag in Raymonds Armen, beide im Tod vereint in einem kleinen Boot auf dem See treibend. Sie hatten Gift gewählt, wohlwissend dass Claire nur noch wenige Tage blieben, und auch Raymonds Leben war ohne sie nicht mehr lebenswert."

Rebeccas Blick war schon einige Zeit in der zweiten Etage haften geblieben. Sie wusste nicht, ob sie Raymond tatsächlich dort vermutete, oder sie sich versuchte, davon zu überzeugen, dass er sich dort oben aufhielt, weil es ihr das Gefühl gab, sicherer zu sein. Wenn sie ihn orten konnte, dann war er für sie eine Spur weniger bedrohlich und einschätzbarer.

„Zwei Jahre vergingen", sprach Jenkins weiter. „Zwei Jahre, in denen Mister Edward Higgins begann, seinem klaren Verstand zu misstrauen. Immer wieder hörte er den Namen Claire wie ein Flüstern, immer wieder fuhr ein eisiger Hauch um ihn, griff nach ihm und so manche Nacht wachte er auf, so kalt, dass seine Haut bläulich verfärbt war trotz des nahen Kamins und der von der Bettpfanne gewärmten Laken. Man hörte ihn oft mitten in der Nacht schreien, leidend unter quälenden Albträumen, in denen Raymond die Hauptrolle spielte. Tagsüber schrak er häufig zusammen. Er behauptete, seinen Sohn gesehen zu haben, wie er sich in Fenstern, in den Messern des Tafelsilbers und im Wasser spiegelte. Immer wieder schien ihm etwas die Luft zu nehmen, und er musste innehalten um sich an etwas festzuhalten. Mr. Walter Higgins war ein Mann im besten Alter, doch er begann wie im Zeitraffer zu altern. Seine zwei Töchter hatten eine schlimme

Zeit mit ihm. Ihre Tagebücher sind voller Schilderungen von Angstzuständen, Unpässlichkeiten und wirrer Gedanken, die Mr. Higgins befielen. Man meinte, die Schuld am Tod des unglücklichen Paares würde ihm den Verstand rauben. Und dann eines Abends stieg er die Treppen des Turmes empor, betrat Raymonds Zimmer, die Tür fiel hinter ihm ins Schloss. Man hörte ihn reden, schreien, brabbeln und flehen ‚Geh endlich!‘ und ‚Ich bereue es!‘ und ‚Bitte lass ab von mir‘, und dann plötzlich immer wieder nur ein Wort ‚Nein‘, so hilflos und bittend ausgestoßen, dass es den Männern vor der Tür Angst und Bange wurde und sie ihre Anstrengungen verdoppelten, die Tür aufzubrechen. Man hörte Möbel rücken, Glas brach und mit einem langgezogenen Schrei stürzte Edward Higgins in die Tiefe. Alle hatten angenommen, dass der Spuk nun aufhören würde, war doch gerächt worden, dass Raymond und seine Claire in den Tod getrieben worden waren. Tatsächlich kehrte für mehrere Jahrzehnte Ruhe ein in Dendell Castle.“

Zufrieden mit sich sah Jenkins in die Runde, man hätte eine Stecknadel fallen hören können, und seine Zuhörer hingen gebannt an seinen Lippen. Mit vor Begeisterung glänzenden Augen goss er sich aus einer geschliffenen Glaskaraffe bernsteinfarbigen Whisky in ein Glas, nippte genießerisch daran, bevor er weiter erzählte.

„Die Burg wurde in den folgenden Jahren von Raymonds Schwestern bewohnt, die unverheiratet und schrullig zu den Higgins Spinstern geworden sind. Im Frühjahr 1919 raffte sie die Spanische Grippe hinweg. Die Burg wurde an ihren Onkel Jonathan Higgins vererbt, der einen Verwalter einsetzte und keinerlei Wunsch verspürte, an dem Ort zu leben, an dem sein Bruder in den Tod stürzte. Doch dann zog Lady Catherine mit ihrer Tochter Arabella anfangs der Zwanziger ein. Lady Catherine war die Frau von Jonathan Higgins, der an den Spätfolgen des Ersten Weltkrieges starb. Seine Pflege hatte die Ressourcen aufgebraucht und so war seine Witwe aus finanziellen Gründen gezwungen, mit ihrer Tochter

Arabella die Burg zu beziehen. In der weiten Welt wurde der Aufschwung gefeiert. Zu der Musik von Cole Porter tanzten die Flapper Girls ihren Charleston und genossen Freiheiten, die zu Zeiten Queen Victorias undenkbar gewesen wären. Burg Dendell verschloss sich den neuen Trends, denn Lady Catherine hielt starr an den alten Konventionen fest. Arabella aber verspürte den Drang, Freiheiten zu genießen, die ihre Mutter nicht guthieß. Sie war fasziniert von der Geschichte Raymonds, las seine Tagebücher und überredete Lady Catherine, dass sie sich in seinem Turm einrichten durfte. Eines Tages kam ein junger Mann zu Besuch, und Arabella verliebte sich heftig in ihn. Sie tanzten, lachten und verbrachten einen wundervollen Abend miteinander, artig sagte man sich gute Nacht, doch als Arabella die Treppe hinaufging, um sich schlafen zu legen, war es, als schubste sie etwas, und sie fiel hinab. Stufe um Stufe, bis sie wie tot vor den Füßen des jungen Gentlemans zum Liegen kam. Nach einem langen Aufenthalt im Hospital und Sanatorium war Arabella nie wieder bereit, einen Fuß auf das Grundstück von Dendell zu setzen. Sie wurde sehr gläubig und zog es letztlich vor, den Schleier zu wählen und eine Ehe mit Gott einzugehen als die mit einem Mann aus Fleisch und Blut. Ihre letzten Jahre verbrachte sie in Südfrankreich in einem kleinen Kloster. Man sagte, sie sei nie glücklich geworden. Ich glaube, es war ein Unfall, etwas, das niemand gewollt hatte, denn Monate lang waren die Temperaturen in der Burg danach eisig. Kaum ein Feuer im Kamin wollte lodern. Gläser fielen herunter und niemand wagte es zu lachen. Von diesem Tag an war der Spuk etwas, das allgegenwärtig war. Kaum ein Tag verging, als dass nicht etwas Unerklärliches passierte. Hunde in Dendell zu halten wurde eine Unmöglichkeit. Sie verweigerten sich, kläfften, knurrten Ecken an oder zogen sich winselnd zurück, auch Katzen blieben dem Gebäude fern. Niemand, der von Sinnen war, wollte hier leben und doch gab es immer einen Higgins, der sich Dendells annahm. Und so kam ich zusammen mit Mr. Henry Higgins in den sechziger Jahren nach Dendell, und es war seine Tochter Jennifer, die sich hier im Turm das Leben nahm."

Echte Traurigkeit spiegelte sich nun in dem Blick des Butlers wieder.

„Sie war ein wunderbares Mädchen, sehr sensibel. Eine Tagträumerin, wie man es wohl heute nennen würde. Sie war gerade siebzehn geworden, und ich muss gestehen, dass ich schon ein wenig für sie geschwärmt habe", bei dem Gedanken an Jennifer lächelte Jenkins wehmütig und seufzte. „Aber sie kannte nur eine Liebe, und niemand kann mit einem verliebten Geist mithalten. Ja, ich glaube fest, dass Raymond sich tatsächlich in sie verliebt hatte."

Jenkins blickte sich in der Bibliothek um, als hoffte er darauf, von dem Geist ein Zeichen seiner Zustimmung zu erhalten, doch es blieb aus.

Das Raymond und Jennifer sich angenähert hatten und einen Weg gefunden hatten zu kommunizieren, wurde uns das erste Mal klar, als Jennifer mit ihren Freundinnen zu einem Konzert der Beatles gehen wollte, ihr Vater es ihr aber strikt verbot. Er unterstellte ihr, sie wolle nur Drogen nehmen, sich ein kurzes Kleidchen anziehen und sich von den Jungs bewundern lassen. Nichts lag ihr ferner, doch Mr. Higgins glaubte, nur das was in seinen Zeitungen stand, die verkündeten alle Jugendlichen seien gleich und wollten nur das, was verboten sei. Jennifer ging es jedoch wirklich nur um die Musik, aber ihr Vater wollte nichts davon hören. Für ihn waren Cliff Richard, die Pilzköpfe und ganz besonders dieser Elvis Presley niemand, den er als Interesse seiner Tochter duldete. Sie war tiefgetroffen, als seine Anschuldigen auf sie niederprasselten. Jennifer war ein von Natur aus eher scheues Wesen, nur selten sprach sie ihre Wünsche aus, und nun wurde sie morgens am Frühstückstisch so hart zurechtgewiesen. Tränen stiegen ihr in die Augen, und auf einmal war das ganze Zimmer erfüllt von Lavendelgeruch, die Türen flogen knallend zu, die Tasse Tee ihres Vaters kippte um, so dass sich das heiße Getränk über seine geliebten Zeitschriften ergoss, aus denen er zitiert hatte. Wir stellten es an diesem Tag als ein Zusammenspiel von seltsamen Zufällen hin, über das geschwiegen wurde, doch Jennifer war tief getroffen. Sie verbarrikadierte sich im Turm und ging auch, nachdem ihr Vater ihr anbot, es zu erlauben, nicht zu dem Konzert. Sie wollte allein sein, wurde immer schweigsamer. Wenn sie ausging, dann alleine. Sie strich dann Stunden um Stunden über die Ländereien, legte Blumen auf dem Grab von Raymond nieder, und an einer Stelle im Wald, wo wir nie zu graben wagten, von der wir jedoch heute durch einen alten Eintrag des Butlers wissen, dass dort Mr. Walter Higgins die tote Claire verscharren ließ. Es war so absehbar gewesen, dass ich mir noch heute die Schuld gebe. Jennifer verlor sich immer stärker in ihrer Liebe zu Raymond, bis sie, um bei ihm zu sein, zu einem Messer griff …“

Weiter kam Jenkins nicht, denn Bücher fielen an mehreren Stellen aus ihren Regalen und polterten zu Boden, ließen Rebecca und Molly aufschreien und Daniel und Julian aufspringen. Das Gemälde von Edward Higgins begann bedrohlich an der Wand zu schwanken.

„Es war grauenvoll“, sprach Jenkins weiter, sich nicht von all dem einschüchtern lassend. „Wir wussten sofort, dass etwas geschehen war, denn Türen schlugen krachend zu, Gläser zersprangen, und alle Uhren blieben stehen. Wir vermuten, dass sie beide gehofft hatten, im Tod vereint zu sein, doch es scheint nicht funktioniert zu haben, entgegen all diesen Behauptungen, dass Selbstmörder zu Geistern werden. Vielleicht ist sie zu einem geworden, allerdings zu keinem, der in derselben Dimension lebt wie Raymond.“

Immer noch purzelten vereinzelt Bücher aus den Regalen.

„Raymond, ich bitte dich. Wir vermissen sie beide, und ich habe dir niemals Vorwürfe gemacht, doch lass mich doch wenigstens die Geschichte zu Ende erzählen.“

Als Antwort ging das Licht aus, etwas womit Jenkins anscheinend schon gerechnet hatte, denn augenblicklich leuchtete eine Taschenlampe auf, die die ganze Zeit unbemerkt an seiner Seite gelegen hatte. Es hatte etwas Unwirkliches, wie dieser Mann sich langsam aus seinem Sessel erhob, völlig ignorierend, dass ein zorniger Geist um ihn herumtobte und sich eine Horde Geisterjäger dicht aneinandergedrängt in Panik umsahen.

„Wie sie sehen, mag er es nicht, wenn man darüber spricht", seufzte Jenkins leise. „Ich schätze, wir sind noch nicht so weit, als dass wir diese Wunde verarzten können. Besser man rührt nicht daran. Du kannst dich wieder beruhigen, ich habe dich ja verstanden, aber es ist an der Zeit, dass jemand die Wahrheit erfährt, die ganze Wahrheit, nicht wahr? Irgendwann ist der Augenblick gekommen, sich dem Ganzen zu stellen, Raymond. Ich bin nicht der, der über dich richtet, aber du hast sie in dein Reich gelockt und somit in den Tod. Das kannst du nicht leugnen!"

Ein eisiger Hauch zog über sie hinweg und binnen einer Sekunde war der Lavendelduft fort und der Spuk beendet, als hätte es diesen nicht gegeben.

„Die Familie Higgins ist fort. Raymonds Burg verändert sich, und bald schon sollen Touristen hier übernachten", sagte Jenkins nicht ohne eine Spur des Bedauerns, in das dunkle Zimmer hinein, in das nicht mehr Helligkeit fiel, als der Strahl der Taschenlampe hergab. „Ich bin zu alt, um mich an die neuen Gegebenheiten anzupassen. Die zwei jungen Damen haben nun meinen Platz eingenommen und werden sich um die Belange von Mister Sanders kümmern. Ich komme mir vor wie ein Fossil aus längst vergangener Zeit, und mir bleibt nur noch ein ehrenhafter Rückzug. Sie sind die ersten, die es nach Logan Sanders erfahren, doch ich habe heute Nachmittag fristlos gekündigt. Meine Habseligkeiten werde ich nächsten Monat abholen lassen, aber ich habe mich entschlossen zu gehen. Noch heute. Mir bleiben jetzt noch zehn Minuten, Lebewohl zu sagen. Ich werde mich jetzt zu meiner Schwester begeben, die ein entzückendes Cottage in Cornwall ihr Eigen nennt und das ich bislang nur von Fotos kenne. Ich werde alte Rosen züchten und mir vielleicht einen

Bienenstock anschaffen. Bevor ich Sie jetzt verlasse, erlaube ich mir Ihnen noch einen guten Rat zu geben. Passen Sie auf Miss Rebecca auf. Ich brauchte nur einen Blick auf sie zu werfen“, kurz huschte das Licht der Taschenlampe zu Rebecca, „um zu wissen, dass Raymond sich zu ihr hingezogen fühlen wird, sieht sie doch Jennifer zum Verwechseln ähnlich.“

~ * ~

Laura hatte sich einen Hexenshop weitaus düsterer und mysteriöser vorgestellt, doch stattdessen waren die Wände in einem hellen Creme-Ton gehalten. Kristalle, die am Tag das Sonnenlicht brachen und Regenbögen an die Wände warfen, hingen in den Fenstern. Darüber hatte man Äste mit künstlichen Blättern angebracht, in denen jetzt kleine Lichter wie Glühwürmchen leuchteten. In den hellen Regalen lagerten übersichtlich Bücher, Flaschen, Räucherwerk und andere nützliche Dinge. Selbst Laura, die nicht viel vom Übersinnlichen hielt, fühlte sich hier wohl. Es kam ihr ein wenig vor, als habe Weihnachten sich überlegt, sommerlich zu werden. Sogar der Geruch von Plätzchen lag in der Luft. Kein Wunder, dass Molly süchtig danach war, ihr Gehalt in diesen Läden auszugeben.

„Da haben sie sich aber ganz schön was vorgenommen“, sagte die kleine rundliche Hexe mit den wachen Augen, die sich ihnen als Betty vorgestellt hatte. Sie war so nett gewesen, ihre Pforten noch einmal für sie zu öffnen, obwohl ihre Sonnenfänger nun schon das Licht des Mondes einfangen konnten, der sich immer wieder am blassblauen Himmel abzeichnete, bevor ihn wieder vorbeiziehende Wolken verdecken konnten. „Geister sind so unterschiedlich wie die Menschen, die sie in der Vergangenheit waren.“

„Wie meinen sie das?“, fragte Laura sofort nach, die darauf brannte, mehr über die geheimnisvollen Wesen zu erfahren, die viele Meilen von hier gerade Julian Angst machten. Erst vor zehn Minuten hatte sie die Bilder der verwüsteten Bibliothek gesehen. Es schien doch mehr daran zu sein, als sie zunächst geglaubt hatte.

„Naja, es gibt Geister, die nichts weiter als eine beobachtende Präsenz sind, halt die stillen, es gibt Poltergeister, die eine Menge Krach machen, die beachtet werden wollen. Geister, die so stark sind, dass sie ohne Probleme Schränke umwerfen oder eine Kuh heben können und wieder andere hätten bei einem Streichholz ihre Probleme." Betty ging zu Trix hinüber, die gerade die Zauberstäbe bewunderte, die in Reih und Glied auf einer samtigen Auslage auf ihre Hexe warteten. „Die funktionieren leider nicht wie die in Olivanders Laden aus den Harry Potter Büchern, Kleines. Wie viel Erfahrung hast du denn schon mit dem Zaubern?"

Trix, die sich ertappt fühlte, stolperte ein paar Schritte zurück wie ein frischgeborenes Fohlen, das noch ein wenig unsicher auf den Beinen ist, und richtete einen hilfesuchenden Blick zu Laura, die jedoch nicht das Gefühl hatte, dass sie Trix beistehen musste. Es ging schließlich nicht darum, ein ganzes Gespräch zu bestreiten, sie musste nur auf eine Frage antworten, deren Antwort sie kannte.

„Oh, ich bin keine ..." Trix errötete und suchte nach den richtigen Worten. „Ich bin keine Hexe."

Aus ihrem Mund klang es wie etwas Unanständiges, etwas, das man heimlich tat, wenn keiner hinsah und Laura unterdrückte ein Lächeln.

„Aber du würdest dich ganz wunderbar als Hexe machen! Ich spüre so etwas sofort ", bestand Betty auf ihrer Einschätzung von Trix magischem Potential. Laura wusste, dass sie versuchte, dem Mädchen eine ganze Erstausstattung an Hexenartikeln anzudrehen, vom Umhang, über Besen und Kessel vermutlich bis zum Zauberkater, wobei Queenie sicherlich von letzterem nicht begeistert wäre. Das Verhalten der verkaufstüchtigen Hexe war Laura nicht unsympathisch. Diese Frau vor ihr war keine esoterische Spinnerin, sie war eine Geschäftsfrau und als solche jemand mit gesundem Menschenverstand und Menschenkenntnis.

„Eigentlich keine schlechte Idee“, meinte Laura, die tatsächlich Gefallen an dem Gedanken fand. Dr. Burton, Trix Psychologe, wäre vermutlich strikt gegen diese Wendung in ihrem Leben, aber nach Lauras Einschätzung, war es das ideale Mittel, um Trix Selbstbewusstsein zu stärken. Magie konnte für Trix nicht nur ein nettes Hobby werden, sondern ihr auch das Gefühl geben, nicht allem und jedem hilflos ausgeliefert zu sein. Hexen waren immerhin machtvolle Frauen, und vielleicht würde etwas von ihrer Stärke auch auf sie abfärben. Nichts war schlimmer, als zu sehen, wie Trix oft in ihrer Opferhaltung erstarrte. „Parker, findest du nicht auch, dass wir Molly ein Tarot-Set mit Naturgeistern mitnehmen sollten oder vielleicht lieber ein Seelenpartner-Orakel?“

Laura und Parker warfen sich einen belustigten Blick zu, ja sie verstanden sich auch ohne Worte. „ Würde sich nicht besser ein Magic 8 Ball eignen oder ein Liebeszauber?“ Parker wandte sich wieder dem Sortiment an Ölen zu, die neben hübsch anzusehenden Fläschchen mit Pflanzenwässerchen und handgeschnittenen Seifen standen.

„Führen sie auch ein Massageöl das gegen Verspannungen im Nacken hilft?“

„Sicher“, sagte Betty und summte emsig wie eine kleine dickliche Hummel zu Parker herüber.

Lauras Smartphone surrte in ihrer Hosentasche, ein Blick auf das Display verriet ihr, dass Julian mit ihr sprechen wollte. Sie entschuldigte sich bei den Frauen und ging nach draußen, um die anderen nicht von ihrem Beratungsgespräch abzulenken.

„Ja oder Nein?“, fragte Julian. „Sag mir schnell eine Antwort, mein geliebtes Orakel aus Amerika.“

„Ja, ich will dich heiraten und Nein, ihr werdet nicht abreisen, weil ihr keine kleinen Mädchen seid, die sich von ein bisschen Buh und Bücherschmeißen einschüchtern lassen. Jetzt ganz ehrlich, auch ein dreijähriges Kind kann Bücher aus den Regalen holen und wie Hölle nach Lavendel stinken, aber deswegen würdest du doch niemals abreisen!", sagte Laura, die Julian lange genug kannte, um genau zu wissen, woher der Wind wehte.

Julian brauchte einen Moment, um ihre Worte auf sich wirken zu lassen: „Er ist auf die Neue scharf."

„Ideal, dann nehmt sie als Köder und baut mit ihr eine Geisterfalle", wagte Laura einen Scherz, der von Julian dieses Mal nicht gut aufgenommen wurde. Ein sehr schlechtes Zeichen. Laura wurde langsam unruhig. Julians Abenteuer schien dem Scheitern nahe zu sein.

„Laura, ganz ehrlich, ich habe keine Ahnung von dem was ich hier tue. Bis jetzt gab es immer Leute, die es mir gesagt haben, es gab Paragraphen und Gesetze, auf die ich mich beziehen konnte, und jetzt bin ich vollkommen auf mich gestellt. Die denken, ich verstehe was von dem allen hier."

„Weiß Molly denn nicht, was zu tun ist?", fragte Laura bissig, die genau wusste, dass Molly nicht viel mehr wusste, als die einschlägige Esoterikliteratur wie ‚The Secret' hergaben. Vielleicht konnte sie den Geist ja wegwünschen.

„Ich weiß nicht, inwieweit das Pentagramm, das sie aus Salz gezogen hat, funktionieren wird", meinte Julian sehr unsicher klingend.

„Pentagramm hört sich richtig an und Salz ist ein fan tastisches Mittel gegen böse Energien!", sagte Laura sofort und ohne nachzudenken, dass Julian nicht wusste, dass sie schon die ganze Fahrt über mit richtigen Experten kommunizierte.

„Schon deine Erfahrungen damit gemacht?", fragte Julian, der ihr Ironie unterstellte, wo keine war.

„Da war neulich so ein Artikel ...", sagte Laura und brach den Satz ab, bevor sie sich verriet und in Lügen verzettelte. Artikel gab es schließlich viele und sicherlich auch uber Salz.

„Du meinst also Salz kann helfen?", fragte Julian skeptisch.

„Absolut", versicherte Laura fest und hoffte, dass er nicht weiter nachbohren würde.

„Ich wünschte du wärst hier, Baby!“, seufzte Julian.

„Könntest du aufhören mich Baby zu nennen, wie dieser dämliche Lockenkopf aus dem Dirty Dancing Film. Das war damals schon im Kino peinlich.“

„Nur noch tausend Mal, Baby!“, sagte Julian anscheinend wieder zuversichtlicher der Geisternacht entgegenblickend.

„999 weitere Male sind demnach noch erlaubt und ich werde jedes einzelne Mal mitzählen.“

„Das glaube ich dir nicht. Ich werde es bestimmt schaffen, dass du ein paar davon nicht einmal registrierten wirst, Baby“, versuchte Julian seiner Stimme einen erotischen Klang zu geben.

„998 Mal“, zählte Laura weiter herunter.

„Du fehlst mir! Was machst du gerade?“, fragte Julian und klang plötzlich so sehnsüchtig, wie ein verliebter Teenager, der nicht glaubt, die Nacht überleben zu können, ohne seine einzig wahre Liebe bei sich zu haben.

„Mit dir reden.“

„Oh, du redest mit mir?“, Julian nutzte die Chance, ein wenig zu flirten.

„Julian, du hörst mir jetzt genau zu. Du lässt dich nicht von diesem Geist einschüchtern. Die Agentur ist dein Traum, und das ist dein Leben! Es ist wichtig, dass du nicht bei der ersten Schwierigkeit aufgibst. Es ist dein Job, Geister zu jagen. Da kannst du nicht bei dem ersten ‚Buh‘ den Hut nehmen, dich tief verneigen und den Rückzug antreten. Du hast diesen Job nicht gewählt, weil du jemand bist, der bei Gefahr nach Hause gehen will, sondern der Abenteuer und den Nervenkitzel liebt! Zeig mir, dass du mein Indy sein kannst, und ich werde weiter dein Baby bleiben. Deal?“

Julian murrte einen Moment, was sich anhörte, als sei er ein schlechtgelaunter Bär: „Deal!“

Laura war mit sich zufrieden, als sie nach ein paar süßen Worten des Abschieds auflegte, um dann wieder in den Hexenladen zurückzukehren, wo Queenie auf der Theke thronend eine Energiebehandlung erhielt.

„Sie bekommt gerade Reiki!“, sagte Trix mit vor Begeisterung blitzenden Augen. „Sie mag es! Siehst du wie sie das genießt? Molly hat das schon so oft probiert, aber da wollte Queenie nie.“

„Das kann ich verstehen. Molly kann ja schon in ihrem eigenen Leben keine Energien bündeln, welche wirren Strömungen wird sie dann an andere abgeben können“, sagte Parker ihren Hund beobachtend, wie er genießerisch die Augen schloss. Tiefe brummige Laute klangen aus der Hundekehle.

„Was würden Sie machen, wenn Sie einen Geist hätten, der das hier machen kann?“, sagte Laura, sich an den Sinn ihres Einkaufs erinnernd und hielt über Queenies Kopf Betty das Smartphone entgegen, auf dem die Fotos aus der Bibliothek zu sehen waren. Sofort brach diese die Energiebehandlung ab. Interessiert setzte sie sich die Brille auf ihre ziemlich lange Nase.

„Was ich machen würde? Herzchen, ganz ehrlich? Ich würde umziehen“, sagte sie entwaffnend ehrlich. „Da haben wir es mit einem Geist der Kategorie 5 zu tun. Das ist nichts, womit sich spaßen lässt. Da kommt Sie ein Umzug billiger als Profis zu buchen, die sich damit auskennen. Am besten lassen Sie das Gebäude abreißen, meistens gehen dann die Geister von allein.“

Trix, Queenie und Parker sahen Laura interessiert an. Was sollten sie tun? Zugeben, dass sie überforderte Profis waren? Amateure, die sich übernommen hatten?

„Ich lasse mich doch wohl nicht von so einem Geist vertreiben“, sagte Laura bestimmt. „Die Welt gehört den Lebenden!“

„Das ist zumindest die richtige Einstellung, aber Sie sollten wissen, dass Sie sich auf ein gefährliches Spiel einlassen. Nicht selten haben sich Leute ernsthaft verletzt oder waren danach für immer anders, nicht mehr wirklich unter den Lebenden, ihre Gedanken gefangen in einer anderen Dimension. Viele der psychischen Erkrankungen kommen daher, dass zu sorglos mit der spirituellen Welt umgegangen wird. Da ziehen wir an Orte des Spuks, wirken Magie ohne Sicherheitsvorkehrungen, achten nicht mehr die Traditionen und Weisheiten, die unsere Vorfahren in Märchen und Legenden uns überlieferten oder bringen aus unserem Urlaub Masken oder ähnliche magische Gegenstände mit, von deren Kräften wir keine Ahnung haben. Es gibt Leute, die es chic finden, sich in Indien oder China einen Schriftzug als Tattoo stechen zu lassen, ohne dessen Bedeutung wirklich zu kennen. Da werden leichtsinnig Götterstatuen und Amulette gekauft", Betty schüttelte über so viel leichtsinnigen Unverstand ihren Kopf. „Jedem dürfte es einleuchten, dass Dinge eine Schwingung haben. Instinktiv wollen wir ein Stück aus dem Besitz von Menschen haben, die uns begeistern, ein Autogramm oder ein Kleidungsstück. Schon der Name des Spielers auf einem Trikot kann dem Fußballfan ein wenig das Gefühl geben, erfolgreicher zu sein. Wozu sonst boomt der Markt mit Fanartikeln, werden bei Auktionen Höchstpreise für Gegenstände von Marilyn & Co. gezahlt? Und dann gehen sie, kaufen sich etwas Secondhand und meinen, dass es in dem Fall anders wäre. Das T-Shirt mag noch so schön sein, wir würden es vielleicht nicht nehmen, wenn wir den Vorbesitzer sehen würden oder seine Geschichte kennen. Nichts gegen recyceln, ich bin ein Fan davon, die Ressourcen der Erde zu schützen aber wir müssen vorsichtiger sein und Dinge von Schwingungen reinigen."

„Was halten Sie von dem Spruch ‚Ein Fluch hat nur so viel Macht, wie man ihm zugesteht'?", warf Parker in einem nüchternen Tonfall ein. Die beiden Frauen starrten sich an und es war als könne man es zwischen ihnen Knistern hören, wie sie allein durch Blicke etwas klärten, von dem Trix und Laura ausgeschlossen blieben.

„Es gehört eine gehörige Portion mentale Kraft dazu", erwiderte Betty schließlich. „Ich würde den einfachen Weg wählen."

„Würde er uns in diesem Fall nützen?"

Betty begann zu lachen, schenkte Queenie ein Leckerchen, dass sie aus einem Glasbehälter entnahm, der wie ein Hundekopf geformt war: „Ich hatte es geahnt, aber deine Antwort eben hat mich ins Schwanken gebracht, Mädchen.“

Trix sah aus wie ein geschocktes Reh im Scheinwerferlicht, als Betty ihren Zeigefinger wie eine Pistole auf sie richtete.

„Ihr seid also drei Hexen, die sich die Aufmerksamkeit eines Geists der Kategorie 5 eingehandelt haben. Ihr seid sehr klassisch in dieser Konstellation. Das findet man dieser Tage ja nur noch selten. Die Alte, die Mutter und die Jungfrau.“ Für einen kurzen Moment glomm Neugierde in ihrem Blick auf. Trix lief tiefrot an, als man sie als Jungfrau bezeichnete und wendete sich verschämt einigen Ritualen zu, die noch sorgfältig in Klarsichtfolie verpackt, sich geduldeten, ihren Zauber entfalten zu dürfen.

„Ich will vermutlich gar nicht wissen wie ihr das geschafft habt. Der Geist muss starke Emotionen beim Zeitpunkt des Todes gehabt haben, dass er so viel Kraft gebündelt hat. Umgebrachter Ehemann, hm? Wenn Ihr ihn vertreiben wollt, ist es zunächst einmal ratsam, mit ihm Kontakt aufzunehmen und zu erfahren, was er will. Man kann lange herumrätseln, aber ich bin da eher der direkte Typ. Das bedeutet, ihr braucht ein Mittel, wie er sich ausdrücken kann. In der Vergangenheit haben sich da Medien bewährt“, wieder lachte Betty auf. „Nun, gute Medien sind schlechter zu finden als die berühmte Nadel im Heuhaufen. Aber Witchboards haben sich auch dafür bestens bewährt. Ich habe immer welche vorrätig und sogar welche, die als Modeschmuck für die Ohren von stylischen kleinen Hexen gedacht sind. Gehen wir am besten in den hinteren Teil des Ladens. Das hier ist das Zeug, das ich an Hobby-Wicca verkaufe.“

Sie schob eine der Regalwände beiseite, die sich nahtlos in die Regale eingefügt hatte, nur mit dem Unterschied, dass diese auf kleinen Rollen stand.

Laura drückte Trix die Hundeleine von Queenie in die Hand, wohlwissend, dass es die Nerven des Mädchens beruhigen würde. Sie selbst konnte es kaum erwarten, einen Blick auf die Dinge zu werfen, die für Möchtegernhexen verborgen blieben. Wenn man erst einmal in diese Welt eintauchte, dann stellte man meistens schnell fest, dass man für ein Wunderland nicht unbedingt durch ein Kaninchenloch fallen musste. Die reale Welt hatte schon genug Merkwürdigkeiten zu bieten.

Und so folgten sie der Verkäuferin in einen Teil des Ladens, der aussah wie ein alchemistisches Labor. Über Bunsenbrennern standen Glaskolben mit diversen Flüssigkeiten, die langsam vor sich hin köchelten. Destillierkolben und andere Glasgefäße waren durch kompliziert aussehende Konstruktionen von Schläuchen miteinander verbunden, durch die farbige Substanzen flossen oder tröpfelten. Gefäße aus Zinn und kupferne Hexenkessel in allen Größen standen in Regalen und auf massiven Holztischen. Gebündelte Kräuter hingen kopfüber im Raum verteilt und verströmten ihren aromatischen Duft. In Gläsern mit Schraubverschluss und mit Korkdeckeln waren die verschiedensten Dinge untergebracht, von denen Laura nicht unbedingt wissen wollte, aus was sie bestanden.

Laura war tief beeindruckt, und sogar auf Parkers Gesicht spiegelte sich ein Anflug von Erstaunen wieder.

„Haben Sie hier die eingelegten Eidechsenaugen und das Drachenblut?“, fragte Parker und folgte als erste Betty ein paar Stufen hinab in ihr Laboratorium.

„Am einfachsten ist es, wenn Sie mir sagen, was Sie schon haben und ich suche Ihnen alles, was Sie noch brauchen“, bot Betty an ohne auf Parkers Kommentar einzugehen.

„Wir haben keine Erfahrungen mit Geistern, und wir haben vermutlich alles Nützliche in unserem Haus in Devon zurückgelassen. Es kam ziemlich unerwartet“, sagte Laura vorsichtig, die wohl nicht zu Unrecht glaubte, dass dies nur Leute zu Gesicht bekamen, die Dinge wussten, die den meisten Menschen verborgen blieben. Sie kannte nicht den geheimen Code, mit dem sie es hier hereingeschafft hatten, aber es wäre falsch gewesen, sich nun als nicht dem exklusiven magischen Club zugehörig erkennen zu geben. „Wenn Sie Fachliteratur haben, dann nehmen wir diese gerne auch mit. Wie gesagt, das ist das erste Mal, dass es mehr ist als ein Klopfen auf dem Dachboden."

Betty erkannte, dass dies der beste Verkaufstag ihres Lebens sein würde: „Also gut, welche Art von Witchboard hätten Sie denn gerne? Das normale, oder eines für Hexen, die wirklich den Namen Hexen zu Recht tragen? Die mit eingelassenen Amethysten und Bergkristallen, damit Sie auch zu schwachen Geistern Kontakt aufnehmen können, nicht dass Sie es bei Ihrem von Kategorie 5 bräuchten, aber vielleicht sind auch noch schwächere Wesen vor Ort? Bei Ihrem Geist würde sich vielleicht sogar eine Bleikristallkugel empfehlen, falls Sie ihn sehen wollen, oder ein magischer Spiegel."

„Wir verlassen uns da ganz auf Sie", sagte Laura und zückte etwas, das sie überall auf der Welt verstanden - Ihre Kreditkarte.

~ * ~

Feige wie sie waren, hatten sich die Geisterjäger, nach Jenkins Abreise, in das große Esszimmer zurückgezogen und saßen nun dort seit vollen vier Stunden in einem von ihnen selbst gezogenem Salzgefängnis, das nur einen schmalen Gang zur Toilette freigab. Peinlich berührt von ihrem Rückzug gaben sie sich Aufgaben hin, die der Mühen nicht wert waren, nur um überhaupt den Anschein zu erwecken, sich mit etwas zu beschäftigen und einen freien Kopf zu bekommen.

„Immer noch keine Veränderungen?", fragte Molly und schob die kleinen Patiencekarten zu einem Haufen zusammen. Sie warf ihrem Chef einen gelangweilten Blick zu. „Raymond ist noch immer in dem Turm?"

„Das ewig gleiche Rauschen", sagte Julian, den Blick wie hypnotisiert auf den Monitor geheftet, auf dem acht Kameras zeitgleich ihr grünstichiges Bild wiedergaben, bis auf eine, in der nur ein Rauschen zu sehen war.

Sie irrten alle, denn obwohl Raymond tatsächlich anfangs dafür gesorgt hatte, dass das Bild gestört wurde, war er nicht mehr in seinem Turm, sondern im selben Zimmer wie sie. Er freute sich schon darauf, am nächsten Morgen ihre Gesichter zu sehen, wenn sie die Kamera auf dem Kiesweg vor dem Turm finden würden, an fast der gleichen Stelle, an der man auch seinen Vater damals fand. Raymond lauschte ihren trägen Gesprächen und schwebte etwas abseits von ihnen über dem Boden. Er hielt sich absichtlich etwas fern, nicht nur dass ihn das Salz auf Abstand hielt, er wollte sich auch nicht durch die Kühle, die ihn umgab und die er nicht wie den Lavendelduft unter Kontrolle hatte, verraten.

Während die Geisterjäger vom Nichtstun ermüdeten, war er damit beschäftigt, seine Reaktionen auf das Salz auszutesten. Kam Raymond ihm zu nahe, prickelte es erst, doch von Zentimeter zu Zentimeter steigerte es sich, bis es in ein brennendes Gefühl überging. Seit über einem Jahrhundert war er zu keinen körperlich anmutenden Empfindungen fähig gewesen, dass das Salz ihm nun etwas Schmerzen bereitete, war interessant und ungeheuer spannend für ihn. Er überlegte, ob er die Wirkung des Salzes neutralisieren oder umgehen könnte. Zu einem geschlossenen Kreis gezogen, schien es eine Art Käfig oder Netz zu ergeben, das sich bis zur Zimmerdecke erstreckte und sie somit geistersicher einschloss. In die Mitte des Raumes hatten sie eine weiße Kerze gestellt, die bei jeder seiner Bewegungen sanft flackerte. Molly, hatte zudem um die Kerze eine Art Pentagramm aus Salz gestreut, niedlich, aber so wie es aussah, hätte sie sich die Mühe sparen können. Dass es eine Art Magie in Form von Salz gab, hatte er nicht vermutet, nachdem religiöse Stümper ihn mit Kreuzen bedroht hatten, unsinnige Sprüche vor sich hin brabbelnd. Eine ganz schlaue Frau, war auf die

Idee gekommen, ihn mit Knoblauch vertreiben zu können, wie einen Vampir. Doch das war jetzt Vergangenheit, viel spannender war die weiße Linie, die ihn in seiner Bewegungsfreiheit einschränkte, vorsichtig blies er dagegen und sah erfreut, wie die Kristalle leicht auseinanderstoben ohne die Linie zu unterbrechen. Wusste er es doch! Zufrieden über seinen Einfallsreichtum und seine Fähigkeiten, konnte er sich jetzt wieder darauf konzentrieren, wie lange diese angeblichen Experten die Langeweile aushielten, ohne ihr Gefängnis zu verlassen oder sich zu streiten.

„Und was wollen wir jetzt machen?“, fragte Molly, die auf Raymond so exotisch wirkte, wie eine Frau aus den Kolonien. Mit ihren klimpernden Armreifen, den merkwürdigen Gesängen, den seltsamen Verbiegungen ihres Körpers und den rituellen Handlungen. Er war fasziniert von ihr. Sein Vater hätte niemals eine solche Frau in der Burg erlaubt. Eine Schamlose, wie sein Vater zu sagen pflegte.

„Du könntest ein paar der Unterlagen durchsehen“, sagte Rebecca, deren Blick wie immer, wenn sie von Jenkins Notizen aufsah, ihre Augen durchs Zimmer schweifen ließ, als fühle sie seine Gegenwart und tatsächlich blickte sie diesmal wieder verräterisch lange zu ihm herüber. Sie war sehr sensitiv. Das hatte er sofort wahrgenommen, als sie angekommen waren. Sie hatte seine Gegenwart bemerkt, zu dem Fenster starr hinaufgesehen, von dem aus er sie beobachtete. Es kam nicht oft vor, doch von Zeit zu Zeit gab es Menschen, die wussten, wann er im Raum war, ohne dass er sie mit seiner Kälte berührte oder den Duft nach Lavendel verbreitete, den Claire so sehr geliebt hatte.

Raymond brachte Rebecca aufrichtige Sympathien entgegen. Er konnte die Emotionen von Menschen sehen. Sie waren ein wenig wie glänzender Rauch, der sich ausbreiten und mit dem von jemand anders verknüpfen konnte. Ihre farbige Hülle, wenn Molly recht hatte, nannte man es wohl Aura, schien ständig auf der Suche nach seiner zu sein. Und tatsächlich wirkte sie anziehend, fast unwiderstehlich auf ihn.

Ihre Aura und Nähe boten ihm Geborgenheit, Mitgefühl und Frieden, Emotionen nach denen er sich so sehr sehnte, dass es ihm schwer fiel, ihr fern zu bleiben. Sie war wie eine Sirene und mit jedem Mal, wenn ihre braunen Augen ihn ansahen, statt durch ihn durchzusehen, wurde es schwerer, sich aus ihrem Blick zu lösen.

Auch jetzt sah er den Schimmer um Rebecca, der immer näher zu ihm kam und sich dann abrupt zurückzog, als Molly mit der flachen Hand auf den Tisch schlug, verkündend, dass sie Geisterjäger seien und keine Geisterbeobachter.

~ * ~

Molly wurde unruhig wie ein Vogel, dem es in der Schale seines Eies zu beengt wurde. Sie hatte keine Lust mehr, Patiencen zu legen oder die anderen zu beobachten. Es würde nicht mehr lange dauern und sie würde sich, unvorsichtig wie sie war, aus dem Schutz des Salzes begeben.

„Warten, warten und noch einmal warten", stöhnte Molly. „Seit vier Stunden sitzen wir hier herum. Wisst ihr eigentlich, wie schädlich das für unsere Körper ist?"

Wie eine Katze räkelte sie sich auf ihrem Stuhl, und auch der junge Schotte sah mit rotgeränderten Augen von den Unterlagen auf. Die Zeit des Wartens und die Gewissheit, eingesperrt zu sein, zermürbten Molly und Daniel. Raymond konnte merken, wie Unzufriedenheit ihre Auren unruhig werden ließ und sie immer häufiger auf ihren Stühlen hin und her rutschten. Ihre farbigen Hüllen bekamen Zacken und Ecken, waberten rebellisch, als warteten sie nur darauf, ihre Dolche zu zücken um sich in den Kampf zu begeben.

„Niemand hält dich hier", verkündete Daniel, der sich durch die Dokumente, die Jenkins ihnen hingelegt hatte, wühlte. „Du bist frei, kannst jederzeit zum Turm gehen und anklopfen. Vielleicht will der Geist ja eine Tasse Tee mit dir trinken oder einen Haferkeks probieren."

„Vielleicht ist es genau das, was wir machen sollten!“, sagte Molly, doch sie blieb sitzen. „Wir schließen ihn aus und dabei will er vermutlich nur wieder Teil einer Gemeinschaft sein.“

Wollte er das? Raymond überlegte, ob er sich nach einer Gemeinschaft sehnte und verwarf es gleich wieder. Er kannte das Wort, aber die Bedeutung war ihm fremd. Er wusste nicht, wie es sich anfühlte Teil einer Gruppe zu ein. Zu Lebzeiten war er ausgeschlossen gewesen, abgegrenzt worden von seiner Familie, und als Geist lebte er vollständig im Exil. Er wusste nur, was es bedeuten ein Paar zu sein, zusammengeschweißt durch Liebe gegen den Rest der Welt.

„Hast du es noch nicht kapiert? Er will Rebecca“, sagte der Schotte und sein Akzent, der wieder stärker seine Sprache färbte, verriet wie sehr Molly ihn ärgerte. Raymond war sich noch nicht ganz sicher, ob Daniel sie nur beschützen wollte, oder er selbst gerne mit ihr zusammen wäre. Seine Aura wies keine eindeutigen Hinweise auf.

Rebecca hingegen war unwohl bei diesem kleinen Streit. Ihre Aura verschwand fast vollständig, als sie sich verschämt in sich selbst zurückzog, als sei sie eine Schnecke, die sich in ihrem Haus versteckte. Schüchtern richtete sie wieder den Blick auf die Dokumente und ließ ihre Haare wie einen Vorhang vor ihr Gesicht fallen, eine Geste, die er liebenswert fand.

„Was sollte ein Geist mit einer Lebenden wollen?“, fragte Molly und massierte sich mit kreisenden Bewegungen ihre Schläfen. „Bin ich die Einzige, die das nicht versteht? Ich meine, klar, hört sich alles ganz romantisch an, aber was ist mit Sex?“

Raymond merkte Wut in sich aufwallen, als man ihm so niedere Instinkte vorwarf. Ihn, der nicht einmal mehr einen Körper besaß, auf etwas Körperliches zu reduzieren. Etwas, dass er zu Lebzeiten nicht kennengelernt hatte und das er im Tod garantiert nicht vermisste.

„Es gibt ja wohl noch etwas anderes in einer Liebesgeschichte als den Gedanken an Sex“, sagte nun der junge

Schotte und sprach damit Raymond aus der Seele. „Er ist ein Geist, irgendeine wabernde Energie, die noch Gefühle empfinden kann. Ich glaube nicht, dass es ihm um den körperlichen Aspekt der Liebe geht."

Raymond war zufrieden mit dieser kleinen Verteidigungsrede.

„Ach, sieh an! Plötzlich wirst du zum Romantiker", sagte Molly, und ihre Aura begann wieder golden zu Schimmern. Es machte ihr Spaß, dass wenigstens ein kleines Streitgespräch die Langweile vertrieb.

„Ich bin lediglich ein Realist", brummelte Daniel, der jedoch keine Freude an dem kleinen Duell verspürte und stattdessen sorgenvoll zu Rebecca herübersah. Raymond merkte, wie er von einer Welle von Eifersucht erfasst wurde. Warum war er gefangen in einer düsteren und einsamen Welt, während dieser Mensch lebte, und alles was er tun musste, um Rebecca nahe zu sein, war die Hand nach ihr auszustrecken, vor deren Wärme sie nicht fröstelnd zurückschrecken würde, wie vor seinen eisigen Energien.

Er ließ Wind an der Zimmmerdecke aufkommen und durchs Zimmer heulen, als das Verlangen zu groß wurde, beachtet zu werden. Er existierte, er hatte Gefühle. Man ignorierte ihn, schrieb seine Anwesenheit allen möglichen Faktoren zu, und nur die Angst zwang sie manchmal anzuerkennen, dass er vielleicht doch nicht in seinem Grab ruhte.

Nun, da der Wind heulte, sahen sie sich alle um, sogar der hochgewachsene Lord, der so gar nicht adelig wirkte. Was hatte sein Vater sich angestrengt in die Kreise jener zu gelangen, die das Schicksal schon von Geburt an auf ein Podest erhob. Mit welch eiserner Disziplin hatte er sich hochgearbeitet, nur um weiterhin behandelt zu werden wie ein Aussätziger, dem ein Vermögen in den Schoß gefallen war. Ganz egal wie teuer seine Kleidung, wie untadelig sein Benehmen und wie großzügig er sich zeigte. Julian Windfall wäre für seinen Vater eine Schmach gewesen. Verbittert hatte sein Vater Genugtuung empfunden, als er einem hochverschuldeten Lord Burg Dendell abkaufte, um seine eigene Dynastie zu gründen, die dann auf solch grauenvolle Weise nicht über den nächsten Zweig im Stammbaum hinausgewachsen war. Stattdessen hatte der marode Zweig seines faulen Bruders die Familie weitergeführt und besser als man vermutet hätte. Nicht einmal durch Misswirtschaft hatte er die Burg in den Ruin getrieben, verspielt oder war der Trunksucht anheim gefallen. Erst jetzt, Generationen später hatten die Higgins eine verfallene Burg gegen eine frischrestaurierte Villa und ein dick gepolstertes Konto in Bayern eingetauscht. Vielleicht hatte seine Großmutter Recht gehabt und man hätte ihn gleich nach der Geburt in den Schnee legen sollen, wo er an Unterkühlung gestorben wäre. Sie war überzeugt gewesen, ein Fluch laste auf ihm. In dem Moment, als er nicht wie Claire dem Licht folgen konnte als ihre schemenhafte Seele, umhüllt von Gold den Heimweg angetreten hatte und er zurück blieb, verdammt zur Einsamkeit, musste er seiner Großmutter Recht geben.

„Vier Stunden und dreiundzwanzig Minuten", nörgelte Molly, als Daniel weitere Sticheleien nicht konterte und das kurze Windgeheul verebbt war.

„Am besten du schreist es so laut in die Nacht hinein, dass er es in seinem Turmzimmer noch hören kann. Vielleicht kannst du ihn zu einer kleinen Showeinlage animieren. Ihn herausfordern, damit er uns zeigen kann, was er alles drauf hat. Wir hatten schließlich noch keine Anzeichen von Besessenheit und niemanden, der an der Decke schwebte."

Besessenheit. Es war nicht so, dass Raymond es nicht versucht hätte, aber in den meisten Köpfen war zu viel los, als dass er Platz in ihnen gefunden hätte. Wie gerne hätte er sich eines Körpers bemächtigt, durch den er hätte sprechen und handeln können. Es war eigentlich keine schlechte Idee, er musste nur einen geeigneten Menschen finden. Daniel jedenfalls bot sich nicht an, seine Aura war mit ihren Ecken und Kanten zu schwer zu durchdringen, sobald er wütend wurde und reagierte so schnell, dass er sich definitiv nicht eignete.

„Ich habe Hunger." Molly gab nicht auf, sie nörgelte wie die Kinder, denen es zu langweilig war, ihren Eltern bei den Burgführungen zu folgen und ständig mit quengelnden Stimmen etwas forderten. Ein Eis, Pizza, Fish ‚n' Chips, eine Schneekugel oder etwas das Pokémon hieß.

„Du hast keinen Hunger!", behauptete Daniel schroff und warf frustriert das Buch zu, in dem er versucht hatte zu lesen. „Wenn dir so langweilig ist, dann hilf uns bei der Recherche. Spannende Lektüre, was man so alles dem Geist vorwarf, von kalten Füßen, über verpatzte Liebschaften bis hin zu Missgeburten bei den Kühen."

„Ich muss dieses Zeug nur von hier aus ansehen und ich schlafe ein!", meinte Molly, demonstrativ gähnend. Sie nahm einen Moment ihre Brille ab, drehte sie nachdenklich zwischen den Fingern, um dann einen sehnsüchtigen Blick zur Tür zu werfen. „Machen wir eigentlich die Nacht durch, oder gehen wir irgendwann schlafen?"

Plötzlich ging ein Ruck durch Julian, und er stand vom Tisch auf. Er straffte sein breites Kreuz. „Wir bekommen Besuch."

Seine Stimme klang wie die des Admirals, der an manchen Abenden Raymonds Vater Gesellschaft geleistet hatte, sich an den Whisky Vorräten der Burg labend.

„Besuch?", fragten Molly und Rebecca verwirrte Blicke zu Julian werfend.

„Ist doch immer noch ein Rauschen im Turm", sagte Daniel einen prüfenden Blick auf Julians Monitor werfend.

„Nicht diese Kamera, sondern die", sagte Julian und tippte dann mehrfach auf den Bildschirm, bis auch Daniel wissend aufstand. „Draußen ist gerade ein Auto vorgefahren, Mädels."

„Heißt das, wir schwärmen aus?", fragte Molly fröhlich und wieder voll Energie.

„Wir schwärmen aus!", bestätigte Julian, packte die Taschenlampe und steckte sie sich an eine Vorrichtung an seinem Gürtel, fast so wie die Helden in den Western, die

Jenkins eine Zeit lang jeden Abend gesehen hatte.

Abenteuerstimmung ergriff auch Raymond. Es gab nicht viele Überraschungen in seinem Leben. Meistens war jeder Tag wie der andere und zog sich hin wie Sirup. Wenigstens das musste man dem Amerikaner lassen, seitdem er die Burg übernommen hatte, war sein untotes Leben um einiges spannender geworden. Sich selbst nicht die Vorfreude nehmend, beschloss Raymond sich dem Team von Lord Windfall anzuschließen, statt schnell durch die Mauern zu huschen und einen Blick auf den Parkplatz zu werfen, wer sich so spät des Abends zur Burg verirrte.

Fast zu spät wich er Molly aus, die auf dem Weg zur Tür war und die beinahe mit einem lockeren Sprung in seinem nebeligen Körper gelandet wäre. Seine Kälte musste sie gestreift haben, aber vollkommen in ihrem Element, schien sie nichts bemerkt zu haben. Anders als Rebecca, die fröstelnd neben ihm zum Stehen gekommen war. Langsam wich er von ihr ab und war Julian dankbar, als er vorschlug, sie sollten Rebecca in die Mitte nehmen, da Raymond es auf sie abgesehen habe.

„Vielleicht ist es Logan?", mutmaßte Molly und richtete die Brille auf ihrer Nase. „Gekommen, um uns Powerfrauen beizustehen."

Raymond bezweifelte das stark. Er hatte Logan mit seiner Freundin zusammen auf dem Burghof gesehen, der jungen Frau aus Südamerika, die gläubig an ihrem Rosenkranz festhielt und sich stur weigerte, überhaupt nur einen einzigen Schritt über die Schwelle der Burg zu machen. Sie hatte ihn angefleht, die Stätte des Bösen nicht zu betreten. Keines ihrer Worte hatte Logan Sanders davon abgehalten, das Objekt zu kaufen oder eine Feier auszurichten, wo ganz andere Frauen seine Aufmerksamkeit erregten als seine prüde Liebste. Raymond wusste, dass sich die Zeiten geändert hatten, doch er mochte diesen neuen Frauentyp nicht, die sich wie billige Schauspielerinnen bemalten, nichts verhüllten und ihre Liebhaber schneller wechselten als andere Leute ihre Unterwäsche. Und dann, als Raymond begonnen hatte, sie während der Party durch eine Demonstration seiner Kräfte zu vertreiben, war Logan Sanders zusammen mit seinen Gästen geflohen.

„Sanders bezahlt dich dafür, dass du für ihn den Drachen, ich meine den Geist besiegst", sagte Daniel und wieder einmal musste Raymond dem jungen Mann zustimmen, auch wenn ihm das Wort ‚besiegt' im Zusammenhang mit selbst nicht behagte. Er war kein Monstrum, das man beseitigen musste. Bis jetzt hatte er nur seinen Vater zu Tode kommen lassen, obwohl es ein Leichtes gewesen wäre, weit aus mehr menschliche Plagegeister aus dem Weg zu räumen.

„Ja, aber jetzt wo Logan mich und Rebecca kennt, hat es ihn vielleicht nicht schlafen lassen. Unruhig hat er sich in seinem Bett von einer Seite zur anderen gerollt, hoffend und betend, dass er uns am Morgen noch lebendig vorfindet. Und dann, als er zu seinem Wasserglas griff, schoss ihm die Erkenntnis durch den Kopf, er musste kommen, um uns zu retten, denn er würde sich unseren Tod niemals verzeihen" steigerte sich Molly in ihre Wunschfantasie.

„Könntet ihr aufhören, vom Sterben zu sprechen", bat Rebecca, den Poncho enger um ihre Schultern ziehend. „Es bringt Unglück, darüber zu sprechen. Da wirst du mir doch Recht geben Molly? Man redet über etwas und zieht es dadurch an."

„Wenn es so einfach wäre, hätte jeder mehrere Millionen dank Lotto auf dem Konto und den Traumpartner an seiner Seite ", sagte Daniel sachlich und spähte dabei, in jedes Zimmer, das sie passierten. Er hatte bevor sie den Salzkreis geschlossen hatten, alle Türen bis zur Eingangstür geöffnet. Raymond hatte nicht ganz den Sinn verstanden, aber er glaubte, dass dem jungen Schotten einfach offene Türen lieber waren, hatte er auch im Schlafzimmer in der Nacht zuvor, sofort das Fenster geöffnet.

Raymond warf einen besorgten Blick zu Rebecca, die in der Mitte der anderen schritt, als gehöre sie einem Trauerzug an.

Er schien ihr ernstlich Angst gemacht zu haben, doch warum wurde jemand Geisterjäger, dessen Nerven unter jeder Spukerscheinung litten?

Sie erreichten die Eingangshalle der Burg und Raymond blieb zurück auf der Galerie, schwebte dann zum Kronleuchter und machte es sich auf ihm bequem. Hätte man nach ihm Ausschau gehalten, hätte man ihn leicht bemerken können, denn der Leuchter schwankte leicht und in jedem einzelnen Kristall zeigte sich deutlich sein fahles Ebenbild. Er wusste nicht, warum gerade diese Kristalle ihn zeigten, aber es gab vieles, was er an seinem Geisterleben nicht verstand, wie auch die Frage, warum es gerade ihn getroffen hatte.

Doch in den vielen Jahren, in denen er Stunden damit zugebracht hatte, immer wieder darüber grübelnd, was der Unterschied gewesen war zwischen ihm, Claire oder auch Jennifer, hatte er es aufgegeben, seine Existenz zu hinterfragen. Genauso wie Menschen nicht um den Sinn ihres Lebens wussten, hatte auch er keine Ahnung, worin der Sinn seines Geisterdaseins lag.

„Ich mache auf!“, rief Molly und nahm die letzten Stufen mit einem großen Sprung und stürmte wie ein Hund, der sein Herrchen begrüßen wollte, zur Tür. Sie riss sie auf und erstarrte, als stünde der Sensenmann höchstpersönlich vor ihr.

*

„Welch herzliche und schwungvolle Begrüßung“, sagte Laura und lächelte Molly freundlich an, in deren Augen ganze Stürme von Antipathie und Wut tobten. Vom ersten Tag an hatten sie einander nicht leiden können, waren wie Rivalinnen auf einander losgegangen und dabei wusste Laura nicht einmal, um was es Molly dabei ging. Nicht im Traum konnte Molly wirklich hoffen, dass Julian sie verlassen würde. Nicht nach all dem, was sie gemeinsam durchgestanden hatten.

Und obwohl hinter Lauras Rücken Trix, Parker und Queenie gut sichtbar standen, ihre neue Rolle als Hexentrio von Postley probend, baute sich Molly in der Tür auf, als ob sie keinen von ihnen einlassen wollte. Queenie knurrte tief, und Laura war sich nicht sicher, ob die dicke Hundedame tatsächlich Molly meinte oder vielleicht einen Geist witterte. Man sagte doch, dass Hunde einen Sinn für so etwas hatten oder waren es nur Katzen?

„Laura!“, dröhnte es hinter Mollys Rücken und nur widerwillig gab sie den Weg frei, so dass Julian wie eine Dampflok auf sie zuhielt, bis seine Hände sie an der Taille umfassten und sie dann hoch über sich hob, wobei er sich mit ihr im Kreis drehte.

„Lass mich runter!“, verlangte Laura lachend, aufpassend, dass ihr Kopf nicht mit dem Leuchter an der Wand kollidierte.

Nur langsam kam er ihrem Wunsch nach, ließ sie an sich hinabgleiten, bis sie auf Augenhöhe waren und ihre Münder sich zu einem langen zärtlichen Kuss fanden.

Queenie sprang an ihnen empor, ihr Recht auf eine Begrüßung bellend einfordernd. Immer wieder kratzten ihre eifersüchtigen Pranken über Julians Hose.

„Queenie, mein hübsches Mädchen!“, lockte Daniel, der ein wenig abseits von ihnen in die Hocke ging und mit Leckerchen die Bulldogge köderte, die daraufhin nur ungern von ihrem besten Freund, zu ihrem zweitbesten Freund und Futterlieferanten überwechselte.

„Ich habe wirklich nicht mit euch gerechnet“, sagte Julian, als er Laura wieder behutsam auf dem Boden abgesetzt hatte und strich ihr sanft über die Wange. Er schaute sie voller Liebe und tiefster Dankbarkeit an. Sie wusste, dass ihm ein Felsbrocken von der Seele fiel, durfte er doch jetzt wieder ein abenteuerlustiger Kindskopf sein, wo doch nun Laura und Parker bereitwillig die Verantwortung für sein Team übernahmen. Er musste sich jetzt nicht mehr mit Fragen herumschlagen, ob er die Mission abbrechen musste, weil er sie in nicht abzuwägende Gefahren brachte.

„Was ist mit Trix und der Schule?“, fragte Julian einen Blick zu seiner Nichte herüberwerfend, die müde den Kopf hängen ließ, den Hootie tief ins Gesicht gezogen, mehr Ähnlichkeit mit einem Zombie zeigte als mit einer Hexe in Ausbildung.

„Mr. Burton und ich haben uns heute Mittag kurz unterhalten und sind übereingekommen, dass es besser ist, wenn Trix eine kleine Auszeit nimmt.“ Sie wechselten einen langen sorgenvollen Blick, wussten sie doch beide, dass mehr dahinter steckte als eine bloße Ausrede. Die Mädchen in der Schule hatten sie als schwächstes Glied erkannt und versuchten, sie heraus zu mobben.

Laura wandte sich etwas ab und betrachtete die Neue, die nah bei Daniel stand und immer wieder verwirrt hinauf zum Kronleuchter sah. Sie machte einen zerstreuten Eindruck. So labil, dass Laura fürchtete, dieser Auftrag könnte ihre seelische Verfassung nachhaltig stören. Vielleicht war es keine gute Idee gewesen, ein Mädchen aufzunehmen, das gerade erst eine Trennung durchgemacht hatte und dessen Nerven blank lagen. Doch Molly hatte solange gejammert und erklärt, wie großartig sie sei, dass Julian bereitwillig zugestimmt hatte, als sei er kein Arbeitgeber, sondern ein Wohlfahrtsverein, der gestrandete Menschen so aufnahm, wie andere Leute Straßenhunden ein Heim boten. Sollte sich der erste Eindruck bestätigen, würden sie dieses sensible Mädchen weitervermitteln, bevor sie ernstlich Schaden nahm.

„Du musst Rebecca sein“, sagte Laura leise, um sie nicht zu erschrecken.

Es hatte etwas Beängstigendes, wie dieses Mädchen sich in die Realität zurückzwang.

„Und du musst Laura sein, die zukünftige Lady Windfall“, sagte Rebecca überraschend geistesanwesend. Vielleicht war bei dem Mädchen doch noch nicht alles verloren, immerhin hatte der Geist es wohl auf sie abgesehen, wer würde da nicht nervös werden? Laura gestand dem Mädchen eine zweite Chance nachdem ersten Eindruck zu, wenn sie diesen Geist erst ins Jenseits befördert hatten, sofern er mehr war als ein Hirngespinst, wobei sich Laura noch nicht ganz sicher war. Für sie war seine Existenz noch nicht bewiesen, auch wenn alle angeblichen Fachleute, mit denen sie sich auseinandergesetzt hatte, ihr bestätigten, dass mehr an Spukerscheinungen und Gespenstern dran war als durchdrehende Nerven, eine überschäumende Fantasie oder Massenhysterie. Immer wieder gerne wurde Shakespeare zitiert , Es gibt mehr Ding' im Himmel und auf Erden, als Eure Schulweisheit sich träumt'. Nun sie würde sehen.

~ * ~

„Das ist Beatrice, die jedoch lieber Trix genannt werden möchte", stellte Laura ihren Schützling vor. Sie trennte sich höflich von Daniels Seite, an den sie sich müde gekuschelt hatte, und kam zu ihnen herüber.

„Entschuldige, dass ich so k.o. bin", sagte Trix, die je müder sie war auch gleichzeitig lockerer wurde. Es war ein bisschen so als dämpfe die Müdigkeit auch ihre Hemmungen.

„Ich habe schon viel von dir gehört und gesehen. Es ist wunderschön, was du aus Postley gemacht hast! Deine Bilder haben so leuchtende Farben. Ich wollte in deinem Alter auch malen, aber ich bin leider am fehlenden Talent gescheitert", sprudelte es plötzlich nur so aus Rebecca heraus.

Trix bedankte sich scheu, wieder nach Daniel Ausschau haltend, der für sie bereitwillig in die Rolle des großen Bruders geschlüpft war. Doch Daniel sah nicht zu ihr, sondern beobachtete aufmerksam Queenie, die wie kurz zuvor schon Rebecca hinauf zum Kronleuchter starrte.

Ohne zu zögern griff Laura an Julians Gürtel und nahm die dort befestigte Taschenlampe an sich. Ein heller Lichtstahl traf den Leuchter und als sei etwas auf ihn abgefeuert worden, begann er zu schwanken.

Lauras Augen verengten sich skeptisch. Sie wollte nicht an

Geister glauben, denn das bedeutete, dass auch all die anderen Dinge wahr sein konnten, die Parker aus ihrem Handbuch für Geistervertreibung vorgelesen hatte. Geisterhandexeme, Nebelwunden, spontane Seelenlösung, Seelenspaltung, und sie mochte nicht darüber nachdenken, auch Dämonen und Geisterzecken. Manchmal war Unwissenheit das Paradies und ließ den Ahnungslosen besser schlafen.

Queenie rannte wild kläffend im Kreis herum, durch ihren Fettnacken daran gehindert, wirklich hoch zur Decke und dem schwankenden Leuchter mit seinen blitzenden Kristallen zu sehen.

„Trix! Laura!", rief Julian sie an seine Seite, als seien sie Hunde, doch beide ignorierten die Stimme ihres Meisters. Die Anweisungen von Betty wirkten tief. Der Geist hatte nur so viel Macht über sie, wie sie ihm zugestanden und er hatte zu weichen. Es lag an ihm, sich zu fügen, sodass sie herausfinden konnten, was er wollte und ihn dann letztlich von seinem Aufenthalt in der trostlosen Zwischenwelt, die sie verband, zu erlösen.

„Nimm das", sagte Trix und griff hastig in ihre Tasche, um eine Kette mit Pentagrammanhängern hervorzuholen. „Man hat uns versichert, dass es der beste Schutz ist, den man haben kann. Ich selbst habe auch einen und Queenie auch."

„Ich leg ihn dir um", bot Laura sich an und dachte an ihr eigenes Schutzamulett, dass ohne Achat auskommen musste und nur in der Mitte einen Bergkristall trug, da die Hexe den hochwertigen Anhänger nicht mehr genügend vorrätig hatte.

Dankbar für den Schutz nahm Rebecca sofort ihre Haare hoch, und ihre Finger umklammerten bald darauf den Anhänger.

„Moment!", sagte Molly, vollkommen ignorierend, dass das Licht der Lampen draußen zu flackern begann. „Woher habt ihr die Amulette?"

Molly brodelte wie ein Vulkan kurz vor dem Ausbruch. Laura hatte schon mit einem Eifersuchtsanfall von ihr gerechnet. Sie waren in etwas eingedrungen, was Mollys

Spezialgebiet gewesen war und auf das niemand in ihren Augen ein Anrecht hatte, als sie selbst.

Trix wich verschreckt ein wenig zurück, nicht wissend, was sie falsch gemacht hatte, eine Geste die wiederum Laura sauer machte, die zumindest in Julians Wahlfamilie nicht wollte, dass Trix eingeschüchtert wurde. Es war der Ort, an dem sie Liebe, Geborgenheit und Selbstvertrauen tankte.

„Wer hat euch beraten?“ Molly kam knapp vor ihnen zum Stehen, jede Faser ihres Körpers angespannt.

Nur wer vor etwas Angst hatte, konnte so wütend über eine solche Kleinigkeit werden, dachte Laura und fragte sich, ob Molly ihnen ihr Wissen rund um die magische Welt nur vorgespielt hatte. Ob ihr esoterisches Getue nicht mehr war, als ein Image, dass ihr den Status einer Expertin gab.

„Wir haben ein paar Erkundigungen eingeholt“, sagte Laura und schrak nur ein wenig zusammen, als vor dem Eingangsbereich die Glühbirnen splitternd zerplatzten.

Sie standen im Dunkeln, nur Lauras Taschenlampe und das wenige Licht, das aus dem Flur der oberen Etage fiel, beleuchtete die Szenerie. Queenies Knurren wurde immer bedrohlicher.

Laura fühlte, wie Trix schmale Hände sich an den Stoff ihres Oberteils klammerten und sie langsam zu ihr herüber rückte. Sogar Molly und Rebecca waren näher an sie herangetreten. Gemeinsam lauschten sie in die Stille hinein.

Plötzlich wurde die Stille von dem Ghostbuster Theme aus Daniels Smartphone durchbrochen. Soweit Laura wusste, hatte Daniel diesen Klingelton nur Julian gegeben. Die feinen Härchen auf ihren Armen stellten sich auf, als sie den Lichtkegel hinüber zu Julian wandern ließ, der dicht neben Parker stand. Sie versuchte in der Dunkelheit den Karabinerhaken der Leine an Quennies Halsband zu befestigen. Sie ließ den Lichtstrahl zu Julians Händen wandern, aber da war kein Smartphone, mit dem er Daniel hätte anrufen können und wozu auch? Es kostete sie einige Überwindung den Kegel von Julian zu Daniel hinüber gleiten zu lassen, der im Licht fahl erschien und hilfesuchend zu ihr blickte.

„Es ist Julian“, meinte er tonlos und hielt ihr zum Beweis das Display hin, das jedoch zu weit entfernt war, als das sie etwas gesehen hätte.

„Stell auf laut und geh ran“, verlangte Parker im resoluten Ton einer Nanny, der keinen Widerspruch zuließ.

Zwei Sekunden lang, ließ Daniel den Daumen über dem Display schweben, bevor er den Anruf dann doch entgegennahm.

„Willkommen auf Dendell“, sagte eine kalte Stimme, die so leer klang wie ein Brunnenschacht, und gleich darauf flog die Eingangstür mit Schwung ins Schloss.

~ * ~

Der laute Knall, den die Tür verursachte, riss Trix aus ihrer Müdigkeit, und sie war mit einem Schlag hellwach. Mit vor Schreck geweiteten Augen sah sie sich um, hoffend, dass der Geist ihr nicht das letzte bisschen Licht nehmen würde oder im Lichtkegel von Lauras Lampe plötzlich auftauchte. Kühler Wind streifte sie, ein kleiner ängstlicher Laut schlüpfte ihr über die Lippen und sie drängte sich Schutz suchend noch näher an Laura, die einen Arm um sie legte.

Sie durften nicht die Nerven verlieren, das hatte ihnen Betty aus dem Laden ganz eindringlich klar gemacht, Sie hatte vermutlich gewusst, warum sie gerade Trix dabei tief in die Augen gesehen hatte. Jeder konnte erkennen, dass sie so leicht einknicken konnte wie ein Strohhalm. Sie durfte eigentlich nicht hier sein. Wenn sie ihrer beginnenden Panik nachgab, würde sie die anderen gefährden, also unterdrückte sie jeden Gedanken an Tod und Schmerz und konzentrierte sich auf ihren Atem. Sie war jetzt hier und musste sich der Situation stellen, denn der Geist versperrte ihnen den Fluchtweg.

Nicht dass jemand versuchte zu fliehen, sie waren alle vor Angst gelähmt wie Kaninchen, die hypnotisiert auf den tödlichen Biss der Schlange warteten.

„Du kannst also sprechen?“, fragte Laura laut in den Raum hinein.

„Ja“, antwortete der Geist über das Smartphone.

„Dann vielen Dank, dass du uns so freundlich willkommen heißt“, sagte Laura und ließ den Lichtkegel umherwandern. „Ich muss sagen, dass ich Dendell sehr schön finde. Wenn man eine Ewigkeit an einem Ort verbringen muss, ist dieser hier nicht der schlechteste.“

Keine Antwort.

„Wärst du so freundlich und würdest die Tür öffnen? Wir haben noch unser Gepäck draußen im Auto liegen.“

„Nein“, kam es lang gezogen und unheimlich aus dem Lautsprecher.

„Es wundert mich doch sehr, dass Sie Ihr Benehmen als schottische Gastfreundschaft verstehen. Ich schätze Ihr Vater wäre entsetzt, wenn er davon erführe“, sagte Parker und ließ die kleine Taschenlampe an ihrem Schlüsselbund aufleuchten. „Ich jedenfalls bin müde und würde jetzt gerne zu Bett gehen.“

Trix bewunderte Parker dafür, dass ihre Stimme so freundlich tadelnd klang, als ob der Geist nicht mehr als ein ungezogenes Kind sei, obwohl Queenie jetzt deutlich böser knurrte und sich schützend vor Parker aufgebaut hatte.

Trix, Parker und Laura würden den Geist jetzt ignorieren müssen, da er anscheinend nicht daran dachte, ihnen entgegen zu kommen. Ein schwieriges Unterfangen, aber es war an der Zeit, ein Zeichen zu setzen. Trix war diejenige, der man es am wenigsten zutraute, locker zu reagieren, aber wenn sie es schaffte, cool zu bleiben, würden sie dem Geist demonstrieren, wie mächtig sie waren und laut Betty aus dem Hexenladen würde ihn das mehr verunsichern, als alles was sie ihm sonst entgegen schleudern konnten. Es war eines der schwersten Dinge, die Trix bisher in ihrem Leben gemacht hatte, aber sie öffnete ihre verkrampften Finger und ließ Laura los, innerlich zitternd, doch immer an die Worte von

Betty denkend, die ihr versichert hatte, dass der Geist ihr nur etwas anhaben könne, wenn sie es ihm erlaubte. Es sei so, wie ihr auch schon Dr. Burton in der Therapie erklärt hatte. Solange sie durch ihre Opferhaltung die Einwilligung dafür gab, würden die Mitschüler nicht aufhören sie zu quälen. Sie musste ‚Stopp!' sagen, und es waren nicht allein die Worte oder Taten, es war ihre innere Einstellung. Es war wie mit einem Hund, der Angst sofort witterte und sich dann doppelt stark fühlte. Sie musste ein unerschütterliches Bergmassiv werden, dem so eine dämliche Portia Fleming und auch kein Geist etwas anhaben konnte.

Trix bewegte sich ein paar Schritte vor. Sofort machte Julian sich bereit, seine Position zu verlassen, um zu ihr zu kommen. Auch Daniel machte einen Schritt mit dem teuflischen Smartphone auf sie zu. Aber Trix signalisierte ihnen mit den Händen, an Ort und Stelle zu bleiben. Dies war ihr Moment und die Erinnerung blitzte in ihr auf, an den Moment, als ihre Mutter sie hatte vom Dreimeterturm springen lassen. Es war genauso wie damals, das Gefühl, gleich etwas Unglaubliches zu wagen. Sie musste sich selbst überwinden. Sie musste stark sein. Sie drückte ihren Rücken durch – Sie war eine Hexe.

„Raymond!", sagte sie und ließ ihre Stimme so schroff klingen, als sei er daran Schuld, dass die Mädchen sie vorgestern mit Papierkügelchen beworfen hatten, während Alexander Deary, der bestausschendste Junge der Schule des Weges kam. Als habe Raymond allein, diese ganze peinliche Situation zu verantworten. „Ich weiß, du hattest es in deinem Leben nicht einfach, und wir sind nicht hier um deine Feinde zu sein. Wir sind deine Freunde, wir wollen dir helfen und tun, was auch immer wir tun müssen, damit du glücklich werden kannst. Doch für heute Nacht, und das meine ich ganz ernst, wirst du Ruhe geben."

Nichts geschah. Es wäre ja auch zu schön gewesen, wenn sich ein Geist der Stärke 5 davon hätte beeindrucken lassen, dass eine Sechzehnjährige versuchte, ihm Befehle zu erteilen.

Wer war sie, dass sie glaubte, dass sie es konnte?

„Wieso sollte ich euch trauen?“, schallte es aus dem Lautsprecher und Trix hielt für ein paar Sekunden die Luft an. Ihre Beine fühlten sich jetzt, da die Anspannung schon ein wenig nachließ, wie Gummi, und sie stemmte die Hände in die Hüften, damit nicht auffiel, dass sie zitterten.

„Wir sind Hexen“, übernahm nun Laura und trat in die Mitte des Raumes, direkt unter den Kronleuchter. „Ich weiß, du hast die Geisterjäger bei ihrer Arbeit beobachtet, allerdings wussten sie noch nicht genau, was sie tun sollten, aber jetzt sind wir da Raymond. Du weißt, dass Hexen weise Frauen sind? Wir sind wie Ärzte für die übersinnliche Welt. Du bist sauer und traurig. Wir verstehen das und wir werden dir helfen. Du kannst uns vertrauen.“

„Wie?“ fragte die Geisterstimme misstrauisch.

„Das wissen wir noch nicht, dafür sollten wir uns morgen Abend noch einmal genauer unterhalten. Wir haben ein Witchboard dabei, damit sollte es dir leichter fallen, dich mit uns zu verständigen. Es muss dich doch unglaublich viel Kraft kosten, über das Smartphone zu sprechen. Es ist beeindruckend, aber auch sehr schwierig, oder?“

Es war garantiert schwer. Laut des Buches, das Parker im Auto gelesen hatte, strengte Geister jede Bewegung, jeder Ton, jedes Wort an. Es war wie bei einer Batterie, die immer schwächer wurde. Dann würde er eine Auszeit benötigen, um neue Energie zu tanken und sich zu erholen. Nach der Randale in der Bibliothek und diesem stimmlichen Kraftakt dürfte nicht mehr viel von seiner Kraft übrig sein, vorausgesetzt die Theorie stimmte.

„Morgen Abend“, sagte Raymond noch einmal und beendete die Verbindung, wobei sich Daniels Smartphone ganz ausschaltete, als habe er die gesamte Energie aus dem Gerät gezogen.

Sie warteten einen Augenblick. Trix wusste, dass er sie weiterhin beobachtete, doch er schien ihnen wirklich eine Chance zu geben. Sie hatten seine Neugierde geweckt, ganz so wie es ihnen Betty geschildert hatte. Er würde sie nicht angreifen oder vertreiben, sondern beobachten. So lange sie ihn interessierten, würde er sie nicht loswerden wollen, und sie hatten Rebecca, die ihm aus irgendwelchen Gründen wichtig zu sein schien.

„Trix, würdest du bitte die Tür öffnen?“, forderte Laura sie auf. Kaum hatte Trix den Türknauf angefasst, da waren auch schon Julian und Daniel an ihrer Seite, als ob auf der anderen Seite Monster warteten. Die Tür ließ sich leicht öffnen und alles, was auf sie wartete, waren lediglich ihre Taschen und Koffer.

~ * ~

Rebecca hatte die ganze Nacht nicht schlafen können. Sie konnte sich keinen Reim auf all das machen, was in ihrem Leben gerade passierte. Kein Gedanke ließ sich klar ausformulieren, alles blieb seltsam schwammig: Die vielen neuen Personen, der Geist, dass Edward nicht zurückschrieb, dem sie von dem allen, was gerade bei ihr geschah, berichten wollte. Ihre Nerven lagen ziemlich blank.

Bevor sie Julian und Co. getroffen hatte und Teil ihres Teams wurde, hatte sie sich schon ausgezehrt gefühlt, doch nun fühlte sie sich restlos ausgebrannt, nicht mehr wissend, woher sie noch Kraft schöpfen sollte.

Trix, Laura und Parker waren zu einer Einheit zusammengewachsen, die die Zügel fest an sich gerissen hatten und nun bestimmten, was getan wurde. Niemand wagte ihnen zu widersprechen, waren sie doch diejenigen, die zumindest einen Plan hatten, aber Rebecca brauchte keinen Plan. Sie brauchte Ruhe um zu sortieren, was passierte. So hatte sie sich in einer unbemerkten Minute von den anderen abgesetzt und war durch eine Seitentür nach draußen entschwunden. Nun saß sie seit etwa zehn Minuten am Ufer des Sees. Sie hatte ihre Ballerinas ausgezogen und neben sich gestellt.

Wann immer ihre Gedanken zu den anderen wanderten, die bereits dabei waren, den Raum für die Séance vorzubereiten, ein besonderes Schutzsalz anzusetzen und eine Art Weihwasser nach Art der Wiccareligion zu mischen und zu segnen, fühlte sie sich schuldig. Aber es war besser ein paar Schuldgefühle auf sich zu nehmen, als bald völlig zu versagen.

Das Wasser vor ihr gab ihr ein Gefühl von Ruhe, und sie genoss es, die Zehen hineinzutauchen, während die Sommersonne ihre Haut wärmte. Vögel zwitscherten in den Bäumen, und alles wirkte trügerisch friedlich.

Unweigerlich kam die Frage in ihr auf, wo das Boot mit den Leichen von Raymond und Claire an Land gezogen worden war. Sie stellte sich die Szene vor, wie der alte Higgins hinter seinen Arbeitern stand und sich abwendete, nachdem klar wurde, dass es tatsächlich sein Sohn und dessen große Liebe waren, die sich dort draußen auf dem See ihr Leben genommen hatten, um im Tod wie Romeo und Julia vereint zu sein, nur dass Romeo zurückgeblieben war. Die Geschichte von Raymond gab so viel mehr her, als nur zu einer Geistergeschichte zu werden, die mit viel Buh und wenig Gefühlen irgendwann in Vergessenheit geraten würde.

„Lassen Sie mich raten, Sie denken an Raymond Higgins“, sagte eine tiefe Stimme hinter ihr und Rebecca fuhr in blanker Panik herum, der Geist könne sich materialisiert haben. Doch es war nur Logan Sanders, der zwar einschüchternd wirkte, doch bei weitem nicht so erschreckend wie ein Geist.

„Wie kommen Sie darauf?“

„Ich denke da in der Regel ganz einfach. Ich unterstelle anderen erst einmal meine eigenen Gedanken, Gefühle und meinen Geschmack. In mindestens fünfzig Prozent der Fälle liege ich richtig, außer als ich behauptete, Tamagotchis würden ein Revival feiern, wenn man die Küken durch gefährlich aussehende Schlangen ersetzte.“

„Aber die Niedlichkeit macht doch den Charme aus“, protestierte Rebecca, die selbst ein Tamagotchi in Form eines Kükens und eines Drachens bemuttert hatte.

„Heute bin ich da ganz Ihrer Meinung." Er lächelte und wies auf das Stückchen Kies neben ihr am Boden. „Ist hier noch frei, oder warten Sie auf jemanden?"

„Es ist Ihr Grundstück, Sie können tun und lassen, was immer Sie wollen." verlegen sah sie zu ihm auf.

„Wenn man Ihrer Chefin glauben schenkt, dann muss ich diesen Ort erst von Raymond einfordern und mich als rechtmäßiger Herr von Dendell erweisen. Ich wünschte, man hätte mir das alles gesagt, bevor ich den Kaufvertrag unterschrieb. Ich weiß nicht, ob ich die Burg gekauft hätte, wenn ich vorher von dem geisterhaften Untermieter gewusst hätte."

„Geben Sie es ruhig zu, man hätte überall Schilder mit Warnungen vor dem Geist aufstellen können und Sie hätten es nicht geglaubt." Was Rebecca kaum fassen konnte war, wie erstaunlich ruhig sie während des Gesprächs blieb. Eigentlich hätte sie aufgeregt sein müssen in der Gegenwart von Logan Sanders, aber alles woran sie denken konnte, war der Vergleich mit Edward, den sie unwillkürlich zog. Sie scherte beide über einen Kamm - reich, gutaussehend und charmant. Es waren für sie die drei Signalwörter geworden, die im Zusammenhang mit Männern nichts als Ärger versprachen.

„Ist er wirklich so harmlos, wie es scheint? Ich meine, die Frauen in den Geschichten haben sich in ihn verliebt, und er flirtete mit ihnen, als sei er ein ganz gewöhnlicher Mensch."

„Man mag es kaum glauben, oder?", sagte Rebecca und wich etwas zur Seite, als Logan sich nicht einmal einen Arm breit neben sie setzte. „Als harmlos würde ich ihn nicht bezeichnen. Er weiß nicht, was er von uns halten soll, kann uns weder einschätzen noch einordnen. Unsere ganze Vorgehensweise ist unkonventionell und auch ein wenig wirr. So wie Laura es erklärte, sind wir für ihn wie eine Art Reality Show. Wir müssen nur aufpassen, dass wir nicht abgewählt oder vollständig abgesetzt werden."

Logan wirkte nachdenklich und Rebecca vermutete, dass er aus der gesamten Story schon versuchte, eine richtige TV-

Show zu machen. Diesmal waren es nicht der Bachelor oder die Bachelorette, sondern der Geist, der entschied welcher Frau er den Strauch Lavendel überreichte, um sie dann mit sich zunehmen in sein Totenreich. Rebecca schauderte bei dem Gedanken, dass sie gute Chancen hatte, bei dieser Sendung als strahlende Siegerin hervorzugehen.

„Man berichtete, der Geist habe Gefühle für Sie", sagte Logan vorsichtig, als habe er Angst ihr zu nahe zu treten.

„Sympathien", korrigierte Rebecca, die wie ihre Oma es ausgedrückt hätte, die Kirche im Dorf lassen wollte. Der Geist hatte sich ein falsches Bild von ihr gemacht, er projizierte Gefühle auf sie, die nicht funktionieren konnten. Vielleicht glaubte er auch, sie sei eine Wiedergeburt seiner großen Liebe Claire, aber dann konnte sie sich nicht erklären, warum er soweit ging sie zu ängstigen.

„Darf ich fragen, was Sie für den Geist empfinden?", erkundigte sich Logan bei ihr und sie zuckte ratlos mit den Schultern. Es war ein viel zu großes Gemisch an Emotionen, als dass sie es hätte beschreiben können, jede Menge Mitgefühl, Angst, Unverständnis, Sorge und Verständnis.

„Warum haben Sie die Burg gekauft?", fragte nun Rebecca etwas, worüber sie immer wieder nachdachte. „Überall stehen Burgen zum Verkauf und wunderschöne Herrenhäuser. Man sagte uns, dass Sie hier ein Wellnesshotel eröffnen wollen und ich verstehe es nicht, schließlich gibt es hier mehr Regen- als Sonnentage. Ich habe mir die Lage von Dendell Castle bei Google Maps angesehen, Sie haben noch nicht einmal einen nahen Flughafen oder einen Motorway, vom Standort also eigentlich völlig unwirtschaftlich."

Endlich sprach sie aus, was sie dachte, konnte vielleicht auf eine der vielen Ungereimtheiten eine Antwort bekommen.

Logan sah sie erstaunt an: „Diese Fragen hatte ich nicht erwartet, zumindest nicht von Ihnen. Mein Vater stellte sie mir und auch meine Berater, aber von meinen Geisterjägern? Ich muss sagen, dass es ein sehr sensibler Punkt ist, auf den Sie ihren Zeigefinger pressen."

Die Freude über den Mut, ihm diese Frage gestellt zu haben, war so schnell verflogen, wie sie aufgekommen war.

„Um ehrlich zu sein, aber behalten Sie es bitte für sich, es war meine romantische Seite. Es ist ein Projekt, das jetzt einfach funktionieren muss, nachdem ich mich soweit dafür aus dem Fenster gelehnt habe. Für einen Mann in meinem Alter ist es ein wenig peinlich, solchen Sentimentalitäten und Albernheiten nachzuhängen, aber meine Familie mütterlicherseits stammte aus Schottland. Meine Mutter hatte nie viel Zeit für mich, aber wenn sie dann mal abends an mein Bett kam, dann hatte sie meist ein Buch dabei mit …“ Er brach ab und warf ihr einen langen Blick zu. „Ich weiß gar nicht, warum ich Ihnen das erzähle. Sie haben irgendetwas an sich, dass man einfach drauflos redet, ohne groß nachzudenken. Schon daran gedacht, die Geisterjagd an den Nagel zu hängen und Psychologin zu werden? In meiner Welt könnten Sie damit eine Menge Geld verdienen.“

Obwohl es ein Kompliment war, versetzte es ihr einen schmerzhaften Stich, warum wollte alle Welt sie zu etwas drängen, was sie nicht sein wollte?

„Das ist mein wunder Punkt“, sagte Rebecca und blinzelte in die Sonne. „Mein Vater ist Psychiater und obwohl er nicht viel von Psychologen hält, war es immer sein Traumberuf für mich. Aber erzählen Sie mir lieber weiter von dem kleinen Jungen, der in seinem Bett lag und für den es etwas ganz Besonderes war, wenn seine Mutter sich für ihn Zeit nahm.“

„Die Bücher handelten von König Arthus, Ivanhoe, Burgen, Rittern und Drachen.“ Verlegen schob er sich eine Strähne aus der Stirn.

„Vergessen Sie da nicht die Prinzessinnen?“

„Oh, natürlich!“, sagte Logan und blickte sie mit einem Lächeln an, wobei seine Augen so sanft auf ihr ruhten, wie sie es immer bei Julian beobachtete, wenn er Laura anblickte. Ein Blick, der ihr den Atem raubte. Sie hatte beschlossen, dass Liebe nicht mehr für sie in Frage kam und doch merkte sie, wie Logans Art die Eismauern um ihr Herz zum Schmelzen brachte. „Prinzessinnen gab es auch. Sie waren schön, sanftmütig, aber auch stolz und unbeugsam bei Gefahr. Sie ließen die Prinzen träumen von einer Welt, in der sie etwas hatten, wofür es sich zu kämpfen und sogar zu sterben lohnte. Ich dachte, dass wenn ich die Burg besitze, sich alles weitere schon einstellen würde."

Rebecca sah ihn misstrauisch an, abschätzend ob er versuchte sie für sich einzunehmen, oder tatsächlich sein Innenleben mit ihr teilte. Sie wusste es nicht. Es konnte lediglich ein Flirt sein, und in der Vergangenheit hatte sich herausgestellt, dass sie Menschen wohl nicht so gut einschätzen konnte, wie sie es immer geglaubt hatte. Auf sie wirkte Logan ehrlich, fast ein wenig zerbrechlich, wenn er von seiner Kinderzeit sprach. Doch es konnte auch nur eine billige Masche sein, die er bei jeder Frau abzog, die sich nach einem Prinzen sehnte. Es kam immer gut, von romantischen Märchen zu reden und von dem kleinen Jungen, der nach Liebe suchte.

Widerwillig bemerkte Rebecca den Zynismus, der sich in ihre Gedanken geschlichen hatte. Darcy. Sie musste an Mr. Darcy denken, sie durfte nicht zulassen, dass sie ein Edward hart machte. Sie wollte weich bleiben und eine Träumerin. Doch gerade hatte sie die ersten Anzeichen von Verbitterung bei sich erkannt.

„Also sind Sie heute Abend bei der kleinen Séance dabei?", fragte Rebecca und entschied sich, nicht ganz so abweisend zu ihm zu sein, wie sie es gern gewesen wäre. Er war nicht Edward Nummer Zwei und sie würde weder zu stolz noch so voller Vorurteile sein, dass sie ihm nicht wenigstens Freundlichkeit entgegenbrachte. Zudem war es vermessen zu denken, dass er sich für sie interessierte. Er war Logan Sanders und konnte an jedem Finger zehn Frauen haben.

„Ja, Ihre Kollegen konnten mich überreden und ich habe beschlossen, mich den Gefahren zu stellen. Schließlich geht es hier um meinen Traum, auch wenn es nicht gilt, einen Drachen zu erlegen, sondern mit einem Gespenst Kontakt aufzunehmen “, sagte Logan und erhob sich. „Ich weiß, dass Sie vermutlich ablehnen werden, aber verzeihen Sie, wenn ich meine Chancen trotzdem nicht ungenutzt verstreichen lassen will. Doch ich habe eine Verabredung mit der liebenswürdigen Millie Campbell. Ich muss ein paar Dinge unterzeichnen, und ich würde sie gerne dazu einladen, mit mir ins Dorf zu fahren. Als ich es gegenüber Ihrer Chefin erwähnte, zeigte sie sich sehr interessiert und meinte, ich solle mich nach Legenden umhören, die es rund um die Burg und den Geist gibt. Ich schätze ich könnte daraus einen kleinen Arbeitsausflug für Sie machen.“

Es klang verlockend, etwas mehr von Schottland zu sehen als nur diese Burg. Außerdem konnte man sie dann nicht für andere Dinge einspannen, wie das Einkochen von Kräutern, dem Singen vor einem Kessel oder zum Kürzen von Kerzen auf eine bestimmte Länge. Es war ein viel zu schöner Sommertag, um ihn mit richtiger Arbeit zu verbringen. Nach der ganzen Angst und den beklemmenden Gefühlen der Nacht hatte sie sich einen Ausflug verdient.

„Wenn Sie Laura von Ihrer Idee überzeugen können, dann habe ich nichts dagegen einzuwenden, Mr. Sanders.“

„Bitte erlauben Sie mir, das Förmliche abzulegen.“ Logan half ihr hoch. „Ich halte es sonst mit einem freundlichen aber doch distanzierten Verhältnis zu den Menschen, die für mich arbeiten, aber so sehr ich mich anstrenge, wollen Geisterjäger nicht in diese Schublade passen. Lass uns also bitte das steife ‚Sie‘ vergessen “

„Okay, du hast uns also engagiert, weil du Freunde suchst?“, wagte Rebecca zu fragen und fragte sich, warum ihre Stimme nun doch so flirtend klang.

„Ich habe euch nach Schottland kommen lassen, weil ich einen Geist habe. Doch wenn man Handwerker engagiert, um eine Wand einzureißen und dabei auf Gold stößt, wäre man ein Narr, es nicht haben zu wollen.“

Oh Rebecca, dachte sie voller Selbstmitleid. Wieso war sie so schwach, sobald ein Mann von Romantik sprach anstatt von Bits und Bytes, Fußball oder Autos.

~ * ~

Raymond beobachtete schon den gesamten Morgen und Nachmittag die Vorgänge in der Burg. Es war interessant und endlich nach so vielen Jahren, in denen man über ihn geschwiegen hatte, als sei er eine nicht salonfähige Krankheit, stand er im Mittelpunkt des Geschehens. Als sei er der Hausherr, drehte sich jetzt alles um ihn. In der Küche wurde für ihn ein Süppchen gekocht, von dem er noch nicht wusste, wie er es zu sich nehmen sollte oder was es bewirken könnte. Das Esszimmer wurde ihm zu Ehren geputzt und dekoriert mit Kerzen, bunten Halbedelsteinen und verschiedenen getrockneten Pflanzen.

Immer wieder überlegte er sich, was er ihnen sagen würde, wenn sie von ihm tatsächlich wissen wollten, was er sich wünschte. Er hatte viele Wünsche, und er konnte sich kaum entscheiden, welche besonders wichtig waren. Was wollte er wirklich? Das war eine schwierige Frage, kannte er auch nicht alle Optionen, die es für ihn gab. Wollte er tatsächlich ins Licht geschickt werden? Was war eigentlich dieses Licht und würde dort Claire auf ihn warten? Vielleicht auch Jennifer? An Arabella wollte er gar nicht erst denken, war sie doch die Treppe nicht, wie Jenkins dachte, eines Unfalles wegen hinabgestürzt, sondern weil sie ihn betrogen hatte. Er konnte wirklich darauf verzichten sie wiederzusehen.

Oder wollte er hier bleiben? Es gefiel ihm, wie sich alle um ihn kümmerten und ihm mit dem gehörigen Respekt begegneten, doch dafür musste der Amerikaner verschwinden.

Hier zu bleiben in dieser Welt war tatsächlich etwas, das ihn zu reizen begann, denn es war nicht so ungewiss, wie ins Licht zu entgleiten einer mehr als ungewissen Zukunft entgegen. Er hatte sich selbst und seinen Vater getötet, letztlich sogar Claire, nach der der Tod zwar schon seine schlanken

Finger ausgestreckt hatte, aber Father Wilkens hatte immer gesagt, dass man das Siechtum hinnehmen müsste als Leidensweg, um zu Gott zu gelangen. Nein, wenn es einen Gott gab, würde er ihn sicherlich nicht freisprechen und am Ende des Tunnels würde Satan mit seinen Höllenfeuern schon auf ihn warten. Wer konnte ihm schon vergeben? Vielleicht Rebecca, wenn sie um ihn weinte, wie in dem Märchen von Oscar Wilde, das ihm Jennifer immer vorgelesen hatte. Doch nicht einmal ihre Tränen hatten ein Wunder vollbringen können, ebenso wenig wie ihr Blut. Warum sollte es dann bei Rebecca anders sein?

Es war sicherer, sich ein Leben hier einzurichten. Er hatte mitbekommen, dass Laura den Amerikaner zu der Séance eingeladen hatte als neuen Besitzer von Dendell. Es wurde Zeit, dass Raymond mit ihm verhandelte und der Amerikaner auszog. Es war seine Burg. Logan Sanders gehörte sie nur auf dem Papier. Raymond hatte es sich nie erlaubt, von einem selbstbestimmten jenseitigen Leben zu träumen, doch jetzt fragte er sich, wie es wohl wäre, seinen angestammten Platz als Herr der Burg auch einzunehmen. Er wäre gnädig zu den Angestellten, viel freundlicherer als sein Vater es je gewesen war. Als Verwalterin würde er Laura einsetzen, denn sie schien etwas von all dem zu verstehen, soweit er ihre morgendlichen Telefonate belauscht hatte, in denen sie im Kommandoton von Verkaufszahlen, Werbung und Löhnen sprach.

„Meinst du, wenn wir Salz auf die Kamera kippen, dass unser Geist sie dann nicht stören wird?“, fragte Daniel, der gerade dabei war, eine Kamera über dem Kamin im Speisezimmer anzubringen.

„Wieso sollte er? Die Aufnahmen mit Rebecca im Turmzimmer hat er auch nicht gestört, und gestern Abend zeigte sich auch kein geisterhaftes Störsignal.“ Julian war dabei, die Stühle mit einer Salzlösung abzuwaschen. Eine Tätigkeit, bei der Raymond ihn nur zu gerne gestört hätte, doch sie bezeichneten sich als seine Freunde. Er hatte ihnen Angst gemacht, und es war nur natürlich, dass sie versuchten, sich vor ihm zu schützen. Zumindest momentan würde er es ihnen ein solches Verhalten noch durchgehen lassen. Wenn sie jedoch erst einmal wussten, dass er bereit war, sie in seine Dienerschaft aufzunehmen, musste dieser Unfug aufhören und Salz würde von dem Moment an in seiner Burg verboten sein. Kein einziges Körnchen würde er dulden. Nicht einmal in den Speisen.

„Glaubt du Laura und Parker haben wirklich den Durchblick? Ich meine, sind sie wirklich Hexen? Schon immer gewesen oder ganz plötzlich?“, fragte Daniel und kam von seiner Leiter heruntergestiegen.

Julian schien zu überlegen, legte seinen Waschlappen aus der Hand und sah lange an die Wand direkt neben Daniel: „Würde es dich wundern, wenn sie es wären?“

„Nein“, antwortete Daniel sofort. „Aber es ist schon ein bisschen beängstigend, dass sie es vielleicht schon immer waren. Vermutlich haben sie Tränen über uns gelacht, als wir sagten, wir würden Geisterjäger werden. Wie man sich über Kinder amüsiert, die ausziehen mit ihren Stöcken, als seien es Schwerter und auf Bäume einschlagen, behauptend es wären Drachen.“

Julian machte ein Gesicht, das zeigte, wie unbehaglich ihm das Thema war. Ablenkend sagte er: „Wo ist eigentlich Rebecca? Hab sie, seit wir mit Burt und den anderen gesprochen haben, gar nicht mehr gesehen.“

Raymond wurde hellhörig, auch er hatte bei all seinen Überlegungen und der Hektik, Rebecca aus den Augen verloren.

„Sie und Logan sind ins Dorf gefahren. Da ist wohl noch eine Frau, die sich mit den Geschichten und Legenden rund um Dendell auskennt.“

Daniel stockte einen Augenblick: „Meinst du, sie bringen uns wie versprochen Essen mit?“

Raymond konnte es nicht fassen, dass der junge Schotte so gleichmütig darüber hinweg ging und nur an seinen Bauch dachte. Rebecca hatte Dendell verlassen, war außerhalb seiner Reichweite und somit auch seines Schutzes. Noch dazu war sie mit diesem Amerikaner unterwegs und Daniel wurde nicht zornig, wo er doch sonst immer aussprach, was er selbst dachte. Raymond kippte die Leiter um, bereuend, dass Daniel nicht mehr auf ihr stand und noch dazu so weit entfernt war, dass sie Daniel nur knapp verfehlte.

Daniel machte einen Satz zur Seite und legte die Finger zu einem Kreuz zusammen: „Weiche Geist! Ich kann nichts dafür, dass Rebecca mit ihm unterwegs ist."

„Meinst du, er ist hier?" Julian kam argwöhnisch aus der Hocke hoch wie ein Bär, der Gefahr wittert.

„Wie soll die Leiter sonst umgefallen sein?"

Raymond hatte keine Lust, ihnen zuzuhören und so sauste er an ihnen vorbei aus dem Fenster, ließ sich höher und höher steigen. Soweit hinauf, wie er nur konnte, bis er gegen das stieß, was er als die gläserne Käseglocke bezeichnete, sein undurchdringliches Gefängnis. Doch die Aussicht reichte, um einen Teil der Ländereien zu überblicken. Seine Augen waren nicht so gut, wenn es darum ging, Gegenstände oder Menschen in der Ferne auszumachen, ebenso wie die Welt der Bücher sich nach seinem Tod für ihn verschlossen hatte, ihm nichts weiter lassend, als tanzende Buchstaben, die keinen Sinn mehr ergeben wollten.

Raymond fühlte sich betrogen. Jennifer war niemals mit jemand mitgegangen und was hatten sie alles versucht, um sie aus Dendell und von ihm fort zu locken. Doch noch nicht einmal Jenkins, der ihr täglich frische Blumen brachte, ihr, auch wenn es verboten war, Zeitungsausschnitte über ihre Lieblingsbands unters Kopfkissen legte, hatten sie überzeugen können, Raymond auch nur für ein paar Stunden zu verlassen. Rebecca hingegen hatte ihn achtlos beiseite geschoben, statt mehr über ihn erfahren zu wollen, seine Tagebücher zu lesen oder seinen Turm zu inspizieren, wie es sogar eine Arabella getan hatte. Sie fuhr einfach mit dem Amerikaner fort.

Wut loderte in ihm auf und wie ein Raubvogel auf der Suche nach einer Maus, die er töten konnte, stieß er aus der Höhe hinab direkt auf Burt zu, der gerade auf seinem Rasenmäher saß und nicht einmal ahnte, dass der Geist gerade ihn als sein nächstes Opfer auserkoren hatte.

~ * ~

Rebecca genoss es, den Mauern von Dendell zu entfliehen, den Spuk hinter sich zu lassen und sich den schottischen Wind um die Ohren wehen zu lassen, als sie und Logan in seinem Cabrio die Landstraßen entlangfuhren. Auch Schottland konnte einen richtigen Sommer haben, stellte sie fest und ließ ihren Blick zufrieden über die an ihr vorbeisausende Landschaft gleiten.

Die grünen Wiesen, die kantigen Steine. Sie liebte die Landschaft, auch wenn ihr ein wenig die Bäume fehlten, die laut ihrer Geschichtskenntnisse, die Engländer auf dem Gewissen hatten, um Holz für ihre Flotte zu schlagen und die eigenen Wälder zu schonen.

„Es ist einfach traumhaft hier!“, sagte sie sich streckend, so dass ihre Hände über die Windschutzscheibe ragten, und der kühle Wind durch ihre Finger fuhr.

„Und du meintest, meine Idee von einem Wellness-Hotel sei ein geschäftliches Desaster, weil kein Flughafen in der Nähe ist“, lachte Logan neben ihr und drehte dann die Musik etwas lauter. Die Stimmen von Ronan Keating, Ed Sheeran und Rod Stewart wechselten sich ab. So hatte sie sich als Jugendliche immer ihre Traumferien vorgestellt. Frei und ungebunden der Sonne entgegen, die für sie nur auf Großbritannien schien. Ihr Sehnsuchtsort, ein Cabrio, gute Musik und ein ausgesprochen gutaussehender Chauffeur, sie genoss jede Minute.

„Das Dorf ist erstaunlich weit entfernt“, stellte Rebecca fest, als in der Ferne die ersten Häuser schnell größer wurden.

„Ja, es ist ein Traum. Als ich die Burg und das Dorf zum ersten Mal sah, wusste ich, dass ich hier leben wollte“, sagte Logan.

„Aber du wirst nicht hier leben, oder?“ Rebecca sah ihn voller Mitgefühl an. Wie musste es sein, einen Kindheitstraum zu besitzen, um dann festzustellen, nie wirklich ein Teil davon zu werden. „Deine Geschäfte halten dich in den USA fest, und deine Burg wird von Fremden besetzt, die immer, wenn du hier sein kannst, einen Teil von dir haben wollen, schließlich erkennen sie dich.“

„Wow, Ladies und Gentleman, wir haben hier eine erstklassige Schwarzseherin“, lächelte Logan und ihre Worte taten ihr sofort leid, hatte sie doch einfach nur das ausgesprochen, was ihr durch den Kopf ging.

„Wäre nicht ein kleines Häuschen im Dorf ausreichend gewesen? Musste es denn gleich die ganze Burg sein?“

„Und wie hätte ich das erklären sollen? Für Frauen ist es in Ordnung, romantische Anwandlungen zu haben, für jemanden wie mich nicht und ich hatte nicht einmal eine Freundin, die ich vorschieben konnte. Maria Lopez, meine damalige Freundin, fand es hier furchtbar. Der viele Regen schlug ihr aufs Gemüt, sie konnte die Leute nicht verstehen, und das Essen fand sie katastrophal.“

„Ach, also ist es aus mit der wunderschönen Schauspielerin?“ Rebecca wusste nicht, ob es ihr lieber sein sollte, wenn es eine amtierende Herzdame in Logans Leben gab oder eben nicht. War es wirklich so? Sein ganzes Leben wartete man auf einen Traumprinzen und wenn man keinen mehr haben wollte, dann kamen sie gleich von allen Seiten? Geist oder Lebender? Diese Frage zumindest war einfach zu beantworten.

„Du liest also keine Klatschpresse.“ Bei Logan zeigte sich echtes Interesse an der Antwort, doch da sie sich vorgenommen hatte, beim nächsten Flirt kein einziges Mal zu lügen, warf sie alle Taktik und alle Möglichkeiten des

Verstellens über Bord.

„Ich kaufe sie manchmal, um mein Selbstbewusstsein zu stärken. Ich kann nicht widerstehen, wenn die Zeitschriften-Titel mit ungeschminkten Gesichtern und unförmigen Badefiguren locken. Ich muss dann einfach zugreifen und sieh da, wenn ich dann bei Selena Gomez ein Bäuchlein sehe oder bei Nicole Kidman Falten, fühle ich mich gleich viel besser. Außer bei Britney Spears, niemand sollte Scherze auf ihre Kosten machen!“

Logan lachte: „Natürlich nicht!“

„Wenn man immer nur diese strahlenden Schönheiten sieht, die, Photoshop sei Dank, keinerlei Makel haben, kann das schon sehr an der eigenen Eitelkeit nagen.“ Schob Rebecca noch schnell eine Erklärung hinterher.

~ * ~

Sie fuhren über eine malerische kleine Brücke ins Zentrum des Dorfes, und Rebecca bat ihn kurz anzuhalten, zückte ihr Smartphone und ging ein paar Schritte. Sie machte schnell einige Aufnahmen von dem Bach und der Aussicht auf das Dorf und den Hügeln, die sich malerisch im Hintergrund erhoben. Ein Selfie wollte sie noch zur Erinnerung knipsen, als in dem Moment, in dem sie abdrückte, Logans Kopf neben dem ihren erschien. Erschrocken steckte Rebecca das Smartphone in ihre Tasche, bevor sie rot anlief.

„Ich wollte schon immer einmal Photobombing machen. Wenn man mehr als einen Schatten erkennen kann, fände ich es nett, wenn du mir das Foto per WhatsApp senden könntest.“ Zufrieden setzte sich Logan wieder hinter das Steuer und Rebecca war jetzt völlig durcheinander.

„Fotos für zu Hause?“, fragte Logan und lenkte das Auto geschickt durch ein enges Gässchen.

„Soll ich eins von dir machen, dass du dann an alle schicken kannst, die daheim in den Staaten hoffen, dass du zur

Vernunft kommst und Schottland aufgibst?" versuchte Rebecca abzulenken.

„Glaub mir, da gibt es außer der Presse niemanden, der an einem solchen Bild interessiert wäre", Logan musste stoppen, als kurz hinter dem Dorf ein paar Schafe blökend die Straße überqueren wollten.

„Du kannst damit aufhören, den einsamen Jungen zu spielen. Ich werde dich auch ohne diesen Nimbus des unverstandenen Liebesuchenden mögen."

Er nahm die Sonnenbrille ab und in seinen Augen lag echte Verletzlichkeit: „Du glaubst, ich habe Millionen von Freunden, oder?"

„Nein, ich glaube aber auch nicht, dass du so einsam bist, wie du dich hier gibst. Sicher wird es Freunde und vermutlich auch Mädchen geben, die sich nur darum reißen, in deiner Nähe zu sein. Dieses Märchen von der Unverstandenheit kannst du dir sparen, denn du redest mit einer, der es wirklich so geht. Ausgezogen aus Deutschland, in das Land meiner Träume, um hier die große Liebe zu finden, die sich leider nicht als Prinz sondern als Kröte herausstellte. Bis zum Anfang dieser Woche hatte ich keinen Schimmer, wie es weitergehen sollte oder wo ich ein Dach über den Kopf finden kann, ohne reumütig wieder bei meinen Eltern klingeln zu müssen."

„Siehst du und genau das habe ich mir gedacht, als ich dich mit dieser Traurigkeit im Blick sah, ein wenig abseits von den anderen stehend. Ich habe gedacht, du könntest mich verstehen und nun stehst du vor mir und behauptest, ich würde das alles nur spielen."

Rebecca brauchte einen Augenblick, in dem sie sich fragte, ob er seine Worte ernst meinte und dann, als sie zu dem Entschluss kam, dass er wirklich so empfand, schämte sie sich für ihre Garstigkeit und wäre am liebsten im Boden versunken. Sie sah den letzten Schafen zu, die ohne Hast über die Straße trotteten. Am liebsten hätte sie Molly angerufen, damit sie kam, um sie einzusammeln, denn wie sollte sie nach dem, was sie gesagt hatte, weiter mit ihm zu Millie Campbell fahren? Edward hatte sie zu einem empathielosen Monster gemacht.

„Es tut mir leid“, sagte sie kleinlaut, ohne ihr Gesicht ihm zuzuwenden.

„Wer war es?“, fragte Logan und sah sie an, als könne er verstehen, was in ihr vorging.

„Es ist egal, wer es war, aber ich mag nicht, was er aus mir macht“, sagte Rebecca und warf ihm einen scheuen Blick zu. „Es ist alles noch sehr frisch, und ich bin auch gerade erst entlobt worden.“

Sie sah auf ihre Hand, an der nichts mehr daran erinnerte, dass Edward je um ihre Hand angehalten hatte, um sie festzuhalten in guten wie in schlechten Tagen, bis dass der Tod sie schied. Nur ein paar Fotos und ihre Erinnerungen waren von ihm geblieben.

Logan pfiff leise, als er nun auch ihre Hand betrachtete und dann sanft in seine nahm: „Entlobt, das muss für dich eine Katastrophe gewesen sein.“

Rebecca entzog ihm sofort ihre Hand, wandte sich ab und bat darum, das Thema fallen zu lassen, denn sie merkte schon, wie ihr Tränen in ihre Augen stiegen, nicht nur weil Edward ihr noch immer schmerzlich fehlte, sondern ihre Träume für die Zukunft. Das war das Schlimmste, das er ihr mit dem Ring auch all ihre Hoffnungen genommen hatte, sowie all ihr Vertrauen in ihre Menschenkenntnis. Sie fühlte sich schrecklich allein und plötzlich vermisste sie wieder die Geisterjäger, die in Dendell versuchten, Ordnung zu schaffen.

„Waren wir nicht mit einer Frau verabredet?“, fragte sie. Die Straße war jetzt frei und Logan drückte wieder sacht das Gaspedal durch. Er hatte sie getroffen und sie ihn - wunde Punkte an die niemand rühren durfte, hatten sie einander gezeigt, und nun wurde es Zeit, die Resultate auszuwerten. Für Rebecca, die ihre Verletzung noch immer wie eine klaffende Wunde spürte, war es tatsächlich noch nicht an der

Zeit, ihr Leben wieder mit Liebe zu füllen. Ihre Mutter hatte immer gesagt, dass es Zeiten für alles im Leben gab, für die Arbeit und den Urlaub, für die Liebe und die Trauer. Und für sie war es jetzt Zeit, sich ein neues Leben aufzubauen, und das fand sie nicht hier in Schottland, sondern in Devon, im Postley House.

~ * ~

Warum musste bei Julian immer alles größer sein, fragte sich Laura, während sie mit einer kleinen Handschaufel und einem Maßband winzige Gruben ausbuddelte, um darin magische Objekte und Kräuter zu vergraben, die sie mit dem Kompass zum Norden hin ausrichtete. Ganz egal ob Julian entschied, welches Auto zu ihm passte, welche Couch oder wie viele Angestellte er benötigte, immer war es ausufernd und wie Laura es gerade jetzt betitelte maßlos. Als sei das Leben ein XXL Restaurant, bestellte er sich immer von allem die üppigsten Portionen, und es kam einem Wunder gleich, dass er Laura als einzige Frau in seinem Leben akzeptierte und nicht gleich einen ganzen Harem sein eigen nannte. Und so musste es natürlich auch gleich ein Geist der Kategorie 5 sein. Er und sein Team konnten ja nicht mit einem freundlichen Gespenst anfangen, das sie zaghaft auf einen versteckten Brief aufmerksam machte, damit sie das Schriftstück finden konnten, um ihn dann einer alten Dame zu übergeben, damit es Vergebung finden konnte. Alle wären glücklich gewesen und hätten einige Tränchen der Rührung vergossen, stattdessen scharrte sie jetzt wie eine Totengräberin auf einem Friedhof herum und musste jeden Moment damit rechnen, von einem Geist attackiert zu werden, der nicht glaubte, sie wolle sein Grab nur verschönern.

Immer wieder ertappte sie sich dabei, wie sie in die Luft schnupperte, erwartend, dass vielleicht Lavendeldüfte über die Gräber wehten. Sie konnte sich angenehmeres vorstellen, als Raymond zu begegnen, jetzt wo sie schutzlos und alleine war und niemand ihr zur Hilfe eilen konnte, wenn sie danach rief. Julian hätte es zu gefährlich gefunden und sicher versucht sie abzuhalten, also hatte sie ihn damit beschäftigt, das Esszimmer für die Séance vorzubereiten und zusammen mit Daniel die technischen Spielereien anzubringen. Sie hatte keine Wahl gehabt, denn wer sonst hätte ihre Arbeit machen sollen, bei der es um höchste Genauigkeit ging, wo allein ein Abweichen von einem Zentimeter laut Buch zur Katastrophe führen konnte. Sie vertraute nur sich selbst. Sie wollte auch niemand die Schuld geben müssen, wenn etwas passierte. Was nicht schief gehen durfte, war ihre Arbeit, das galt für die Werbeagentur genauso wie für die Geisterjagd.

Schweißtropfen standen ihr auf der Stirn. Laura konnte sich nicht erinnern, je körperlich gearbeitet zu haben und empfand Mitleid mit all den Menschen, die bei dieser brennenden Hitze graben mussten, so wie sie es jetzt tat. Ein ganz neuer Respekt wuchs in ihr, für all die Arbeiter, die tagtäglich solche Mühen auf sich nahmen.

Vor ihr auf Raymonds Grab lag ein Gerät, das laut Julian elektromagnetische Strahlen maß, aber es schlug nicht aus. Nichts veränderte sich. Kein Raymond, der sie dabei störte, auch noch das keltische Kreuz in der Mitte des Grabes einzulassen.

„Dies soll dein Ende sein", sagte sie düster, als sie die Erde platt drückte. Sie konnte nur hoffen, dass all der Spuk mit diesem Ritual zu Ende gehen würde, denn so freundlich und romantisch Raymond sich gab, vertraute man der Fachliteratur, hatten Geister eine sehr auslegbare Moral, und ihre Handlungen wurden hauptsächlich von Emotionen geleitet, die noch schneller wechseln konnten wie das britische Wetter. Schlug dieses Ritual aus irgendwelchen Gründen fehl, würde es fatale Folgen haben, da war sie sich ganz sicher.

~ * ~

Schwarz und unheilvoll zogen sich die Wolken zu einem Gebilde zusammen, das Gewitter ankündigte. Die Atmosphäre schien sich gelblich zu färben, und in der Luft lag plötzlich etwas Drückendes, als würde ein Unheil aufziehen. Man konnte es noch nicht benennen, aber es war da. Jeder konnte spüren, wie es elektrisierend in der Luft lag.

Parker sah auf den See hinaus, auf dem sich das drohende Unwetter spiegelte und stellte verwundert fest, dass sie über siebzig Jahre auf dem Planeten namens Erde hatte leben müssen, um dann festzustellen, dass es tatsächlich Magie gab. Welch eine Verschwendung ihrer Lebensjahre. Sie hätte schon viel früher einen Platz von ihrem Rasen abtrennen können, um Fingerhut, Ringelblume und Wolfskraut anzupflanzen, um Salben und Tinkturen herzustellen, die gegen so ziemlich alles halfen, was einem in der realen, wie in der magischen Welt widerfahren konnte.

Sie schmunzelte, als sie daran dachte, dass sie in einem Alter, in dem andere Menschen ins Pflegeheim umzogen, die Ausbildung zur Hexe im Schnelldurchlauf absolvierte, feststellend, dass es so viel mehr gab.

„Mir bleibt nur noch viel zu wenig Zeit, um diese Welt zu erforschen", sagte sie bedauernd zu Queenie und kraulte ihrer geliebten Bulldogge den Specknacken. „Andererseits gibt es ja auch die Möglichkeit, als Geist wiederzukommen."

Sie wandte sich vom Fenster ab und wieder der professionellen Küche zu, die noch beinahe jungfräulich hatte herhalten müssen zum Herstellen von Weihwasser nach Wicca Art.

„Dieses Ritual hilft aber nur, wenn es ein Rachegeist ist, entstanden aus dem Bedürfnis eine Ungerechtigkeit auszugleichen", sagte Molly, die in der Küche auf der Arbeitsplatte im Schneidersitz saß, voller Freude die Bücher studierend, die sie aus dem Hexenladen mitgebracht hatten. Zunächst hatte sie sich gesträubt, war wütend gewesen, dass man in ihren Bereich eingedrungen war, doch nun hatte sie sich damit abgefunden, beschlossen davon zu profitieren und sich das

Wissen schneller anzueignen als die anderen, oder genauer gesagt vor allem Laura, mit der sie in erbitterter Konkurrenz stand.

Parker antwortete nicht und sah stattdessen wieder aus dem Fenster zum Wald. Irgendwo dort draußen war Laura gerade alleine und in Gefahr. Es gefiel ihr nicht und noch weniger, dass sie Julian nichts davon sagen durfte. Sie hatte nur un-gerne Geheimnisse vor ihm.

„Was machen wir, wenn er kein Rachegeist ist, sondern vielleicht ein Wandler, der sich entschlossen hat, hier zu sein, oder ein Gefangener? Oder vielleicht jemand, den ein Fluch getroffen hat?“ Mit jeder neuen Seite kamen Molly neue Ideen, was auf Raymond zutreffen könnte.

„Er wäre sauer und wir würden auf Plan B. zurückgreifen und um unser Leben rennen.“ Parker wollte sich nicht ausmalen, was geschehen konnte. Wenn sie an die Folgen dachte und sie sich negativ ausmalte, würde es nicht gut ausgehen, wie es Dale Carnegie in seinem Buch geschrieben hatte, das Laura ihr zu ihrem Einzug im Postley House zusammen mit zwei Romanen und einer Willkommenskarte auf den Nachttisch gelegt hatte. Man musste immer nur an den vor einem liegenden Tag denken und wie Parker jetzt gedanklich anfügte, war es angebracht, die Zeit in solchen Extremfällen auf die nächste Viertelstunde herunter zu reduzieren, eine Taktik, die sie schon erfolgreich durch die schlimmste Krise ihres Lebens navigiert hatte.

„Wo ist eigentlich Rebecca?“, fragte Molly, die nicht bemerkt hatte, dass es gerade ihr ruhiger Schützling gewesen war, der sehr still und leise nicht nur das Interesse des Geistes, sondern auch von Mollys Millionär geweckt hatte.

„Sie ist mit Logan unterwegs. Eine Frau im Ort kennt noch ein paar der Geistergeschichten“, sagte Parker und beobachtete aus den Augenwinkeln ganz genau Mollys Reaktion. Sie wusste immer gerne, wie die Menschen in ihrer Wahlfamilie zu einander standen, um Streitereien schon vor dem Entstehen, den Wind aus den Segeln zu nehmen. Doch auf

Mollys Gesicht zeigte sich nichts, was sie beunruhigte, diese hatte nämlich gerade ihre nächste große Liebe im Hexentum gefunden. Die Esoterik hatte bei weitem nicht so spannende Aspekte und so durchschlagende Erfolge erzielt, wie das was sie jetzt taten.

„Richtige Wolkentürme! Ganz so wie es in dem Buch steht", stürmte Trix zusammen mit Daniel herein und riss sofort eins der Fenster auf, um dann die Wolken zu fotografieren. Fotos für ihre Freundin Amber, die jedes Vorgehen in der Burg über WhatsApp kommentierte. „Das ist so abgefahren!"

Trix Augen leuchteten und ihre Wangen glühten vor Aufregung. Parker betrachtete es mit Wohlwollen. Sie erinnerte sie in diesem Moment an David und Julian, als sie Teens waren, zwei Jungs, die sich vor ihrem Großvater hatten ducken müssen und dann den älteren Jungen während ihres Aufenthaltes im Internat traditionell dienten. Niemand hätte vermutet, dass sie irgendwann die Schüchternheit abwerfen würden, als seien sie Schlangen, die ihre alte Haut nicht mehr brauchten.

David, bei den Gedanken an Trix Vater schnürte es Parker immer noch die Kehle zu. Er war wie ein Sohn für sie gewesen. Sie legte einen Arm um die Schultern von Trix, tief einatmend und sich wünschend, das Leben wäre damals anders verlaufen. Die Kleine genoss den Körperkontakt zu Parker und legte ihrerseits einen Arm um sie.

Wenn es Geister gab, so konnte Parker wohl auch daran glauben, dass es einen Ort nach dem Leben gab, an dem es ihrem Mann und Trix Eltern gut ging. Und so konnte sogar eine ernsthafte Bedrohung einen Funken der Hoffnung in sich tragen.

~ * ~

Millie Campbell war eine Frau, die vom Alter her schwer

einzuschätzen war und die Rebecca daher am liebsten mit dem Wort junggeblieben bezeichnete. Ihre dunkelgrauen langen Haare durchzogen silbrig glänzende weiße Strähnchen. Sie trug ein verwaschenes T-Shirt, das einen Comic Highlander im Kilt zeigte, über dem die Aufschrift ‚Highland Games 1987' prangte. Sie war eine Frau, die man sich gerne als Mutter, Oma oder Nachbarin wünschte. Über das ganze Gesicht strahlend, hatte sie sie begrüßt, die Hand nach ihnen ausgestreckt und sie dann ins Innere des Hauses gezogen, da ihr Enkel Killian im Wohnzimmer gerade den Erwachsenen eine Zaubershow vorführte, die sie nicht verpassen sollten. Still waren sie eingetreten, hatten beobachtet, wie der Achtjährige stolz im Kilt, schwarzem Cape mit Schottenmuster Innenfutter und Zylinder mit passendem Tartanband, dem Publikum Spielkarten präsentierte, assistiert von einem Jack Russell Terrier, der artig auf einem Podest saß. Wie ein perfekter Showhund blieb er brav sitzen und bellte nur zweimal in ihre Richtung.

Nach der Zaubershow hatte es reichlich Applaus gegeben und Kleingeld war in den herumwandernden Zylinder des jungen Magiers gefallen, der sich mit einer Verbeugung bedankte und sich, ganz Profi, bereit erklärte, nachdem er sich umgezogen habe, noch Autogramme zu schreiben. Rebecca war sofort verzaubert, und sie sah Logan an, dass er eher sein Herz an diese Familie als an das ganze Dorf verloren hatte, die ihn behandelten als sei er ein heimgekehrter Sohn. Man klopfte ihm auf die Schulter, knuffte ihm auf den Oberarm und bezog auch Rebecca gleich mit ein, als sei sie die zukünftige Schwiegertochter, ohne irgendwelche Fragen, wurde sie als eine der ihren akzeptiert. Vielleicht hatten sie bei ihrem Clan auch einfach die Übersicht verloren und glaubten, sie sei eine von ihnen. Immer mehr Schotten trudelten in Millie Campbells altem Steinhaus ein.

„Ihr werdet noch mit uns essen", hatte Millie verkündet, mit funkelnden Augen Logans Wange getätschelt und dann Rebecca auf einen der Stühle an einem langen Holztisch manövriert. „Ich habe extra für dich dieses vegane Zeugs gekocht." Millie schüttelte lachend den Kopf. „Die haben mich vielleicht verwirrt angesehen, als ich sie nach Sojagranulat fragte. Die hatten hier noch nie was davon gehört, und ich habe ihnen dann erst einmal erklärt, was das ist. Sie wollten mir gar nicht glauben, dass man das trockene Zeug essen kann. Sie mussten es dann extra für mich bestellen. Und du Mädchen? Lebst du auch wie er?"

„Nein, ich bin wie man so schön sagt Allesesser."

„Auch Haggis?" Millie lachte wieder tief und herzhaft, als Rebecca dann doch den Kopf schüttelte. „Da verzweifeln sie fast alle. Du bleibst jetzt hier sitzen, und lass dich ja nicht zum Arbeiten einspannen und du, mein Junge, kommst mit mir mit und unterschreibst den Papierkram."

„Wenn ihr heiratet, darf ich dann Blumen streuen?", fragte ein kleines rothaariges Mädchen, dem ein Frontzahn fehlte, kaum das Millie und Logan den Raum verlassen hatten. Bittend klimperte sie mit den großen blauen Augen und legte ihren Kopf ein wenig schief.

„Meine Cousine Valerie war Blumenmädchen. Sie durfte ein hübsches Kleid tragen und hatte einen Blumenreifen im Haar. Gaaanz viele Fotos wurden von ihr gemacht. Ich will das auch."

Verlegen steckte Rebecca sich eine Haarsträhne hinter das Ohr, nicht wissend, was sie darauf antworten sollte. Sie hoffte, ein Erwachsener würde sie erlösen, doch die waren dabei, den Tisch zu decken und Schüsseln, aus denen es appetitlich dampfte auf den Holztisch zu bringen. Eigentlich hatten die Campbells vorgehabt draußen zu essen, aber nun wurde wegen des aufziehenden Gewitters, halt der Wohnbereich umgeräumt. Sofas und Sessel wurden kurzerhand an die Wand geschoben, damit auch Nachzügler mit dem Teller in der Hand einen Sitzplatz finden konnten. Ein umgedrehter Pappkarton wurde zum Kindertisch umfunktioniert, was jedoch nicht das Mädchen neben Rebecca animierte, sich zu den anderen Kindern zu setzen. „Ich glaube nicht, dass wir heiraten werden.“

„Warum nicht?“, fragte das Mädchen direkt, als ob Rebecca ihr ein Stückchen Kuchen gezeigt hätte, nur um es dann selber genüsslich zu verspeisen. „Hochzeiten sind toll, wenn man die Braut ist. Dann darf man ein noch tolleres Kleid tragen und hat noch schönere Blumen und man bekommt ganz viele Geschenke.“

„Ich würde euch meine Show für den halben Preis anbieten“, meldete sich der junge Zauberkünstler geschäftstüchtig zu Wort und machte es sich auf Rebeccas anderer Seite bequem. „Eigentlich nehme ich fünf Pfund, aber weil ihr es seid, nehme ich natürlich nur die Hälfte.“

„Killian, wie oft habe ich dir gesagt, dass die Leute dich fragen und nicht andersrum“, sagte eine Frau, die sich als Mutter des rothaarigen Mädchens vorstellte und bereits ein weiteres Geschwisterchen in ihrem Bauch spazieren trug.

„Onkel Shane sagt immer, dass niemand die Kuh will, wenn man sie nicht ausstellt“, erwiderte Killian gänzlich von dieser Taktik überzeugt.

„Onkel Shane sagte auch vor zehn Jahren schon, dass die Feenvölker kommen werden, um freche Jungs wie dich zu kidnappen. Geh lieber und hilf deinem Vater dabei, den Wagen auszuräumen. Ronney hat gerade den Einkauf gebracht.“ Sie warf Rebecca einen entschuldigenden Blick zu. „Das Chaos ist einschüchternd, oder? Ich hatte mir das auch anders vorgestellt, als mein Brandon sagte, ihn gebe es nur inklusive Familie. Ich komme aus Glasgow und das Wort Clan, war für mich nur ein Wort, von dem ich dachte, ich kenne die Bedeutung. Mit wem bist du eigentlich hier?“

„Logan Sanders.“

„Sie will ihn nicht heiraten!“, kommentierte die kleine Rothaarige anklagend. „Und ich darf nicht Blumenmädchen sein.“

„Dann bist du die Geisterjägerin Rebecca“, sagte die Frau und ein Strahlen wanderte über ihr Gesicht. „Die, hinter der Raymond her ist. Ich bin Chelsea.“

„Ich bin Bella“, stellte sich die Kleine nun auch vor.

„Habt ihr schon Ideen, wie ihr ihn loswerdet? In den letzten Jahren wird es ja immer schlimmer mit ihm, und so stolz die Leute mal auf ihn waren, nachdem Brian im Krankenhaus gelandet ist und all diese kleinen Unfälle passierten, hat sich sein Fanclub stark dezimiert. Zu dem könnten wir den Tourismus echt gut gebrauchen.“

Sie legte eine Hand liebevoll auf ihren Bauch zum Zeichen, dass es schon bald ein weiteres Mäulchen zu stopfen gab.

„Mein Mann ist bei der Polizei, und ich muss mir keine Sorgen machen, aber viele haben nur ein sehr unregelmäßiges Einkommen. Dass Logan hierher kam, war für uns alle ein Wunder. Wir hatten so sehr gebetet, dass etwas passiert und dann kam er mit seinen coolen Leutchen. Er ist ein fabelhafter Mann“, schwärmte Chelsea.

Rebecca blickte sich nach ihm um und tatsächlich war er schon wieder zurück, stand mit Millie in der Tür und beide sahen sie zu ihnen herüber. Auf Millies Gesicht breitete sich ein wissendes Lächeln aus und sie winkte Rebecca zu.

„Wie wird man eigentlich Geisterjäger?“ wollte Bellas Mutter wissen.

„Durch Zufall, um ehrlich zu sein.“

„Wenn ich groß bin will ich auch Geister jagen und Vampire werde ich auch jagen. Denen werde ich den Kopf abhacken und einen Stock in den Wanst hauen, dann spritzt das Blut wie ein Springbrunnen “, sagte die kleine Bella und klang dabei ein wenig gruselig. Rebecca wollte kein Geist sein, den dieses entzückende Wesen aufspürte. Buffy, die TV-Dämonenjägerin wäre sicherlich im Gegensatz zu ihr von einem gnädigeren Orden gewesen.

Die Zeit rauschte nur so an Rebecca vorbei, ebenso wie das Essen ihren Bauch bis zum Platzen füllte. Der bekannte Geiz der Schotten hörte wohl auf, wenn es darum ging, den Clan zu bewirten. Und als der große Zauberkünstler Killian ihr ein Eis unter die Nase hielt, glaubte sie, dass nur einziger Bissen sie zum Platzen bringen würde.

„Millie, ich weiß du willst uns hier behalten, damit wir nicht zu der Séance können, aber wir müssen bald los“, brachte Logan wieder das ursprüngliche Thema aufs Tapet, als die Familie dabei war den Tisch abzuräumen und ihn stattdessen mit Krügen voller Bier zu füllen. Eiskalt überlief es Rebecca, sich vorstellend, wie wütend Laura sein würde, wenn sie sich verspäteten.

„Man sollte nicht mit Kräften spielen, die man nicht beherrschen kann. Mir geht heute schon den ganzen Tag dieses Zitat nicht mehr aus dem Kopf, ‚Die Geister, die ich rief, werd ich nun nicht mehr los‘ und ich glaube, dass da sehr viel Wahres dran ist. Bei diesem Gewitter solltet ihr ohnehin nicht mehr fahren! Ich habe schon mit Shane gesprochen, ihr könnt bei ihm schlafen.“

„Millie!“ Logan legte den Kopf schief und sah sie eindringlich an.

„Also gut!“ Millie machte eine abfällige Handbewegung. „Dann folgt mir an einen ruhigeren Ort, hier geht es gleich um die letzten Klärungen bezüglich der Highland Games, und da wird es zu laut. Ihr würdet mich nicht mehr verstehen.“

Sie führte sie durch das Haus, an dessen Wänden zahlreiche Fotos sowie gerahmte Zeitungsartikel dokumentierten, wie sich der Clan Jahr für Jahr weiter verzweigte und seine Spuren hinterließ. Liebend gerne wäre sie stehen geblieben, hätte all diese Bilder betrachtet und sich von Millie die Geschichten dahinter erzählen lassen.

Millie führte sie nach oben auf den halbausgebauten Dachboden, wo unter einer Schräge ein durchgesessenes Sofa stand, bedeckt von unterschiedlichsten Kissen und Decken, daneben stand ein Tischchen, auf dem eine halb leergegessene Schachtel Pralinen lag, ein zerlesener Liebesroman und daneben auf dem Boden zahlreiche Bücher aus Hitchcocks Fragezeichenreihe sowie Bücher von Enid Blyton. Ein richtiges Leseparadies! Regen prasselte laut auf die schräge Fensterscheibe und vermischte sich mit dem Lachen und den

Geräuschen des Campbell Clans.

„So, ich habe noch ein wenig nachgeforscht und etwas gefunden, was euch interessieren dürfte." Millie nahm ein altes vergilbtes Buch zur Hand, auf dem jemand eine Tischlampe abgestellt hatte. „Die Mutter meines verstorbenen Mannes, Gott habe ihn selig, hat in ihrem Tagebuch etwas von einem Mann geschrieben, der im Auftrag von Lady Arabella in den 50ern Nachforschungen angestellt hat. Arabella traute wohl später ihren eigenen Erinnerungen nicht mehr. Er hat ihr jedoch den Spuk bestätigt und gesagt, dies alles basiere auf einem Fluch, den der Vorbesitzer Lord Welfollow mit Hilfe einer Hexe verhängt habe. Was genau das für eine Art Fluch war, ließ sich wohl nicht mehr nachweisen, aber anscheinend muss es einen Gegenstand in der Burg geben, an den Raymonds Seele geknüpft ist."

Erwartungsvoll blickte Millie von dem Buch auf und reichte es weiter an Logan. „Ich habe die Stellen mit grünen Neon-Postits markiert."

„Das ist bei einer Burg, wie einen Sechser im Lotto mit Superzahl zu haben", seufzte Rebecca und dachte an all die Einzelteile von Türklinken bis zu den Steinen.

Donner grollte über ihnen, als sei es Lauras warnende Stimme, die sie zurück zur Burg rief. Es wurde Zeit, sich wieder dem Geist von Dendell zu stellen und dabei wäre sie so viel lieber hier geblieben, wo sie sich sicher und geborgen fühlte.

~ * ~

Sturm tobte um die Burg, Blitze zuckten auf die Erde nieder und die Kerzen im Speisesaal waren angezündet. Alles war genauso, wie es sein sollte. Nur dass zwei der Stühle unbesetzt geblieben waren, verärgerte Laura, denn es brachte das gesamte Unterfangen in Gefahr. Die Atmosphäre knisterte nur so vor Energie, und der Geist war jetzt stärker als jemals zuvor, genauso wie sie stärker waren. Ein zweischneidiges Schwert und ein nicht unerhebliches Risiko, das sie hatten eingehen müssen.

„Sie sind unterwegs“, bemerkte Julian nicht zum ersten Mal, seit er mit den beiden gesprochen hatte, doch es änderte nichts daran, dass Laura vor Wut kochte. „Es kann sich nur noch um Minuten handeln.“

Minuten, die gefährlich sein konnten. Sicher wartete Raymond nur darauf, zu ihnen sprechen zu können, ebenso ungeduldig, wie sie es waren.

„Ist euch eigentlich aufgefallen, dass Queenie seit heute Mittag nicht mehr geknurrt hat?“, fragte Trix, die immer nervöser wurde, ihren Mut verlierend, je länger sie hier untätig sitzen mussten. Sie bekam immer mehr Zeit, sich alle möglichen Horrorszenarien auszumalen. Warten bekam niemanden gut, schon gar nicht Laura.

„Was ist, wenn wir schon anfangen?“ Molly saß im Yogasitz auf ihrem Stuhl, die Augen geschlossen, die Hände locker auf ihren Knien liegend und gab sich den Anschein, in eine Meditation zu versunken zu sein.

„Wir können nicht ohne sie anfangen.“ Lauras Stimme war jetzt nur noch ein kaum beherrschtes Zischen. „Wir müssen den Kreis schließen. Auf Rebecca könnten wir zur Not verzichten, aber Logan muss da sein. Wir müssen eine Möglichkeit der Kommunikation zwischen ihm und Raymond schaffen.“

Donner grollte über ihr. Die gesamte Szenerie erinnerte sie an die alten Hammer Horrorfilme, die sie jedes Mal ausschaltete, sobald sie im TV liefen. Nichts als Hirngespinste von Männern hatte sie immer geglaubt, und nun war sie zu einer der Frauen geworden, die sich in hautenger Kleidung den Geistern stellte, fast jedes Klischee erfüllend vom Kerzenlicht, dem Gewitter bis hin zu den wehenden Vorhängen.

Die Tür sprang auf, und alle zuckten zusammen in der Erwartung, dass Raymond sie aufgestoßen hatte, doch herein polterten Logan und Rebecca, klitschnass und viel zu heiter für den Anlass. Es würde alles nur noch komplizierter machen. Wenn sie der Geist wäre, würde sie bei Rebeccas Anblick toben. Sie hatte nicht nachgedacht, sie hätte sie niemals mit Logan Sanders gehen lassen sollen. Zu spät war zu spät. Sie konnte es nicht ungeschehen machen, und über vergossene Milch zu weinen, hatte noch niemandem etwas gebracht.

„Molly, könntest du mit Rebecca den Platz tauschen?“ Laura rang mit ihrer Beherrschung. Wenn sie Logan und Rebecca weit genug auseinandersetzte, vielleicht würde es Raymond besänftigen.

„Wieso?“ Molly war nicht bereit, den Platz am Ende der Tafel direkt neben Laura aufzugeben. Hier wo Witchboard und Kristallkugel zum Greifen nahe waren.

„Weil ich es sage.“

Molly kam aus ihrer Meditationsposition und verschränkte trotzig die Arme vor der Brust, schmollend wie ein bockiges Kind.

„Nein!“

„Mädels, nicht wegen solcher Kleinigkeiten einen Streit anfangen“, bat Julian, dem das ganze Unternehmen nicht geheuer war. Das hier hatte mehr von Jahrmarktshexereien als von den Indianer Jones Elementen, auf die er sich beim Geisterjagen gefreut hatte. Schätze wollte er heben, Geheimnissen auf die Spur kommen und nicht mit Geistern in direkten Kontakt treten, sie simpel fragend, was sie wollten. Hier konnte er nicht der Abenteurer sein, sondern wurde wieder zu einer Version seines jüngeren Selbst, das brav und artig bei Oma am Teetisch sitzen sollte, um seine guten Manieren vorzuführen.

„Ich will aber hier bleiben. Warum kann Rebecca nicht neben Logan sitzen, hat sie doch den ganzen Tag schon gemacht.“ nörgelte Molly wie ein verzogenes Kind. Es war bei weitem der falscheste Zeitpunkt für Eifersüchteleien und Seitenhiebe.

„Ihr tauscht jetzt sofort die Plätze“, verlangte Laura in einem Tonfall, der ihre Angestellten veranlasst hätte, sich in einer dunklen Ecke zu verkriechen. Nicht so die Menschen, die auf Julians Gehaltsliste standen, als seien sie tatsächlich die Familie, die er sich wünschte, inklusive der üblichen Streitereien. Molly hatte dabei die Rolle des rebellischen Teens übernommen, es fehlte nur noch das Aufstampfen mit dem Fuß.

„Ich könnte auch mit ihr tauschen.“ Trix stand sofort auf, wurde jedoch von Parker am Handgelenk festgehalten, die keinesfalls das Küken aus ihrem Einflussbereich gehen lassen würde.

„Es wird albern!“ Laura schaltete auf jene eisige Ruhe, in die sie immer verfiel, bevor sie so wütend wurde, dass ein Hurrikan ein laues Windchen gegen sie war. „Wir sind hier nicht im Kindergarten. Molly, ich sage es jetzt zum letzten Mal, tausch deinen Platz.“

Blitze zuckten, als wollten sie den Ernst der Lage anzeigen und der Donner grollte so laut, dass Queenie sich unter dem Tisch zurückzog und ihren dicken Kopf auf Parkers Füße legte.

Nun zur Vernunft gekommen, wechselten Molly und Rebecca die Plätze. Über den Tisch hinweg starrte Molly Laura aus verengten Augen an. Wie gut, dass sie die Bücher über Verhexungen und Flüche nicht gekauft hatten. Jegliches Stöbern darin, würde Molly nur auf böse Ideen bringen.

„Daniel, ziehst du bitte die Vorhänge zu und machst das Licht aus?“ Lauras Stimme nahm wieder einen würdevollen und dem Anlass entsprechende Tonfall an. Sie verdrängte jeden Gedanken daran, dass sie eigentlich keine Ahnung hatte, von dem was sie tat, doch sie war meistens in der Theorie so gut gewesen, dass die Praxis auf Anhieb klappte. Sie hoffte, dass ihre Fähigkeiten sie nicht gerade jetzt verlassen würden.

„Ich erinnere noch einmal daran, dass keiner seine Beine unter dem Tisch überkreuzen darf“, merkte Parker in einem strengen Ton an, jeden einzelnen um den Tisch mit ihrem Blick niederbrennend.

Die Vorhänge glitten vor die Fenster, das elektrische Licht erlosch und überließ sie dem Halbdunkel der drei Kerzen, deren Licht von dem großen Spiegel reflektierte wurde, den sie direkt neben die Kamera über den Kamin gehängt hatten.

Selbst Laura wurde es unheimlich, als das Licht von Blitzen unter den Vorhängen hindurchbrach. Furcht lag fast greifbar wie eine weitere Person über dem Tisch. Niemand, nicht einmal Parker, wirkte noch unbeteiligt. Einen kleinen Augenblick durchfuhr es Laura, dass sie dies alles besser abbrechen sollte, doch dann fing sie Trix erwartungsvollen Blick auf. Was man anfing, musste man auch zu Ende bringen.

Laura breitete die Arme aus und sprach mit sanfter Stimme in den Raum, ob auch Raymond anwesend sei. Voller Spannung sahen sie einander an, warfen sich unruhige Blicke zu. Warteten. Wieder bat Laura den Geist, ihnen ein Zeichen zu senden, dass er sie verstand und mit ihnen sprechen wollte. Seit wann war Raymond so schwerfällig? Seine Abwesenheit hatte nichts Beruhigendes, es machte sie eher panisch. Dieser Geist, der sonst so bereitwillig kommunizierte, war nun plötzlich still. Es war nicht sein typische Verhalten, das ihr Sicherheit verliehen hätte.

„Raymond, bist du bei uns?“ Ihre Stimme wurde fordernder. Sie fing Parkers Blick auf. Ratlosigkeit auf beiden Seiten. Der Geist machte sie unsicher, was sie sich nicht erlauben durften. Sie waren die Hexen. Nur mit einem autoritären Auftreten würden sie ihn in die Knie zwingen können. Laura versuchte sich vorzustellen, er sei ein Firmenboss, der sich weigerte, mit ihr in Verhandlungen zu treten. „Raymond Higgins, wir hatten eine Verabredung, zeige dich!“

Plötzlich ohne Vorwarnung und ohne, dass sie das Brett berührten, bewegte sich die kleine Plancette auf dem Board. Sie schoss auf einen der Buchstaben zu, verharrte dort kurz und schoss zum nächsten herüber.

„Es ist ein G!“, Laura versuchte, ihre Stimme unter Kontrolle zu halten, ebenso wie ihre Nerven. Niemand hatte sie jemals auf diese Situation vorbereitet. Sie hatte in den Coaching Seminaren, die sie besucht hatte, viel erfahren, aber nicht wie man mit so etwas umgehen sollte. „Ein E. Ein F."

Trix notierte eifrig die Buchstaben und obwohl es sonst kein Kunststück für sie war, glaubte Laura nicht, dass sie die Buchstaben sinnvoll aneinander reihen könnte. Ihr war schwindelig vor Angst und Konzentration. Vor allem hatte sie Angst, dass jemandem von ihnen die Nerven durchgingen. Sie machte sich da weniger Sorgen um Trix, als um Rebecca, deren Gesicht schneeweiß wirkte.

„Ein A. Ein H. Ein R. Leerzeichen." Immer schneller wurde die Schablone. „Ein L. Ein A. Ein U. Ein F. ..."

Laura überlief ein eiskalter Schauder. Trix musste es gar nicht erst vorlesen. Ihnen allen war klar gewesen, auf welchen Buchstaben die Plancette jetzt zusteuern würde.

„Gefahr. Lauft." Mollys Stimme klang als habe man ihr jegliche Energie genommen. Doch statt der Warnung zu folgen, blieben sie sitzen, unfähig sich in Sicherhit zu bringen.

„Wer bist du?", wollte Rebecca von der Wesenheit wissen. „Du bist nicht Raymond, also wer bist du."

Nichts rührte sich. Daniel griff schnell unter den Tisch und holte eine Wärmebildkamera hervor.

„Daniel, nein, das gehört nicht an diesen Ort!" Laura versuchte ihn am Auslösen der Kamera zu hindern, indem sie ihm das Gerät entriss, doch Daniel war schneller und entging Lauras Händen.

„Hier ist nichts. Keine Kältequelle in Sicht!"

„Und was beweist das?", fragte Julian zu Daniel herüber rutschend, so dass er mit auf den Monitor sehen konnte.

„Ich habe nicht die geringste Ahnung." Daniel zuckte bedauernd mit den Schultern.

„Jungs, das ist nicht die richtige Zeit zum Spielen", mischte sich Parker ein. „Packt das Ding weg."

„Lasst uns doch gleich alles einpacken!" Laura hatte keine Lust mehr. Das Geisterjagen war nicht ihre Idee gewesen, und es machte ihr auch keinen Spaß. Nie wieder, nicht eine Sekunde, sollte Julian überhaupt die Weiterführung dieses Projektes in Erwägung ziehen.

„Laura, du dramatisierst. Nur weil wir nach Kältequellen sehen?“ Julian schlug einen Ton an, der ihr nicht gefiel. Als würde sie sich kleinlich anstellen, nach all den Mühen, die sie auf sich genommen hatte.

„Nur weil? Nur weil ihr vielleicht die gesamte Kontaktaufnahme ins Lächerliche zieht.“ Wie aus dem Nichts zogen Streitereien und Anschuldigen auf, bei denen sogar Queenie geräuschvoll ihren Senf dazu gab. Und genau in dem Moment, als Julian ihr einen Vorwurf machte, dass sie immer alles an sich riss und jeder nach ihren Regeln spielen musste, fiel ihr auf, was wirklich passierte. Sie lenkten sich selbst von dem ab, was ihnen zu viel Angst machte. Ihr Unterbewusstsein versuchte sie zu schützen, damit sie nicht etwas Schrecklichem ihre Aufmerksamkeit zuwenden mussten. Etwas musste hier sein, dass sie nicht sehen und nicht erkennen wollten.

Laura atmete tief durch und schloss die Augen. Sie lauschte auf Queenies immer aggressiver werdendes Bellen und spürte, wie sie beobachtet wurde. Jemand, oder sollte sie besser sagen, etwas Böses war im Raum. Sie konnte seine Präsenz spüren, es war dieses Prickeln im Nacken und das flaue Gefühl im Magen.

Voller Grauen drehte sie sich auf ihrem Stuhl nach hinten und erkannte in der Dunkelheit einen Schemen. Noch niemals hatte sie sich so erschrocken und war so gelähmt vor Angst gewesen, wie in dem Moment, als sich der Schatten aus der Dunkelheit löste, ins Licht der Kerzen trat und seine Hände auf Rebeccas Schultern legte.

~ * ~

Seine neuen Finger berührten das, was er schon allzu lange

hatte anfassen wollen, regenfeuchtes Haar und nasse Kleidung, unter der man die Wärme eines von Sonnenlicht erhitzten Körpers fühlen konnte, eines lebenden Körpers. Er atmete ein, und seine Welt füllte sich mit Düften. Er konnte wieder riechen, die verschiedenen Gerüche, die von den Menschen ausgingen, vermischt mit der frischen Luft, die unter den Vorhängen hervordrang und der angestaubten Muffigkeit der Vorhänge. Er war tatsächlich wieder unter den Lebenden.

Er ließ seine Finger fester zugreifen und merkte, wie Rebecca sich noch ein wenig mehr unter seinen Berührungen versteifte. Er musste lächeln. Niemand kam ihr zur Hilfe. Sie alle waren erstarrt, so als habe der Blick der Medusa sie getroffen.

„Guten Abend", sagte er gedehnt, die neuen Stimmbänder ausprobierend. Er räusperte sich. Es fiel ihm schwer. Jede Bewegung erforderte noch sehr viel Konzentration, aber er war sich sicher, dass es ihm mit der Zeit leichter fallen würde.

Überrascht stellte er fest, dass niemand die Höflichkeit hatte, ihm zu antworten.

„Ich sagte, Guten Abend!", wiederholte er, noch einmal eindringlicher.

„Guten Abend." Es war das seltsame Mädchen mit den bunten Haaren, dessen Verhalten ihn schon in der Nacht zuvor verwirrt hatte. Sie sah so schwach aus und doch stellte sie sich ihm, wenn alle anderen es vorzogen zu schweigen.

Sie nahm mit einem leichten Schnaufen das hässliche Tier hoch, das ihn mit vorgeschobenem Unterkiefer anknurrte und streichelte ihm beruhigend über den Kopf, dabei sollte es doch anders herum sein. Menschen hielten sich Hunde, um von ihnen beschützt zu werden.

„Trix, nicht wahr? Ein interessanter Name." Raymond versuchte, höflich Konversation zu machen.

„Sollen wir Ihnen einen Stuhl heranrücken", meldete sich nun die strenge Lehrerin zu Wort und er verneinte, denn obwohl er merkte, dass es ihn Kraft kostete, fand er es großartig seine Beine zu spüren, wieder mit der Erde in Kontakt zu sein.

„Sie fragten mich gestern, was ich mir wünsche. Ich will wieder hier leben“, begann Raymond zu plaudern. „Ich werde vermutlich mehrere Körper benötigen, aber ich denke, ich könnte es schaffen, mich von ihrer Energie zu nähren, um so zumindest die einfachen Dinge im Leben zu bewältigen, was bedeutet, dass Sie, Mr. Sanders, nicht mehr gebraucht werden.“

„Ich bin der rechtmäßige Besitzer“, erwiderte nun der Amerikaner immer wieder leicht stockend. „Ich glaube nicht, dass ein Gericht dieser Welt anerkennen wird, dass Ihnen die Burg gehört und ganz besonders nicht, wenn Sie dort als Burt erscheinen.“

Der Geist sah an sich hinab und seufzte schwer: „Tja, dann bleibt uns wohl keine andere Wahl, als dass Sie eine meiner Hüllen werden, Mr. Sanders.“

Logan Sanders stand auf: „Ich werde sicherlich nicht zu einer Ihrer Hüllen, und nun verschwinden Sie aus dem Mann.“

Er schrie es klingend wie der Donner, der über die Burg rollte. Eindrucksvoll, sicherlich, wenn man noch am Leben war, doch an Raymond prallte seine maskuline Wut ab. Es interessierte ihn überhaupt nicht, ob Logan ihn anbrüllte oder der Körper von Burt bald seinen Dienst aufgeben musste. Er suchte sich dann eben einen neuen Körper, obwohl er diesen gerne aus Nostalgiegründen behalten hätte. Jetzt da er wusste, wie er über einen Körper Kontrolle gewinnen konnte, würde ihn so leicht nichts mehr aufhalten.

Raymond wickelte sich langsam eine Strähne von Rebeccas Haar die vor Angst bebte, um den Zeigefinger. Sie hatte es verdient zu leiden, so wie Arabella. Er zog leicht an ihrem Haar, was ihr ein Wimmern entlockte. Keiner trat für sie ein, wagte, es auf ein Kräftemessen mit ihm ankommen zu lassen, weder der junge Schotte, noch der abenteuerlustige Lord, die Hexen und schon gar nicht ihr neuer Prinz, der wunderbare Logan Sanders.

„Von nun an wird nach meinen Regeln gespielt", Raymond spürte, wie Burt, der den ganzen Nachmittag mit ihm gerungen hatte, langsam nachgab, er verstummte langsam und es wurde immer stiller in seinem Inneren. Burt, den sie alle mitleidig betrachtet hatten, der für sie mehr ein Haustier war als ein Mensch, gefiel es sicher, dass sie nun vor ihm in Ehrfurcht und Angst erstarrten. Er würde zwar in seinem eigenen Leben nur noch Zuschauer sein, aber von welchem Platz aus? Vom Thron. Er würde seine Hülle in Ehren halten, war sie seine erste. Ihm zu Ehren, würde er sie benutzen, wann immer es etwas zu verkünden gab.

„Es ist meine Burg", brüllte Logan wieder wie ein Löwe.

Burt lachte, es war ein schrilles Lachen. Viel zu hoch, im Gegensatz zu dem Bass des Amerikaners. Ein Ton, bei dem sich die Härchen aufstellten. Ein Ton, bei dem man sofort an die Duschszene in ‚Psycho' denken musste, den man nie wieder vergessen konnte, wenn man ihn nur einmal gehört hatte.

„Gestern Abend, da sagtet Ihr, dass Ihr meine Freunde wärt und ich habe euch vertraut", sagte Raymond immer mehr an den Haaren von Rebecca ziehend. „Aber ihr habt mich be …"

Weiter kam er nicht, denn da stürzte sich von der Seite etwas mit voller Wucht auf ihn. Er riss Rebecca, die angstvoll schrie, mit sich zu Boden. Sie fiel auf ihn, ihr Ellenbogen traf ihn im Magen. Ihr Körper nahm ihm die Sicht auf den Angreifer, der ihn mit Schlägen attackierte. Schmerz. Überall waren Schmerzen. Burt in ihm begann sich wieder aufzubäumen, und es kostete Kraft, ihn im Zaun zu halten. Burts Körper wollte ihm nicht mehr richtig gehorchen, es war, als würde der Schmerz ihn herausdrängen. Doch mit eiserner Macht hielt er an der kostbaren Hülle fest.

„Salz!", schrie Laura und er hörte den Hund geifern. Jetzt da er am Boden lag, wollten sie ihm etwas antun.

Die starken Hände des Amerikaners und des Lords drückten ihn plötzlich nach unten, und Rebecca schaffte es, sich von ihm herunter zu rollen. Laura! Ihr hatte er das alles zu verdanken. Sie hatte sich auf ihn gestürzt und rieb sich jetzt ihre Handknöchel.

„Om. Shanti. Om.“ Hörte er Molly wieder den fremden Gesang anstimmend, und dann ließen sie ihn los, zogen sich zurück und umringten ihn.

Er richtete sich auf. Da saß er nun in einem engen Gefängnis aus Salz. So knapp gezogen, dass sein gesamter Körper prickelte. Er schrie. Es war Folter. Es war Qual. Mit jeder noch so kleinen Bewegung, kam er dem Salz näher, das in ihm brannte wie Feuer.

Feuer, dachte er grimmig. Sollten sie doch alle den Flammen zum Opfer fallen, doch seine Kräfte nützten ihm nichts so lange er im Kreis gefangen war. Er konnte seine Magie nur bis zu den Grenzen nutzen, die das Salz ihm setzte. Wieder schrie er auf, wütend seine Aggressionen jetzt gegen sich und Burts Körper richtend. Bis zum Blut grub er die Nägel seiner Finger in seine geliehene Haut.

Sie glaubten, sie seien gute Menschen, sie würden nicht zulassen, dass Burt starb und sobald ihr gutes Herz überwog und sie ihn befreien mussten, würde er sie töten, einen nach dem anderen. Sie waren Verräter.

~ * ~

Burt verdrehte die Augäpfel nach hinten, so dass alles was Rebecca noch sehen konnte, weiß war. Sie wandte sich ab und war Daniel dankbar, der ihr aufhalf und sofort vor sie trat, damit sie hinter seinem Rücken Schutz fand. Alles in ihr befahl, zu fliehen, doch was dann? Es war ein Kampf, und sie wusste, dass er erst zu Ende sein würde, wenn er zu Ende war. Eine Partei musste gewinnen und die andere verlieren, was in diesem Fall wohl mit dem Tod endete, denn alles andere würde bedeuten, dass der

Spuk sie ein Leben lang verfolgte.

„Trix, Molly, Rebecca - Ihr kommt mit mir“, verlangte Laura im Ton eines Generals. Und bevor Rebecca sagen konnte, dass sie nicht mehr wollte, ihr alles zu viel wurde und das Leben allgemein ungerecht war, zog Molly sie auch schon mit sich. Gemeinsam rannten sie durch die Burg. Julian hatte zusammen mit Daniel am Tag LED Lichter am Boden verteilt, die ihnen den Weg durch die Gänge wiesen. Sie wusste nicht, was ihnen bevorstand. Warum nur war sie mit Logan mitgefahren? Sicherlich hatten die anderen einen Plan, an den sie sich nun halten konnten. Keine Frage kam über ihre Lippen. Sie rannte um ihr Leben, den Schmerz ignorierend und einfach nur das nachahmend, was Molly tat.

„Sie sind noch da!“, rief Laura und griff nach einem der Rucksäcke, die am Eingang standen, und lief damit einfach weiter. Sie taten es ihr gleich, stürmten mit dem Gepäck nach draußen und folgten Laura in die Nacht hinaus.

Wenn sie jetzt stürzte, würde alles ganz böse enden, fuhr es Rebecca durch den Kopf, als sie durch das Gewitter lief. Sie hasste Gewitter. Sie hatte Angst vor den Blitzen, doch jetzt war etwas hinter ihr her, das noch schlimmer sein konnte als diese Naturgewalt. Nichts erschien ihr mehr real. Es war ein Alptraum, und irgendwann würde sie hoffentlich daraus erwachen. Dann lag sie wieder in ihrem Bett in London, Edward neben sich und an ihrer Hand würde immer noch ihr Verlobungsring sein. Alles, wirklich alles, würde wieder so sein, wie es sollte.

Wenn sie das hier überlebte, dann würde sie das volle Leben für sich einfordern. Sie würde sich mehr zutrauen, würde küssen so viel sie konnte und sie würde heiraten. Am besten in Irland, weit weg von dieser verfluchten Burg. Sie würde dann alles einfordern, was dieses Leben zu bieten hatte. Alles, was sie glücklich machen konnte.

Sie zwang sich, an Pubs zu denken, an Kobolde mit Goldtöpfen, Kleeblätter und Irish Dance. Sie dachte an England mit seiner Cloatted Cream zu Scones, an Paddington, an die Queen und natürlich auch an Mr. Darcy, auch an all die nicht absolvierten Trainingseinheiten, all die Einladungen zum Joggen und Squash spielen, die sie ausgeschlagen hatte, machten sich schnell bemerkbar. Während Laura, ebenso wie Molly den Weg mit Leichtigkeit absolvierte, begannen sie und Trix zurückzufallen.

„Ich schaff das nicht", sagte das Mädchen, stolperte, rappelte sich dann tapfer wieder hoch, sich die Seiten haltend. Rebecca blieb stehen und wartete, bis sie sich wieder gefangen hatte und reichte dann Trix die Hand.

„Denk nicht darüber nach, was du schaffen kannst oder nicht, mach es einfach", forderte sie die letzten Kraftreserven von Trix ein.

~ * ~

Parker wusste, dass Burt nicht mehr viel vom Tod trennte. Der Geist richtete sich gegen ihn, zerstörte ihn. Er ließ das Blut des jungen Mannes kochen, so dass seine Wangen glühten. Venen traten unter der Haut hervor. Weißes, blass rosa schimmerndes Ektoplasma troff ihm aus Ohren und Nase, während er immer wieder schreiend und stöhnend zuckte.

Sie alle waren still geworden, sogar Queenie lag vor Burt, das pure Mitleid im Blick.

Der arme Junge. Er hatte doch auch eine Mutter, die sich um ihn sorgte. Parker dachte an ihre Kinder in den USA und an ihre Enkel. Es gab Menschen, die Burt liebten, die ihn vermissen würden. Sie als Mutter war es einer anderen Mutter schuldig, diesen jungen Mann nicht sterben zu lassen, doch was sollte sie tun.

Immer wieder rieb sie über das Medaillon, das neben ihrem Schutzanhänger baumelte. Sie brauchte Beistand und so langsam war ihr jeder Gott Recht.

Parker wandte sich ab, sah zum Wald hinüber, der sich

dunkel gegen den Himmel abzeichnete. Noch immer tobte das Gewitter. Irgendwo da draußen waren Trix, Laura, Molly und Rebecca. Alles, was sie ihnen noch geben konnte, war, ihnen Zeit zu verschaffen, das Ritual zu beginnen. Wenn sie es so weit schafften, würde der Geist nur noch etwas gegen sie ausrichten können, wenn er im Vollbesitz seiner Kräfte war. Doch mit jeder Minute in Burts Körper wurde auch Raymond schwächer.

Die Magie, die heute noch so verlockend und verheißungsvoll auf Parker gewirkt hatte, war binnen eines Abends zu etwas geworden, worüber sie froh war, dass sie erst so spät darauf aufmerksam geworden war. Am liebsten wäre es ihr gewesen, es nie entdeckt zu haben. Wenn etwas so verlockend war, dass man ihm kaum widerstehen konnte, standen die Chancen nicht schlecht, dass es einen töten würde.

Wieder stöhnte Burt auf. Es war ein Geduldspiel. Sie musste den Geist so lange gefangen halten, wie es ging. Mit jeder Minute wurde er schwächer und mit jeder Minute standen die Chancen besser, dass sie diesen Kampf gewinnen würden.

„Sie sollen aufhören“, schrie Burt durch zusammengepresste Zähne. „Sagt ihnen, dass sie aufhören sollen.“

Es war soweit. Das Ritual hatte begonnen. Es war an der Zeit, Burt von dem Geist zu erlösen.

Die drei Männer schwiegen, es war eindeutig falsch, sie das starke Geschlecht zu nennen, zumindest, wenn es nicht um einen fassbaren Gegner ging, den man mit einem Faustschlag niederstrecken konnte.

Parker küsste das Medaillon, in dem sich die Fotos ihrer Enkel Tim und Teddy befanden und durchbrach dann mit ihrer Schuhspitze die Salzlinie.

~ * ~

Rebecca wusste sofort, dass Raymond wieder frei war. Seine Präsenz schleuderte sich gegen ihren magischen Reigen, knickte krachend Äste um, entlaubte die Bäume und spaltete mit einem lauten Krachen einen der Grabsteine. Er wusste, dass sie dabei waren, ihn für immer in sein Grab zu schicken. Er wehrte sich gegen den Sog, wütete, toste und tobte.

Sie versuchten es zu ignorieren, wie der Geist an ihren Kleidern und Haaren zerrte. Rebecca schloss die Augen, und versuchte, an einen besseren Ort zu denken. Laura hatte gesagt, dass sie dieses Mittel versuchen sollten, wenn sie aus dem Gleichgewicht kamen, doch wie sollte sie an Postley denken, wenn dieses entsetzliche Heulen in der Luft lag. Ein Heulen, das Worte wie Verräter formte.

Laura sprach die am Morgen gelernten Gebete. Ein einziger Fehler bedeutete ein tödliches Verhängnis.

Mit einem letzten Aufbäumen riss der Geist an ihr, doch Trix und Molly hielten sie fest, ließen nicht los, gaben nicht einen einzigen Millimeter nach.

„Stirb!“, hauchte es in ihr Ohr.

Laura gab dem Weihwasser vor ihr einen Tritt, das sich nach Salbei, Myrrhe und Weihrauch duftend über dem Grab ergoss.

Mit vor Angst geweiteten Augen und innerlich betend, dass ihnen kein Fehler unterlaufen war, sickerte es ins Erdreich ein. Ein Luftzug zog eisig an ihnen vorbei. Geisterhände Tentakeln gleich, griffen nach ihnen und versuchten sie in die Tiefe des Grabes hineinzuziehen, doch Raymond hatte nicht mehr genügend Kraft etwas auszurichten.

Einsam fuhr er in das Grab hinein, aus dem er hoffentlich niemals wieder auferstehen würde. Einen kurzen Moment standen sie noch auf wackeligen Beinen dort, dann sackte als erstes Laura ein, fiel auf das Grab von Raymond. Zunächst dachte Rebecca sie würde weinen, doch dann hörte man Laura lachen. Es war kein hysterisches Lachen, sondern ein befreites. Das war genau der Moment, an dem auch Trix gegen Rebecca taumelte und beide Frauen auf die Knie fielen.

Tränen rannen Rebecca über das Gesicht, als sich alle Anspannung der letzten Stunden löste. Der Alptraum war vorbei. Sie lebte und Raymond war für immer gegangen.

Niemals hätte sie geglaubt, dass ihr Happy Ending nicht ein Kuss der wahren Liebe, Familie und Kinder waren, sondern ihr pures Leben, dass sie nach der überstandenen Katastrophe, kostbar und wertvoll wieder in den Händen hielt. Vollkommen frei, es zu gestalten, anzufüllen mit den Personen, die sie liebte, und mit Momenten des puren Glückes. Sie war am Leben, und nur das zählte.

~ * ~

Parker stand ein wenig abseits von dem ohnmächtigen und misshandelten Burt. Sein Atem ging flach und Daniel kniete neben ihm, sprach leise und beruhigend in einem Gemisch aus Gälisch und Englisch, das durchzogen war von dem kehligen schottischen Akzent der Highlands, auf ihn ein. Er erzählte Burt von den kleinen Steinhäusern und dem Wind, der durch die Dörfer wehte und von Whisky, der durstige Kehlen herunter rann. Nicht weil es Burt in seiner Bewusstlosigkeit ein Trost gewesen wäre, sondern es war Seelenbalsam für Daniel. Er hatte, wie es schien, das gesamte Dorf heran telefoniert, sowie Krankenwagen und Polizei bestellt. Er war am Zittern gewesen, was Parker natürlich vorgab, nicht bemerkt zu haben.

Kaum hatte der Geist Burt verlassen, waren Logan und Julian sofort losgesprintet, den Frauen zu Hilfe eilen, die Raymond dort draußen zur letzten Ruhe schickten.

Die Schlacht war geschlagen. Laura hatte Parker angerufen, ihr emotionaler denn je mitgeteilt, dass sie gesiegt hatten und allerlei Verwünschungen gegen das Grab schickend, immer wieder lachend.

Parker hatte es nicht über sich gebracht, sie daran zu erinnern, dass die eine Schlacht zwar geschlagen war, aber eine andere sehr realistische ihnen bevor stand, an deren Ende zwar nicht mehr der Strick, aber immerhin noch Gitterstäbe drohten. Was sollten sie der Polizei erzählen? Ein Problem, mit dem sie die anderen noch nicht belasten wollte. Sie würden es ohnehin früh genug bemerken, spätestens wenn metallene Handschellen verdächtig klickten.

Oh, was würden nur die Nachbarn sagen, wenn bekannt würde, dass gegen sie, Elinor Parker, ermittelt wurde wegen versuchten Ritualmordes. Bei dem Gedanken an Mrs. Harris, die es wie ein aufgeregtes Hühnchen verbreiten würde, musste sie leise lachen.

Daniel sah irritiert zu ihr auf, aber mit einer Handbewegung gab sie ihm zu verstehen, dass es nur ihre eigene Fantasie war, die sie belustigte. Ihr ganzes Leben lang war es um sie still gewesen und jetzt gab es einen riesigen Skandal, der wahrscheinlich bis nach Amerika in das Wohnzimmer ihrer Familie reichen würde. Der Gedanke gefiel ihr. Er gefiel ihr sogar sehr.

Trotzdem würde es nicht schön sein, die Verhöre und Untersuchungen über sich ergehen lassen zu müssen. Parker hasste es, wenn andere Leute ihre langen Nasen in ihre Angelegenheiten steckten, Menschen ihren Computer benutzten oder ihre Akten durcheinanderbrachten. Sie würde die Polizisten in ihr Büro lassen müssen. Aller Spaß, den sie bei der Vorstellung von Mrs. Harris als Nachrichtenverteilerin gehabt hatte, verflog umgehend.

Sie schob alle Gedanken bei Seite, die sie an Polizisten, dicke Patschhände, die Zettel aus ihren Ablagekästen nahmen und an Queenie, die sicherlich nicht auf dem Revier erwünscht war, erinnerten. Es half nichts, sich über das Morgen Gedanken zu machen, denn es veränderte sich ständig. Am Montag hatte sie gedacht, dass sie am Samstag mit Felicia zum Bingo gehen würde. Daraus wurde jetzt wohl nichts mehr, was nicht schaden konnte, waren ihr da dort immer viel zu viele alte Menschen.

Parker sah sich um und unterdrückte das Bedürfnis

aufzuräumen. Es juckte sie in den Fingern, die Kerzen einzusammeln, die Tischdecke geradezurücken und das Salz aufzukehren, sofern sie nicht den Staubsauger fand. Sie wollte keine Spuren verwischen, sondern es sollte für sie einen Abschluss darstellen. Sie war keine Frau, die Müll hinterließ. Nach dem Kochen putzte sie die Küche, nach dem Umziehen hängte sie ihre Kleidung auf und wenn sie von einer Reise nach Hause kam, packte sie gleich die Koffer aus. Sie war ordentlich. Das hinterlassene Chaos nicht beseitigen zu dürfen, machte sie nervös.

Es waren nicht die Reste einer Feier. Es war ein Tatort, und wenn sie etwas veränderte, kam es sicher einem Geständnis gleich. Hätte sie nur damals mit ihrem Mann immer die Folgen von Barnaby und Lewis gesehen, dann wüsste sie jetzt vielleicht, was zu tun war. Aber sie hatte sich ja mit Homepagedesign und Photoshop beschäftigen müssen. Damals hatte sie gedacht, es wäre zukunftsorientierter, als nur in den Fernseher zu starren und nebenbei Sandwiches und Erdnüsse zu vertilgen - So konnte man sich täuschen.

Queenie, die dicht an ihre Seite gedrängt saß, begann zu nörgeln. Unruhig verlagerte sie ihr Gewicht von einer Pranke auf die andere. Für sie musste dies alles viel verwirrender sein als für Parker. Sie zog aus ihrem Cardigan einen Hundekuchen und reichte ihn nach unten. Doch anstatt ihn zu nehmen, verweigerte sich Queenie.

Sofort lief Parker ein Schauer über den Rücken. Niemals zuvor hatte Queenie ein Leckerchen abgelehnt. Sogar von Molly nahm sie alles an, was ihr an Essbarem hingehalten wurde.

Parker sah sich unauffällig um. Es war wieder da, dieses Gefühl, nicht allein zu sein. Dieses Gefühl bedroht zu werden, von einer Macht, die man nicht sehen konnte. Es erinnerte sie an die Zeit, als sie vor vielen Jahren mit ihrer Familie nach Florida reiste und ihr Sohn sie zu einem Surfkurs überredete. An einem Tag war sie draußen gewesen, als sie glaubte, die dunklen Umrisse eines Hais gesehen zu haben. Genauso wie damals fühlte sie sich auch jetzt.

Queenie sprang auf und lief im Zimmer umher. Jetzt verstummte sogar Daniel.

Der Frieden schien trügerisch gewesen zu sein, und sogar das Gewitter begann wieder in der Ferne zu grollen.

~ * ~

Laura rannte los, sobald sie das Licht von Taschenlampen in der Ferne sah, das sich im Takt der Laufbewegungen ihrer Träger auf und ab bewegte.

„Heirate mich!“, schrie Laura den Lichtern entgegen. „Jetzt musst du mich verdammt noch einmal heiraten!“

„Laura! Trix?“, kam es von Julian zurück, und eine ganze Welle von Erleichterung war in seiner Stimme zu hören.

Und dann, als sie nur noch ein paar Meter von einander entfernt waren, fiel Lauras Taschenlampe zu Boden und sie wurde hoch gerissen. Sofort umklammerte sie den Hals ihres zukünftigen Mannes und jetzt, da sie in seinen Armen lag, schossen ihr Tränen in die Augen. Tränen, die sie so lange zurückgehalten hatte.

„Alles wird gut, Baby, alles wird jetzt wieder gut!“, versicherte er ihr und drückte sie so fest an sich, dass sie sich sicher und aufgehoben fühlte, so als könne sie nicht einmal eine Naturgewalt von ihm fortreißen.

„997.“ Ihre Worte wurden zu einer Mischung aus Schluchzen und Lachen.

„Du hast es nicht vergessen, Baby?“

Es tat so gut, wieder über ihre Abneigung gegen Kosenamen zu reden, statt über mörderische Geister. „Niemals, ich will ja, dass du irgendwann damit aufhörst. 996.“

Er küsste sie drängend, und sie erwiderte den Kuss mit aller Intensivität, froh ihn spüren zu können und froh am Leben zu sein.

Plötzlich ließ er sie los und brüllte Trix Namen.

„Sie ist verletzt“, sagte Laura und wies zum Waldrand hin, aus dem die dunkel aussehenden Gestalten von Molly und Rebecca kamen, die Trix in ihrer Mitte stützten, die erst zugegeben hatte, wie sehr ihr Bein schmerzte, als sie Raymond losgeworden waren.

Statt sich zu bücken, entriss Julian Logan, der gerade neben dem Paar zum Stehen gekommen war, die Taschenlampe und rannte los.

„Es tut mir so Leid, Sie in Gefahr gebracht zu haben“, sagte Logan kleinlaut. Laura versuchte sich möglichst unauffällig die Tränen aus den Augenwinkeln zu wischen, bevor Logan die Taschenlampe aufhob und ihre Tarnung als knallharte Frau entlarvte. Sie war durchaus in der Lage, Emotionen zu fühlen und die Tränen waren deutliche Verräter ihres eigentlich weichen Herzens.

„Sie werden sich dafür revanchieren dürfen, wenn Sie unsere Rechnung bekommen“, sagte Laura eisig, die nicht vergaß, dass er zu spät bei der Séance erschienen war, sie alle damit leichtsinnig in Gefahr bringend.

„Es wird mir ein Vergnügen sein“, sagte er und Laura glaubte ihm, war es ja nur Geld, was fließen musste, etwas, wovon er mehr als genug besaß.

„Und zudem werden wir mit diesem Fall an die Öffentlichkeit gehen“, zog sie die Daumenschrauben an, gnadenlos sein schlechtes Gewissen ausnutzend. „Unsere Agentur ist neu und benötigt Aufmerksamkeit. Die Details werden wir sobald wie möglich klären müssen. Ich denke das Medieninteresse dürfte groß sein. Kommen Sie also auf keinen Fall auf die Idee, dass Sie diese Geschichte so einfach unter den Tisch kehren können. Aber seien Sie unbesorgt, mit Miller Advertising wird dieses Hotel wunderbar florieren.“ Laura redete sich in ihr Element und spürte wie das Thema, ihr die innere Sicherheit wieder zurückbrachte.

„Sie wollen weiter Geisterjäger bleiben?“, fragte Logan schockiert.

Sie zögerte einen Augenblick mit ihrer Antwort,

beobachtend wie die Taschenlampe von Julian am Waldrand in die Hände von Rebecca wechselte. Natürlich würde er ihr jetzt versichern, dass er nie wieder etwas mit Geistern zu tun haben wollte. Er würde davon sprechen Ökobauer zu werden, Bienenzüchter, Gärtner oder professioneller Wolkenbeobachter. Doch nach spätestens einer Woche würden die Geister sich auf leisen Sohlen wieder in ihre Gespräche schleichen. Denn jetzt da er wusste, dass es Geister und Hexen gab, würde er darauf brennen, mehr zu erfahren und wie sie zugeben musste, war auch sie neugierig geworden, was für Wesen dort draußen befürchteten von ihnen entdeckt zu werden.

„Natürlich", sagte Laura mit fester Stimme, die sowohl Logan als auch sich selber restlos überzeugen wollte, dass es nichts Abwegigeres gäbe, als an diesem Punkt der Karriere aufzuhören.

„Ich bewundere Sie für Ihren Mut."

„Das können Sie auch." Laura war stolz auf das, was sie geleistet hatte und fühlte tiefe Befriedigung.

„Ich frage mich ja immer noch, ob es richtig gewesen war, den Geist zu töten", begann Logan neben ihr zu sinnieren, und sie fragte sich, ob sie sich vielleicht verhört hatte. „Ob er wohl ins Licht gegangen ist?"

„Am besten Sie reden darüber mit Rebecca oder Molly." Laura hatte keine Lust darüber nachzudenken, was aus Raymond geworden war. Er hatte sie bedroht, einen Menschen besetzt, versucht sie zu töten. Es war ihr ehrlich gesagt egal, ob er in der Erde eingesperrt war, zu seinen Verflossenen ins Licht entschwebte oder für alle Ewigkeiten im Fegefeuer schmoren musste. Hauptsache, er tauchte nie wieder in ihrem Leben auf.

„Julian? Beeil dich, das Gewitter kommt zurück!", rief Laura quer über die Wiese, in Richtung des Scheins der Taschenlampe, das aus der Dunkelheit immer näher kam.

„Ich habe Ihnen noch gar nicht berichtet, was Millie Campbell uns erzählen konnte. Angeblich hatte Lady

Arabella jemanden beauftragt, der meinte herausgefunden zu haben, dass ein Fluch auf Raymond läge und seine Seele in einem Gegenstand in der Burg eingeschlossen sei. Da sieht man es mal wieder, alles nur Geschichten."

Laura fuhr zu ihm herum. „Und das sagen sie mir erst jetzt?", fauchte sie Logan an. Sie fühlte den aufkommenden Wind auf ihrer Haut und blickte zur Burg, wo Parker hinter einem der Fenster stand und versuchte mit den Armen wedelnd, auf sich aufmerksam zu machen. Wie in Zeitlupe zog Laura ihr Smartphone aus der Hosentasche und warf einen Blick auf das Display, das nichts mehr anzeigte als Schwärze. Ihr Verstand begann zu rasen. Ihr Blick wanderte zu Parker, dann auf den Parkplatz, wo Logans Cabrio direkt vor dem Eingang parkte.

„Haben sie ihre Autoschlüssel dabei?"

Logan griff in seine Hosentasche zog den Schlüsselbund heraus und bevor er auch nur reagieren konnte, hatte Laura sie ihm aus der Hand geschnappt. Sie bedeutete dem verdutzten Logan, sie anzuleuchten, um Parker per Handzeichen zu signalisieren, dass sie verstanden hatte und Logans Auto benutzten wollte. Parker nickte und verschwand im Inneren der Burg. Es war jetzt wichtig, dass sie ihre Liebsten in Sicherheit brachte. Julian war mit Trix auf den Armen und seinen beiden Geisterjägerinnen endlich bei ihnen angekommen. Ab jetzt zählte jede Minute.

„Rebecca, du hast einen Führerschein, oder? Du bringst Trix hier weg. Setz dich einfach in das Auto und fahr. Bring sie ins nächste Krankenhaus und kommt nicht wieder", Sie warf Rebecca die Autoschlüssel zu.

„Ich will bei euch bleiben." Trix klammerte sich fester an Julians Hals fest, noch nicht ganz den Ernst der Lage begreifend, aber Julian verstand, beschleunigte seine Schritte Rebecca zurufend, dass sie folgen sollte.

„Ein Wandler?", fragte Molly mit Kennerstimme, schließlich hatte sie die Bücher durchgeblättert und fühlte sich nun als Expertin.

Laura schüttelte verneinend den Kopf. „Ein Fluchopfer."

„Weißt du, irgendwie hatte ich es geahnt, weil doch schon seine Oma glaubte, dass mit ihm etwas nicht stimmte, aber ich dachte, du hättest die Übersicht", sagte Molly und das war die letzte Bestätigung, die Laura benötigte. Sie mussten den Gegenstand finden und zwar schnell, denn noch würde er etwas Zeit benötigen, um wieder seine Kräfte zu bündeln. Er würde verwirrt sein, so stand es jedenfalls in den Büchern, aber er würde zurückkehren. Allerdings könnten seine maßlose Wut und der brennende Wunsch, sich an ihnen zu rächen, ungeahnte Kräfte in ihm entfesseln. Laura war sich sicher, dass alles, was sie bis jetzt erlebt hatten, dagegen nur ein seichtes Vorgeplänkel gewesen war. Er wollte Rache und er würde erst zufrieden sein, wenn sie mit ihrem Leben dafür zahlten.

~ * ~

Parker hatte es schon immer gewusst. Hunde blockierten einen in der Bewegungsfreiheit ebenso wie Kinder. Man konnte nicht mal eben für einige Tage nicht nach Hause kommen. Die Nacht spontan bei einem Mann zu verbringen, bedurfte sogar eines gewissen Maßes an Organisation, und bei Gefahr dachte man nur daran, wie man sein Tier schützen konnte. Doch man hatte ja nicht auf sie hören wollen und ihr diesen Hundewelpen aufs Bett gesetzt, als sie sich nach dem Tod ihres Ehemannes vor drei Jahren geweigert hatte aufzustehen. Und so eilte sie jetzt mit ihren Komfortschuhen durch die Flure von Dendell, Queenie an der Leine hinter ihr her schnaufend. Die Bulldogge musste aus der Burg, fort von hier. Sie trug die Verantwortung für die Kleine, und sie würde es sich niemals verzeihen, wenn ihr etwas zustieße.

Sie erreichte den Hof, ohne dass ihr Raymond begegnete und kam gerade noch rechtzeitig, um Queenie der verletzten Trix auf den Schoss zu setzten. Es war nicht die Ideallösung, aber in der Not konnte man auf Kleinigkeiten wie Sicherheitsbestimmungen oder verletzte Beine keine Rücksicht nehmen.

Ihrer Sentimentalität nachgebend, drückte sie dem Tier noch einmal einen Kuss auf den Kopf. Sie liebte jedes Gramm dieses 24 kg geballten Kampfgewichtes. Dann streichelte sie sanft über Trix Haare und wandte sich ab.

Laura und Julian hatten zu Sprühflaschen mit Salzlösung gegriffen und nebelten damit das Cabrio ein. Logan hatte sich zu Rebecca vorgebeugt und erklärte ihr noch einige Eigenheiten des Wagens.

„Fahrt jetzt! Rebecca, du rufst uns an, in welchem Krankenhaus ihr seid. Wir kommen bald nach." Laura gab sich unbesorgter und fröhlicher, als sie in Wirklichkeit war. Immer wieder wanderte ihr Blick sorgenvoll über die Burg und den Waldrand. Ihre Bewegungen verrieten ihre Nervosität, doch für Trix spielten sie alle die Zuversichtlichen.

„Ich will nicht gehen. Ich bleibe hier!", protestierte Trix lautstark und versuchte, sich wieder aus dem Sitz zu kämpfen, als Rebecca den Motor aufbrummen ließ. Doch dank der Bulldogge, konnte Trix sich nicht schnell genug bewegen.

„Die Wunde muss versorgt werden, keine Widerrede. Heute Abend essen wir zusammen alle eine Pizza, versprochen", log Laura, ohne mit der Wimper zu zucken. Dann klopfte sie auf die Autohaube, zum Zeichen, dass Rebecca endlich Gas geben sollte. Rebecca drückte das Gaspedal durch, Kies spritzte an den Reifen hoch. Laura sah ihnen angespannt nach und Julian legte einen Arm um sie, als seien sie Eltern, die ihrem Kind nachsahen und letztlich waren sie ja auch genau das. Aufmerksam lauschten sie dem Geräusch des immer leiser werdenden Autos und atmeten erleichtert auf, als sie sicher waren, dass sie den Bereich von Dendell Castle ohne Zwischenfall verlassen hatten.

„Okay, ich habe keine Ahnung, wo er ist und in welcher Verfassung", sagte Laura und rief alle zur Besprechung zusammen. „Uns bleibt keine Zeit. Wir müssen diesen Gegenstand finden und zerstören, am besten ihr macht alles kaputt, das antik wirkt, das spart Zeit und Experimente. Der Fluch ist mindestens hundertnochwas Jahre alt, also alles, was so alt ist, muss zerstört werden."

Der Amerikaner öffnete protestierend den Mund und schloss ihn sofort wieder, als Laura ihm in knappen Worten sagte, dass es vertraglich abgesichert sei, dass sie für Schäden nicht aufkämen und der Geist jetzt, da er sie nur noch tot sehen wollte, um Erlösung zu finden, keine Rücksicht mehr auf Dendell nehmen würde.

„Dieser Geist wird hier gleich alles hochgehen lassen." Lauras Miene war so ernst, dass Logan nur noch nickte.

Molly hatte sich mit einigen Handgriffen die Haare zu einem festen Dutt zusammengenommen, ihren Körper mit einigen Übungen gedehnt, so als ginge es daran, die hundert Meter in Bestzeit zu schaffen und nicht den Geist zu stoppen. Sie wandte sich Laura zu. „Hatte er nicht von Feuer gesprochen?"

„Er wird uns vielleicht mit Feuer zu töten versuchen, oder uns Wege abschneiden, aber wenn er die Burg abfackelt, wird er sich auch selbst zerstören."

Laura wandte sich den Männern zu. „Wir müssen ihn ins Jenseits befördern, bevor er uns töten kann. Er wird nicht eher Ruhe geben, bevor er jeden von uns vernichtet hat. Molly, du informierst Daniel. Logan, du ..." Sie hielt inne, auch Parker hörte es. Weit entfernt zwischen den Bäumen blitzte Blaulicht auf und dahinter schienen jede Menge anderer Wagen auf dem Weg zur Burg zu sein. Parker wusste nicht, ob es ihre Arbeit erleichterte oder nicht. Vor Jahren hatte sie erlebt, wie in ihrer Straße ein Haus abgebrannt war und alles war voller Schaulustiger gewesen, die nicht anpackten, sondern den Weg versperrten. Anderseits standen sie vielleicht nur herum, weil man ihnen nicht sagte, wie sie helfen könnten.

„Sanders, Sie nehmen die Dorfgemeinschaft mit den

Forken und Fackeln in Empfang und werden ihnen genau das sagen, was Sie eben gehört haben. Sie können helfen, die Einrichtung auseinanderzunehmen und unsere Sachen in den Wagen zu bringen“, erklärte Parker und machte sich wieder auf den Weg in die Höhle des Löwen. Oben in Jenkins altem Büro stand ein Telefon, um das sie vorsorglich einen Kreis aus Salz gezogen hatte. „Und ich werde versuchen den Butler zu erreichen.“

~ * ~

Es war ein Meer aus Lichtern, das ihnen entgegenkam. Rebecca fuhr auf eine der Wiesen um dort zu parken, bevor sie im Gegenverkehr auf der schmalen Straße feststeckten. Sie hatten den Grund von Dendell verlassen, aber sehr viel weiter waren sie nicht gekommen.

„Was ist das?“, fragte Trix, die seit sie losgefahren waren, damit drohte, aus dem Auto zu springen und von der grummelnden Queenie daran gehindert worden war. Tränen waren ihr über das Gesicht gelaufen, schluchzend erklärte sie, dass Rebecca umkehren müsste, da alle Menschen, die sie liebte dort auf dieser Burg waren. Doch jetzt verstummte sie, was Rebecca aufatmen ließ, hatte es ihr doch fast das Herz gebrochen, hart zu bleiben. Sie hatte nur durchgehalten, weil sie wusste, dass Laura sie nicht umsonst fortgeschickt hatte.

„Das passiert also, wenn man in einer Gemeinschaft lebt“, sagte Rebecca beeindruckt, von dem was da unterwegs war und dachte an den Nachmittag bei den Campbells. Ob sie auch unter diesen Menschen waren, die sich ins Auto gesetzt hatten? Natürlich waren sie es, dafür hätte sie ihre Hand ins Feuer gelegt.

„Was wollen sie alle bei der Burg?“, fragte Trix, öffnete die Tür und stieg mühsam, Queenie im Auto lassend, aus, nicht um in Richtung Dendell zu humpeln, sondern nur um diese Karawane auf sich wirken zu lassen, die sich den Hügel hinauf schlängelte.

Sie hörten die schrillen Sirenen der verschiedenen Rettungsfahrzeuge. Auch Rebecca stieg aus, um sich einen besseren Überblick zu verschaffen. Der Himmel öffnete seine Schleusen, und der Regen prasselte auf sie nieder.

Dann brach der erste Wagen zwischen den Bäumen hervor. Es war ein weißes Polizeiauto mit den gut sichtbaren Neonstreifen an der Seite. Es fuhr zu ihnen aufs Grün und machte so den Weg für den Krankenwagen frei, dem ein Fahrzeug der Feuerwehr folgte, sowie für die vielen anderen Wagen.

Die hintere Tür des Polizeiwagens schwang auf und heraussprang Millie Campbell in Gummistiefeln und viel zu großer Regenjacke.

„Rebecca!“ Sie kam auf sie zu, und jeder Schritt verursachte auf dem nassen Gras ein quatschendes Geräusch. „Gibt es ein Problem oder kann Brandon weiterfahren?“

Hinter ihr im Wagen ließ ein Polizist in Sicherheitsweste seine Scheibe herunter.

„Man hat uns weggeschickt. Trix ist verletzt.“

„Wie ernst verletzt?“, erkundigte sich Millie argwöhnisch.

„Es ist schon okay“, sagte Trix und brach wieder in Tränen aus. „Da oben ist meine ganze Familie, und sie sind in Gefahr. Ich will zurück. Ich will helfen.“

„Brandon du kannst fahren, bringt mir diesen Geist zur Strecke!“, rief Millie nach hinten und wandte sich ihnen dann wieder zu. „Zeig mal, wo bist du verletzt.“

Trix humpelte zwei Schritte nach vorne und verzog dann schmerzhaft das Gesicht. „Es ist das Bein. Ich bin nur hingefallen, das ist nichts, aber ich will mitfahren. Sagen Sie ihm bitte, dass ich mitfahren will. Ich kann sie nicht allein lassen, sie brauchen mich!“

„Alles zu seiner Zeit.“ Millie wies Trix im tröstlichen Ton einer Großmutter an, sich erst einmal auf den Fahrersitz des Cabrios zu setzen.

„Vertrau mir, ich werde dich nicht davon abhalten, wieder hoch zur Burg zu fahren, aber vorher muss ich mir dein Bein ansehen. Das gehörte zu meinem Eid, den ich als Krankenschwester damals leisten musste."

„Wirklich?", fragte Trix erstaunt und rollte bereitwillig das Hosenbein auf.

Millie lachte laut auf, was vom einem Donnerschlag begleitet wurde. „Quatsch, aber es hört sich gut an, oder? Ich habe selber vier Jungen und zwei Mädchen, und dazu kommen neun Enkelkinder, glaub mir, ich habe so gut wie alles gesehen."

Millie beugte sich zu Trix herunter, als sie Queenie entdeckte, die missmutig hinter dem Rücken ihrer jungen Freundin hervorschaute. Sie klatschte erfreut in die Hände, hocherfreut, eine echte Englische Bulldogge in Natura zu sehen. „Oh mein Gott, du bist so hässlich wie Queen Victoria, aber hundert Mal süßer. Lässt du mich an dein Frauchen ran?"

„Queenie mag nur böse Menschen nicht und Molly."

Rebecca sah zum Himmel. Das Gewitter war seltsam. Es schien, als ob sich die Blitze ausschließlich über Dendell austobten.

„Ich glaube, man hat uns fortgeschickt, damit wir außer Gefahr sind und mich vor allem, damit ich nicht im Weg herumstehe", sagte Rebecca, die glaubte, dass Laura sie aus Gründen der Unfähigkeit lieber woanders wusste.

„Ich will nicht hier bleiben." Trix verfiel wieder in ihren Panik-Modus, und ihre Stimme bekam einen immer flehenderen Ton. „Meine Eltern sind tot. Ich konnte ihnen nicht helfen. Ich will aber helfen. Bitte, bitte, bitte lassen Sie mich gehen."

Millie blieb ganz ruhig, nahm Trix Hände sanft in ihre, sah ihr tief in die Augen und sagte mit einer Stimme, in die so viel Liebe einfloss, dass es Rebeccas Herz zusammenzog: „Gegen den Tod kann man nichts ausrichten, mein Schatz, da kann man sogar direkt daneben stehen. Er holt sich den, dessen Lebenszeit abgelaufen ist, dagegen kommt auch der mutigste Kämpfer nicht an. Ich habe es oft genug erlebt. Du hättest damals nichts tun können, doch du musst jetzt stark sein. Meine Kleine, sie haben dich nicht fortgeschickt, weil sie an deinen Fähigkeiten zweifeln, sondern weil sie wissen müssen, dass du sicher bist, damit sie den Kopf frei haben, sich selbst zu retten. Verstehst du, mein Mädchen?"

Aus ihrer Gürtelschlaufe nahm Millie ein Gerät, das Rebecca nur zu gut aus ihrer Kindheit kannte, aus all den Tagen, an denen ihr Bruder ihr erlaubt hatte, mit ihm zusammen zu spielen und Abenteuer zu bestehen, ein Walkie-Talkie.

Millie hielt es sich an den Mund: „Hier spricht Alter Rabe. Habe hier Verletzte, um die ich mich kümmere. Kann selbst nicht kommen. Du wirst meine Augen und Ohren sein müssen, Wüstensturm. Aber in deutlichem Englisch, es sind Sassenachs hier. Over."

Es rauschte und knisterte aus dem Gerät. „Hier spricht, Wüstensturm, bis jetzt alles friedlich. Erreichen gerade Dendell. Melde mich sobald es Neues gibt. Over."

Millie stellte das Walkie-Talkie neben Queenie ab und ermahnte sie, nicht darauf herumzukauen, dann zog sie aus einer ihrer vielen Taschen ein Desinfektionsmittel.

„Wüstensturm ist mein jüngster Sohn Rooney, und du bist gleich live dabei. Er ist Kommentator bei den Highland Games und bei den anderen Sportaktivitäten in der Umgebung. Du wirst sehen, er kann das prima und sollte etwas passieren, dann sind wir in nicht mal fünf Minuten dort oben, okay? Ich verspreche dir, wenn es da oben richtig ernst wird, werden wir dich hinbringen, damit du helfen kannst. Du hast mein Ehrenwort als Keltin und denk daran, wir zogen mit unseren Männern Seite an Seite in die Schlacht. Und wenn es da oben Ärger gibt, dann muss ich da auch selbst hoch, denn deine Familie kämpft nicht allein, sie hat meinen Clan und das ganze Dorf dabei."

~ * ~

Nicht eine Sekunde tat es Laura Leid, als sie Gemälde und Gobelins von den Wänden riss, antike Kommoden umschmiss, Schubläden zertrümmerte und immer weiter rannte. Sie machte sich keine Gedanken darüber, an was man den Fluch gebunden haben könnte. Wie ein Bulldozer planierte sie alles, was ihren Weg kreuzte und hinterließ eine Spur der Zerstörung. Vielleicht, so dachte sie, um sich nicht von ihrer Angst unterkriegen zu lassen, sondern an Stärke zu gewinnen, konnte Trix helfen beim Neueinrichten. Sie würde Logan nach Postley einladen und dann konnte er sich von ihrer Arbeit selbst ein Bild machen.

Sie spürte Raymonds Präsenz. Sie war greifbar, sie war glühend und trug den Lavendelduft mit sich, der immer schwerer in der ohnehin schwülen Luft lag. Sie hatte dem Amerikaner extra nicht gesagt, dass er wohl am wenigsten von Raymond zu befürchten hatte. Es waren die Hexen, die das Ritual vollzogen hatten. Sollte Logan doch glauben, dass er auch ihm nach dem Leben trachtete, dann strengte er sich wenigstens an und versuchte gar nicht erst sie davon abzuhalten, seine Einrichtung zu demolieren. Leben ging vor Gegenständen. So hatte sie es immer gesehen, doch es gab immer ein paar Personen, die nicht dieser Meinung waren, für die nichts von Bedeutung war, was nicht auch einen Wiederverkaufswert hatte.

Laura hatte den anderen gesagt, dass es wichtig war, Raymonds Aufmerksamkeit auf andere Bereiche der Burg zu lenken, damit dieser alte Butler mit dem Parker telefonieren wollte, Zeit hatte zu sagen, welcher Gegenstand in Frage kam oder sie durch Zufall das Richtige zerstörten.

Sie zerschmetterte im Vorbeilaufen eine Vase, als sich unter ihr der Läufer ruckartig bewegte und sie der Länge nach hinfiel. Sie hatte es nicht kommen sehen, nicht damit gerechnet. Sofort wurde der Lavendelduft noch intensiver, machte ihr das Atmen schwer.

Trillerpfeifen. Sie hätte Trillerpfeifen kaufen sollen, dachte sie, als sie schutzlos am Boden lag, auf die nächste Attacke wartend. Sie fragte sich, ob schreien helfen konnte, doch es schien keine Luft mehr da zu sein. Blanke Panik kam in ihr auf. Sie konnte mit Angriffen klarkommen, mit Schlägen und Druckwellen, aber sie konnte sich nicht gegen die Atemnot wehren. Ihr Gehirn war wie leer gefegt, und sie rutschte auf dem Boden nach hinten, den Rest einer Vase ergreifend und sie an die Wand schleudernd, in einem letzten Versuch auf sich aufmerksam zu machen. Sie griff sich an den Hals. Ihr wurde schwindelig.

„Hilfe", formte ihr Mund und das letzte, was sie sah, waren Menschen, die mit brennenden Stäben auf sie zu eilten, aber vielleicht halluzinierte sie auch schon, dann wurde es dunkel um sie herum, und sie verlor das Bewusstsein.

~ * ~

Konnte man von einem in den Ruhestand gegangenen Butler erwarten, dass er um zwölf Uhr nachts noch das Telefon abnahm? Parker weigerte sich daran zu denken, dass sie ebenso alt war wie er und dachte lieber daran, wie jung sie sich noch fühlte.

Sie stand in dem Kreis aus Salz und nahm den Hörer des altmodischen Geräts in die Hand. Es war keines dieser abscheulichen Telefone für alte Menschen, mit den extra großen Tasten, das ihre Kinder versucht hatten ihr aufzunötigen, stellte sie beruhigt fest und ließ ihren Blick zufrieden durch das sauber aufgeräumte Büro schweifen. Sie hatte das Gefühl, sicher zu sein und es lag nicht allein an dem Salz. Dieser Raum schien unangetastet von der Präsenz des Geistes, die sich sonst durch alle Gänge zog.

Sie ließ ihre Brille auf die Nase gleiten, vor ihr lag in deutlichster Handschrift ein Blatt Papier, auf dem ohne jegliches Zittern die neue Kontaktadresse von Jenkins ordentlich notiert war. Darunter stand auch eine Handynummer und, was sie sehr überraschte, sogar eine Mailadresse.

„Vielleicht doch nicht so vergreist, dass er nicht das Klingeln hört", murmelte Parker vor sich hin und tippte die Nummer ein.

Es kam ihr vor wie bei einer Lotterie. Sie versuchte, bei etwas zu gewinnen, von dem sie selbst nicht glaubte, dass es klappen würde. Wie gut standen die Chancen, dass er noch auf war und dass er abnehmen würde?

„Butterfield Cottage, Jenkins am Apparat", meldete sich plötzlich eine fordernde Stimme, die eher nach Militärregiment klang als nach Altersheim und verschlug Parker so für einen Moment die Sprache, darauf war sie einfach nicht vorbereitet gewesen.

„Hier spricht Elinor Parker von der Windfall Agency, spreche ich mit dem ehemaligen Butler von Dendell?"

„Mit genau dem sprechen Sie. Was kann ich für Sie tun?"

„Wenn es einen Gegenstand in der Burg gibt, mit dem man Raymonds Seele verknüpft haben könnte, welcher wäre es?"

„Seine Tagebücher!" kam es von Jenkins wie aus der Pistole geschossen zurück.

Parker widersprach und erklärte in knappen Worten, dass es etwas sein musste, das mit der Burg in den Besitz von Raymonds Vater gekommen war oder, das der Lord vor der Geburt seines Sohnes erhalten hatte. Diesmal kam keine Antwort.

„Sind Sie noch da?" fragte Parker sicherheitshalber nach.

„Ja, ich überlege, meine Dame, ich überlege."

Parker fragte sich, wie viel Zeit sie ihm geben musste, bis er mit einer Antwort herauskam. Gern hätte sie gesagt, dass er sie zurückrufen sollte, doch alle sonstigen Telefone würden, wenn sie überhaupt noch funktionierten, Raymond dazu animieren, sie stillzulegen.

„Wissen Sie, es gibt da noch eine Inventarliste …"

„Wir haben keine Zeit, lange in Akten zu wühlen, wenn Sie keinerlei Ahnung haben, dann lassen Sie es mich gleich wissen. Hier geht es um Leben und Tod. Raymond kann hier jede Sekunde erscheinen, die Leitung kappen oder Schlimmeres."

„Meine verehrte Dame, nichts liegt mir ferner als Ihre wichtige Zeit zu stehlen, aber ich kann Ihnen nur helfen anhand dieser Liste. Also würden sie bitte zum ersten der Schränke gehen und den Ordner ... warten sie ... zweiundzwanzig rausziehen. Ja, es müsste der zweiundzwanzigste sein."

Sie konnte nur hoffen, dass er tatsächlich eine Idee hatte, denn draußen konnte sie hören, wie Kampfgeschrei durch die Burg schallte, als zöge eine ganze Armee von Schotten in die Schlacht.

~ * ~

Sie hätte schwören können, dass es das Portrait des alten Higgins gewesen war, an das Raymond gebunden war, doch jetzt wo es zerschmettert und zerfetzt am Boden der Bibliothek lag, tat sich nichts. Es ging kein Leuchten oder etwas dergleichen davon aus. Molly rammte frustriert noch zwei weitere Male den Schürharken hinein. Nichts. Es wollte absolut gar nichts passieren. Vielleicht noch ein Tritt gegen den Rahmen? Wieder nichts. Wieso gerade verließ sie gerade jetzt ihre Intuition.

Sie versuchte es mit Logik. Laura hatte zwar gesagt, alles zerstören, aber das war nicht richtig für ihr Karma. Da war sie lieber vorsichtig, mochten andere nicht an ihr nächstes Leben denken, sie ging da lieber auf Nummer Sicher. Ihr Yogalehrer Rishi hatte ihr gesagt, dass wer Büchern etwas Böses antat, würde büßen müssen und wenn sie tatsächlich alles zerstören mussten, was alt war, würden auch die Bücher fällig sein.

Es wäre nur logisch, wenn hier zwischen den zahlreichen, in ledergebundenen Werken sich die Seele von Raymond versteckte. Wenn Molly jemand durch einen Fluch an einen Gegenstand hätte binden wollen, wäre ein Buch ihre erste

Wahl gewesen. Wer würde sich schon die Mühe machen, alle Bücher zu durchforsten und sicher hatte der verschuldete Lord seine Bibliothek dem alten Higgins hinterlassen. Zudem spürte sie, dass es einfach hier sein musste. Wenn es nicht das Porträt war, dann halt etwas anderes.

Ein Kältehauch streifte ihren Rücken. Molly duckte sich, wirbelte herum und stellte sich der Kältequelle entgegen, den Schürhaken auf sie gerichtet.

„Nicht so voreilig, Freundchen. Ich bin eh schon im Nachteil, weil ich eine Frau bin und ein Mensch, also mach dich wenigstens sichtbar. Ich weiß, dass du es kannst. Du bist schließlich mächtig. Ich glaube, die schwarze Schattenform könnte dir stehen." Man musste vom Universum verlangen, fordern und nicht nur wünschen. Zumindest behauptete das der Autor des Buches, dass sie gestern Nacht noch hatte auf ihrem Smartphone zu lesen begonnen, als sie noch nicht schlafen konnte.

Und tatsächlich verdichtete sich etwas, nahm etwas vor ihr Gestalt an. Es wirkte nicht wirklich menschlich, es sei denn, man sah die Welt wie Picasso, aber doch eine Form, die sich durchaus für ein Duell eignete.

Sie begab sich in die Fechtposition, die ihr einer ihrer Verflossenen beigebracht hatte. Die Liste ihrer Ex-Freunde war lang und jeder von ihnen hatte sie eine neue Fähigkeit gelehrt.

„Wähle deine Waffe!", forderte Molly den Geist heraus und bereute es, kaum dass der letzte Buchstabe über ihre Lippen kam, als sie sah, wie innerhalb des schwarzen Rauches etwas heranwuchs, dass für ihren Geschmack, viel zu viel Ähnlichkeit mit einem Feuerball hatte. „Nein, das ist nicht fair, das …"

„Es ist genauso fair, wie Freunde in ein kaltes Grab zu schicken", hallte es von allen Seiten der Bibliothek wider.

Der Feuerball raste auf sie zu, und sie rettete sich mit einem Hechtsprung in letzter Sekunde hinter einen der Ohrensessel, so dass die geballte Feuerenergie das Regal hinter ihr traf.

Nur knapp verfehlte sie ein brennendes Buch, das aus dem Regal purzelte. Warum hatte sie unbedingt Hexe spielen wollen? Hexen waren im klassischen Sinn böse, gemein, arm und hässlich und das Schlimmste, sie kamen im Feuer um. Wer sich an Hexen orientierte, konnte nichts Gutes anziehen!

Die verdichtete Geistmaterie formte das nächste Geschoss. „Brenn! Brenn! Brenn! Lichterloh sollst du brennen!"

Molly robbte hinter den anderen Sessel. Jetzt würde sich zeigen, ob Yoga, Pilates, ausgewogene Ernährung, kein Rauchen und regelmäßiges joggen wirklich ihr Leben verlängerten.

Sie winkelte ihr Bein an, zog es eng an ihren Bauch und stellte sich in Startposition. Sie war eine der Guten, und die Guten siegten immer.

~ * ~

„Sehen Sie den Trennstreifen, auf dem ich das Wort Inventarliste notiert habe?" Jenkins Stimme war ruhig, natürlich, er war ja auch nicht hier. Schon drei der Schotten, hatten die Tür aufgerissen, Parker angeboten sie hinauszubegleiten oder bei ihr zu bleiben. Schon wieder erschien einer dieser Schotten, in jeder Hand eine Reisetasche und unter den Arm hatte er sich Rebeccas Paddington Bär geklemmt. Parker wimmelte ihn kurzerhand ab, bevor er ihr alle seine Dienste anbieten konnte. Sie konnte sich kaum noch konzentrieren. Sie benötigte Ruhe, um einen klaren Gedanken zu fassen. Unruhe brachte sie durcheinander. Wenigstens waren Jenkins Unterlagen übersichtlich abgeheftet.

„Ich habe es."

„Gut, Sie befinden sich gleich in dem richtigen Jahr, denn dort verwahrte ich alle …"

„Nur die wichtigsten Informationen", kürzte Parker nicht zum ersten Mal seine Ausführungen ab.

„Oh, natürlich, natürlich. Nach den Kopien, befindet sich

eine weitere Liste, in der ich alle Gegenstände protokollierte, die noch vorhanden waren, als ich 1962 auf Dendell einzog. Erstaunlich wenig, was die Higgins durch ein Jahrhundert retteten. Immer wieder hatten sie etwas versetzen oder verkaufen müssen, zudem hatten sie Freunde, die schlimmer waren als die Elstern. Jetzt wo ich ja nicht mehr in Diensten stehe und alles so geendet ist, kann ich es ja wagen mich so zu äußern."

„Und ich dachte immer Butler seien loyal bis in den Tod", bemerkte Parker spitz. „Noch ganz vom alten Schlag."

„Wissen Sie, wenn man mit dem Inventar verkauft wird als sei man ein alter Regenschirm und noch dazu an einen Amerikaner, da beginnt man daran zu zweifeln, meine Dame. Da beginnt man zu zweifeln."

Parker fand was sie suchte: „Okay gut, was ist mit der Geige?"

„Da hatte der Freund der Familie den Bogen überspannt und hat das Corpus Delicti im Kamin verbrannt."

„Das Diadem?"

„Glänzt nun in Bayern, wobei der eine oder andere Stein durch Imitate ersetzt wurde."

„Die Halskette der Lady Margret?"

„Versetzt und nie wieder eingelöst."

„Das Schaukelpferd?"

„Ist den Kunstversuchen des jungen Lords anheim gefallen und steht nun in einem kleinen Museum für Graffitikunst in Glasgow."

„Ist denn nichts mehr von dem Zeug vorhanden?"

„Wenig. Es wundert mich stark, dass noch der Kronleuchter in der großen Halle vorhanden ist. Mr. Higgins hat ihn geliebt, wurde er doch kurz vor seinem Einzug noch …" Jenkins stockte. „Holen sie das Ding runter!"

~ * ~

Trix stand fassungslos vor der Burg. In der Ferne konnte sie hören, wie weitere Feuerwehrautos sich den Weg zur Burg erkämpften. Sie hörte wie Fenster zerbarsten, konnte Rauch sehen, der aus einem der Fenster drang. Videokameras waren auf Stativen aufgestellt worden und hielten die Vorgänge fest. Die Schotten hatten gesagt, sie würden das Material verkaufen und dadurch Dendell restaurieren lassen oder wie einer gelacht hatte, davon einen Imbissstand bauen, für all jene die eine Ruine sehen wollten.

Die Einheimischen schienen es leicht zu nehmen, dass ihre Burg Gefahr lief, in einen Trümmerhaufen verwandelt zu werden. Das Gewitter hatte sich längst gelegt, und alles was geblieben war, war der Regen. Der Geist hatte die Energie aus den Wolken gezogen, sie für sich nutzend, um jetzt mit einer geballten Ladung Kraft zuzuschlagen und den Hexen den Garaus zu machen. Trix hatte versucht, es ihnen zu erklären, doch man glaubte ihr nicht. Wie Kamikazepiloten stürzten sie sich in den Kampf, immer wieder beteuernd, dass so ein Engländergeist nur so lange bleiben durfte, wie er sich zu benehmen wusste.

„Trix! Steh nicht rum und mach dich nützlich“, rief Millie. Sie kniete vor einer Decke, auf der ein junger Mann lag, dessen Arm stark blutete. „Desinfizierst du die Wunde? Ich muss mal schauen, ob noch jemand Verbandszeug im Auto hat. Verbraucht sich schneller als Whisky die Kehle runterfließt.“

Trix wollte sich nicht vom Anblick der Burg losreißen, aber sie wusste, dass Millie es ihr niemals erlauben würde, nicht mit anzupacken. Sie ging neben dem Verletzten in die Hocke. Ein junger Mann mit strubbligen Haaren und einer weißlich schimmernden Narbe auf der Wange sah ihr verlegen entgegen.

„Das ist unser Gibby, er ist unser Intelligentester. Hat die Schule mit Bestnoten abgeschlossen. Er hätte nach Cambridge gehen können, doch für was entscheidet er sich? Er will nähen lernen, Kilts entwerfen und Kunst studieren.“

„Hey“, sagte Gibby mit einem Lächeln und hielt ihr bereitwillig den Arm hin.

„Lenk das Mädchen mal ein bisschen ab, Gibby und erzähl ihr von deinem Lieblingsthema, den Tartan Mustern.“ Millie tat so, als würde sie gähnen müssen.

„Warum seid ihr alle so fröhlich?“, fragte Trix, seinen Arm einsprühend und sich dabei immer wieder zur Burg umsehend.

„Würde weinen es besser machen oder deprimiert zu sein?“ stellte er ihr die Gegenfrage.

Trix sah ihn einen Augenblick prüfend an und versuchte in der Dunkelheit seine Augen wirklich zusehen. Sie konnte Menschen nur schwer einschätzen, wenn sie nicht die Augen sah. Augen galten nicht umsonst als die Fenster zur Seele und nur, wenn sie diese genau beim Zeichnen hinbekam, war sie zufrieden mit dem Bild.

„Weißt du, in meinem Clan glauben wir, dass Humor halt vieles erleichtert. Ich wollte dir echt nicht zu nahe treten“, sagte Gibby. „Ich mag deine Haare, nicht viele Mädchen trauen sich das.“

Trix wollte gerade etwas erwidern, als sie hinter sich einen Schrei hörten. Trix fuhr herum, Glas splitterte, als sich etwas aus dem Fenster des Erdgeschosses stürzte, sich auf dem Boden abrollte und dann im Gras reglos liegenblieb, während eine Feuerkugel knapp über den Körper hinwegschoss und dann mit einem Zischen auf dem nassen Gras landete. Sofort eilten Männer mit Feuerlöschern heran, die sie wie Waffen auf das gesprengte Fenster hielten. Rufe gellten hin und her.

Trix sprang auf und rannte los. Sie hörte Queenie, die an einem der Wagen angebunden war, kläffen, sich in ihr Halsband werfend, um ihr nachzukommen.

Voller Panik fiel Trix neben der reglosen Molly auf die Knie. Schmerzen durchfuhren ihr Bein, doch es war ihr egal.

Molly lag mit dem Gesicht nach unten, die Arme schützend um den Kopf gelegt. Trix legte ihr Ohr auf Mollys Rücken und Tränen der Erleichterung flossen aus ihren Augen, als sie das Klopfen von Mollys Herz hörte. Ganz vorsichtig drehte sie Molly zu sich um und versuchte sich an alle Einzelheiten aus dem Erste-Hilfe-Kurs zu erinnern.

Molly lächelte: „Ich bin fitter, als ich dachte."

~ * ~

„Julian?" Es war das erste Wort, das sie sagen konnte, nachdem sie eine ganze Zeit nur in sein Gesicht geschaut hatte. Erst verschwommen, dann immer klarer hatte sie seine Konturen erfasst. Er war es tatsächlich. Voller Erleichterung wollten ihr wieder die Sinne schwinden, und sie schloss die Augen.

„Alles wird gut", flüsterte er sanft und strich ihr mit dem Daumen über die Stirn. „Alles wird gut. Meine kleine Amazone, alles wird wieder gut werden. Ich bin hier. Trix ist hier. Molly ist hier. Queenie ist hier. Daniel ist hier. Rebecca ist hier und Logan ist auch da."

Sie öffnete ein Auge. Der Schwindel legte sich schlagartig, und ihre Gedanken nahmen wieder scharfe Formen an: „Wieso ist Trix hier?"

Sie konnte Männer rufen hören, Gerede und allerlei Ge-räusche, die sie nicht zuordnen konnte. Der Geist schien also noch nicht besiegt zu sein, doch sie konnte nicht mehr kämpfen. Ihr Rücken schmerzte, ihr Hals brannte, und in ihrem Kopf hämmerte es wie in einer Schmiede.

„Ich bin da", sagte Trix und Finger umklammerten ihre andere Hand. „Ich bin hier! Hier bin ich."

Sie öffnete auch das andere Auge, drehte ihren Kopf zur Seite und sah Julians Nichte an. Etwas an ihr schien verändert. Waren es die Haare? Sie gab es auf und schloss wieder die Augen. So sehr war ihr Verstand dann doch noch nicht wieder einsatzbereit.

„Wieso, nicht wo."

„Ich bin halt da, wo ich helfen kann." Trix klang merkwürdig selbstbewusst. „Bei den Kelten sind die Frauen Seite an Seite mit ihren Männern in die Schlacht gezogen, also warum sollte ich mich wegschicken lassen?“

„Wie meine Laura“, sagte Julian voller Stolz und küsste Lauras Hand.

„Ich habe dich nicht weggeschickt. Ich habe diesem unsäglichen Ding Rebecca gesagt, dass sie dich wegbringen soll“, knurrte Laura und bereute ihre Wut augenblicklich. Ihre Worte waren in Husten übergegangen, und ihr Hals schmerzte jetzt richtig.

„Ich würde gerne nach Ihrer Frau sehen“, sagte eine unbekannte Stimme, doch der autoritäre Ton, verriet ihr, dass ein Arzt oder Sanitäter sich um sie kümmern wollte. Nichts, wofür es sich lohnte, die Anstrengungen von Bewegungen in Kauf zu nehmen.

„Ist es okay, wenn ich weiterhin ihre Hand halte?“ Julian klang schüchtern.

„Wenn`s bei der Genesung hilft, aber nur dann. Bei vielen geht dann ja die Wutpumpe hoch, und das ist alles andere als heilsam, aber Sie scheinen auf sie beruhigend zu wirken. So, schönes Fräulein, ich bin Mungo Campbell und wenn Sie so nett wären, mal die Augen für mich zu öffnen. Wir müssten nachschauen, ob Sie noch zählen können oder Ihre mathematischen Fähigkeiten durch den Aufprall von ihrem Kopf für immer ausgelöscht wurden.“

Laura öffnete die Augen und sah in das Gesicht eines eher mopsigen Schotten mit feuerroten, zu allen Seiten wildabstehenden Haaren. „Wer sind Sie?“

„Er ist ein Campbell“, beantwortete Trix die Frage, als würde das alles erklären.

Laura starrte Trix an, die selbstsicher dem jungen Sanitäter auf den Rücken klopfte. Das war nie und nimmer ihr Mädchen. Der Geist musste in sie hineingefahren sein oder sie war in einem Paralleluniversum gelandet.

Laura versuchte sich aufzurappeln, doch der schottische Scherzkeks drückte sie herunter und sie war zu schwach, um sich gegen ihn durchzusetzen zu können.

„Trix, kannst du mal gerade zusammen mit Gibby zu Rooney gehen und euch Laken geben lassen?" Eine Frau weiter im Hintergrund winkte.

„Wird gemacht." Trix salutierte. „Und du vertrau auf Mungo. Ich habe eben geholfen, als er Gibby den Arm geflickt hat. Er ist ein Profi!"

Laura ließ sich wieder zurückfallen: „Ich glaube das Zählen können wir uns sparen, ich kann mich ja noch nicht einmal richtig an Trix erinnern."

~ * ~

Parker wusste genau was sie zu tun hatte. Jenkins hatte ihr die Anweisungen mehr als einmal durchgegeben, immer wieder darauf drängend zu erfahren, ob sie es auch wirklich verstanden hatte.

Parker tastete sich durch die Gänge der Burg immer schön an der Wand entlang in ihrer Hand fest einen kleinen Werkzeugkasten umklammernd.

Von unten hörte sie, wie man immer wieder ihren Namen rief. Die Burg brannte, und der Rauch verdichtete sich auch immer stärker in dem Bereich, in dem sie sich aufhielt. Sie presste ein Taschentuch vor ihr Gesicht und eilte tapfer im Treppenhaus weiter. Sie musste dies alles beenden und Raymond von seinem Fluch erlösen.

Sie wusste nicht, ob er es geschafft hatte, einen von ihnen zu verletzen oder, Gott bewahre, vielleicht sogar zu töten, doch sie wollte ihn trotzdem von seinem Fluch erlösen. Vielleicht würde der Spuk auch so aufhören, wenn das Feuer sich durch das Gebäude fraß, aber sie wollte sicher sein, dass es richtig gemacht wurde, dass nicht ein Kristall übrig blieb. Vor allem wollte sie, dass es schnell ging. Niemand sollte unnötigerweise leiden müssen.

Sie empfand Mitleid für Raymond, der nie eine Chance

gehabt hatte. Vor seiner Geburt schon verflucht, gezwungen in ein Leben, das nur Leid mit sich brachte, nicht zum Pechvogel bestimmt, sondern zu etwas dunklerem, viel böserem war er verflucht! Eine Strafe, die Walter Higgins schon ungerechterweise hätte treffen sollen, ausgelassen an einem Jungen, der nichts Schlimmeres getan hatte als geboren zu werden. Sie empfand noch nicht einmal Wut für den Lord, der damals den Fluch über Raymond verhängte, sondern einfach nur Unverständnis. Es überstieg alles, was sie sich vorstellen konnte, dass ein Mensch so grausam sein konnte, so ungerecht.

Sie hoffte sehr, dass sobald der Fluch gebrochen würde, für Raymond Frieden einkehrte, wie auch immer dieser aussah. Endlich hatte sie die schwere Eichentür erreicht. Sie schob den Riegel beiseite und betrat den Speicher. Die Dielenbretter ächzten unter den Sohlen ihrer Schuhe. Jetzt musste sie sich ungefähr über dem Kronleuchter befinden. Die Augen leicht zusammen kneifend leuchtete sie über den Boden, und da war endlich das in das Holz gesägte Quadrat. Sie setzte den Werkzeugkasten ab und entnahm ihm eine Brechstange, die sie schräg unter einem der Dielenbretter ansetzte und ihr ganzes Gewicht aufwand, bis die Diele nachgab und sich vom Boden löste. Sofort wiederholte sie den Vorgang, bis sie die Aufhängung für den Kronleuchter freigelegt hatte. Mit einem Schraubenschlüssel begann sie, die mit Spinnweben überzogene riesige Mutter zu lösen. Mit einem Gefühl des Triumphes legte sie die Schraubenhalterung zur Seite. Nur noch einige Schläge mit dem Hammer, und der Kronleuchter würde in der Halle zu Bruch gehen.

~ * ~

Raymond hörte, wie sie immer wieder den Namen der alten Hexe riefen. Sie war noch in der Burg. Er hatte sie mit dem Feuer eingekreist. Niemals würde sie lebend aus Dendell herauskommen. Einer Hexe würdig, waren die Mauern zu Fesseln geworden, und all die Bücher, das Mobiliar, die Gemälde und die Teppiche zu dem Holz, aus dem ihr persönlicher Scheiterhaufen bestand.

Ihre Freunde standen vor dem Gebäude. Schreiend, weinend nach Hilfe rufend, wo kein Lebender mehr entkommen konnte. Sie würde sterben. Immer höher und immer breiter ließ er das magische Feuer lodern, damit keiner der Feuerwehrmänner hindurch kam. Erst würde er sich ansehen, wie die Hexe in Flammen aufging, dann kämen die anderen an die Reihe, eine nach der anderen, bis zum Schluss die schlimmste der Verräterinnen alleine da stand, sich fragend, wie er sie richten würde. Oh Rebecca, sie hatte keine guten Instinkte gehabt und sich mit dem Falschen eingelassen.

Obwohl teilweise verwundet, wagten sie sich immer wieder nahe an die Burg heran, sich elend fühlend in ihrer Machtlosigkeit. Die Hitze raubte ihnen den Atem, ließ ihre Haut schmerzen. Sie mussten die Alte sehr lieben, wenn sie noch immer versuchten, den Flammen zu trotzen und doch würden sie einsehen müssen, dass sie zu schwach waren.

Besonders die Kleine, die ihn immer schon verwirrt hatte, brüllte das Feuer an. Sie schrie Raymond an. Sie beschimpfte ihn, warf Steine mit voller Wut in Richtung des Gebäudes und musste doch immer weiter zurückweichen, weil sie die Hitze nicht ertragen konnte. Sie verfluchte Gott, das Leben und man ließ sie toben. Raymond konnte spüren, wie sich ganze Berge an Emotionen bei ihr entluden, und ein wenig erinnerte sie ihn an sich selbst. Plötzlich blieb sie stehen, presste die Augen zusammen, riss mit Schwung ihr Pentagramm von der Kette ab, hielt es in den Händen und schrie. Es war nur ein Ton, anklagend, wütend, voller Trauer und Verzweiflung. Raymond sah, wie alle Energie des Schreis in den Anhänger strömte, ihn aufleuchten ließ. Mit letzter Kraft schleuderte sie das Pentagramm in seine Richtung.

Er war beeindruckt von dieser dramatischen Geste, besonders jetzt, da sie schlaff wie eine Puppe in die Arme von

Julian fiel. Sanitäter rannten zu ihr. Sie war nicht tot. Noch nicht. Er hätte es sofort gespürt.

Raymond verließ seine Burg, schwebte über den Rasen zu dem Anhänger herüber in dem noch immer ein Licht pulsierte. Fasziniert versuchte er, das Pentagramm zu erfühlen. Doch kaum hatte er es mit seinem feinstofflichen Körper berührt, glühte der magische Fünfstern auf dem Achat auf, bekam einen hellblauen Schein, der immer heller wurde und dann ein gleißend helles Licht ausstieß, das ihn durchdrang, ihn einhüllte. Er empfand plötzlich Kummer, so viel Kummer. Traurigkeit durchfloss ihn und das Gefühl, das alles was er liebte, ihm genommen wurde. Raymond erkannte diese Gefühle, als seien es Abbilder seiner eigenen längst vergessen geglaubten Emotionen. So viele ungeweinte Tränen erfüllten sein Bewusstsein. So viel Schmerz, der sich wie ein Eisenkäfig um sein Herz legte.

Er floh vor dem Anhänger, vor diesen Gefühlen, die ihn erstarren ließen in Traurigkeit, die ihm alle Kraft abzogen und in ihm das Bedürfnis weckten allein zu sein. Sich so lange in sich selbst zurückzuziehen, bis nichts mehr ihm wehtun konnte. Zu vergessen. Endlich den Schmerz und den Kummer hinter sich zu lassen.

Plötzlich spürte er etwas anderes. Es war als würde ein leichter Sog an ihm ziehen, und er hörte ganz leise seinen Namen. Er sah sich um. Jemand rief nach ihm. Er konnte es hören und in der Luft lag eine Spur von lieblich duftendem Lavendel.

Er folgte der Stimme. Lustlos, vor Kummer vergessend, die Flammen mit seiner Energie zu nähren, vergessend, dass er töten wollte. Einfach nur der Stimme nachschwebend, die ihn in die Eingangshalle führte. Durch den Rauch hindurch konnte er kaum etwas erkennen, doch er hörte, wie die kleinen Bleiglasanhänger des Kronleuchters klirrten, als wolle man ihn warnen und doch fühlte er sich ruhig, verliebt in den Duft, der immer intensiver wurde, so dass er den Rauch überlagerte.

„Wenn du ein Duft wärst, welcher Duft wärst du dann?", hörte er die Stimme seines vielleicht siebenjährigen Selbst, und Bilder tauchten vor seinen inneren Auge auf, wie er mit Claire am Fluss saß, durch Büsche und Bäume sicher versteckt vor den Blicken seiner Aufpasser, genau auf jedes Geräusch lauschend, betend darum, dass sie nicht erwischt wurden.

„Lavendel", vernahm er wieder die feine Kinderstimme seiner Claire, ihre Haare noch ganz feucht vom letzten Regen.

„Nicht Rose?" Er war erstaunt gewesen, schwärmten alle Frauen, die er kannte, für die Königin der Blumen.

„Nein, Lavendel."

„Dann will ich für immer wie Lavendel für dich duften", hatte Raymond treuherzig geantwortet.

Die Bilder verschwanden, und er stand wieder in der einst prächtigen Halle, die nun der Qualm schwarz färbte.

Er hörte noch das Klimpern der geschliffenen Tropfen und Prismen, die am Kronleuchter hin und her schwangen, das Surren der Stahlseile. Den Aufprall, das Zerspringen der Kristalle, die auf dem steinernen Boden in tausende von Einzelteilen zerplatzten, nahm er nur noch als ein fernes, dumpfes Geräusch wahr.

„Claire? Bist du es?", dachte er noch und dann sah er es, das goldene Licht, das sie damals mit sich genommen hatte, immer größer werden. Er streckte die Hand danach aus, und es war ein Gefühl als würde er endlich nach Hause kommen.

Epilog

Bevor wir uns fragen, ob es in den Weiten des Weltalls noch unbekannte Lebensformen gibt, sollten wir uns mit denen beschäftigen, die zwischen uns wandeln. Der Geist von Dendell Castle hat weltweit großes Medieninteresse ausgelöst und auch die Wissenschaft sowie Scotland Yard, interessieren sich für die Phänomene. Im Internet ist die Windfall Agency das Trending Topic, das Thema Nummer Eins. Der Lord und sein Team werden wie Helden gefeiert, die Videos von den Vorfällen auf der ehemaligen Burg Dendell erreichen Rekordklicks auf Youtube und es wird diskutiert, ob es sich um einen Haufen esoterischer Spinner, Betrüger oder um Entdecker in der Größenordnung wie Kolumbus handelt. Lord Julian Windfall, der Leiter der unter paranormalen Experten hochgeschätzten Windfall Agency, verbürgt sich für die Echtheit der Aufnahmen und einige hochangesehene Wissenschaftler bestätigen seine Aussagen. Lord Windfall begrüßt sehr den Gedanken und Meinungsaustausch zum Thema übersinnliche Phänomene. Nur wenn die intelligentesten Köpfe miteinander im Dialog ständen, könnten sie die Wahrheit ergründen und vielleicht zu einer besseren Verständigung zwischen den Lebenden und den Toten beitragen“, sagte der Fernsehreporter und stand vor den Überresten von Dendell Castle. „Es scheint spannend zu bleiben, denn wie Julian Windfall auch bekannt gab, werden sie obwohl sie reichlich Verletzungen davontrugen, niemals aufhören, Geister zu jagen."

Julian schaltete, zufrieden mit sich, den großen Fernseher aus, den sie speziell für diesen Abend auf die Terrasse von Postley getragen hatten. Sie hatten etwas zu feiern, denn auf fast jedem Kanal waren sie zu sehen. Molly hatte für die nächste Woche in ihrem Terminkalender drei Talkshowtermine eintragen können und checkte im Minutentakt ihre E-Mails auf eine Einladung bei Jonathan Ross oder Jimmy Fallon darauf hoffend, in die Show kommen zu dürfen. Sie waren über Nacht weltberühmt geworden, zu der neuesten großen Sache, wie Laura sich ausdrückte, die bei ihrem Vater in der Werbeagentur gekündigt hatte, um nun hauptberuflich die Agentin für sie zu spielen und die Hexe, auf die man sich in der Not verlassen konnte.

„Wann können wir essen?, fragte Daniel, der sich nun, da er nicht mehr der lausige kleine Schotte war, der ein wenig über Bücher und ganz viel über Technik sprach, sich getraut hatte, das Mädchen aus dem Blumenladen um ein Date zu bitten. Seit sie ‚Ja' gesagt hatte, interessierten ihn die Medien nicht mehr, sondern nur noch, was er am Freitagabend anziehen sollte.

Julian drehte die riesigen Fleischstücke um, die in dem großen Smoker vor ihm brieten. Auf einem kleineren Grill daneben rösteten Tofuspieße und Würstchen für Laura und Trix.

Es war einer der letzten schönen Sommerabende in diesem Jahr, und Rebecca, zog im kühlen Abendwind den Poncho enger. Sie war zufrieden mit ihrem Leben und freute sich auf den kommenden Herbst, den kommenden Winter und überhaupt auf ihr neues Leben.

„Und was ist jetzt mit Logan und Dendell? Ist die Entscheidung schon gefallen?", fragte Trix, die zusammen mit ihrer Freundin Amber riesige Salatschalen und Berge an Folienkartoffeln nach draußen trug.

„Wie es scheint will die Regierung die Burg haben, mitsamt

dem Geist, der versucht hat, uns zu warnen, falls er noch dort sein sollte."

„So ein Roswell-Ding?", fragte Daniel nur mäßig interessiert schon dabei, sich den Salat auf den Teller zu schaufeln.

„So meine Lieben, ich habe etwas zu verkünden", sagte Laura mit einem Löffel ans Glas schlagend und ihre Aufmerksamkeit einfordernd. Auch Parker und Queenie kamen hinter ihr her auf die Terrasse. „Soeben hat ein Professor Doktor Doktor, was weiß ich wie viele Titel er hat, die Videoaufnahmen der Campbells als real befunden, und wir sind ab sofort herzlich in die Staaten eingeladen, um dort an mindestens einer der großen Universitäten an einer Podiumsdiskussion teilzunehmen."

„Heißt das, wir gehen in die Staaten?", fragte Molly und man hörte ihr an, dass Universitäten nicht das waren, auf das sie gehofft hatte.

„Ich habe noch nicht Ja und noch nicht Nein gesagt. Es ist zu früh, sich den Planer mit Terminen vollzupacken. Hier geht es nicht nach dem Motto, wer zuerst kommt mahlt zuerst, sondern darum abzuwägen, was wirklich wichtig ist."

„Schließlich sind wir Geisterjäger und keine professionellen durch Talkshows und Universitätentingler. Mir sind die Fälle wichtiger als all diese Medienleute, die meinen, man würde für sie alles stehen und liegen lassen." Parker verzog das Gesicht, als würde sie nichts mehr anwidern als die Presse.

„Und deswegen werde auch ich mit ihnen reden", sagte Laura mit lieblichen Stimmchen. „Und du sprichst mit den Besessenen und Heimgesuchten."

„Beim ersten Werbedeal steige ich aus", verkündete Parker resolut, und das Lächeln von Laura flackerte schuldbewusst.

„Das werden wir dann ja noch sehen."

„Ich verweigere mich! Ich werde weder für einen Werbespot Comic-Geister mit einem der neusten Staubsauger eliminieren, noch Geisterweingummis in irgendeine Kamera halten!"

„Hat eigentlich schon jemand von euch daran gedacht, dass es da draußen Wesen geben könnte, die jetzt echt sauer auf uns sind? Ich meine, so Vampire, Werwölfe und Feen?“ Daniel wirkte tatsächlich ein wenig besorgt.

„Feen?“ Trix prustete los.

„Sag nichts gegen schottische Feen oder du wirst es bereuen.“ Daniel wies streng mit einer Gabel auf sie.

„Solange kein solches Wesen vor mir steht, will ich mir gar keine Gedanken darüber machen!“ Laura setzte einen Schlusspunkt und kippte ihr Glas Champagner auf Ex hinunter. „Hat jemand ein anderes Thema anzubieten als die nächste dunkle Bedrohung?“

„Gibby hat mir eben ein paar Artikel geschickt, dass die Leute wie verrückt überall auf der Welt Salz einkaufen. Eine der Zeitschriften titelte damit, dass Salz das neue Pfefferspray sei.“ Trix, die selbst seit Dendell stets ein paar winzige Salzpäckchen dabei hatte, fühlte sich in ihren Sicherheitsmaßnahmen bestätigt. Der Klang eines Dudelsacks ließ sie noch einmal ihr Smartphone zücken. „Gute Neuigkeiten. Millie hat Burt im Krankenhaus besucht, und er darf wahrscheinlich nächste Woche nach Hause.“ Erleichtert sahen sie sich an.

„Oh, ich habe auch ein spannendes Thema. Was wird aus Logan und Becky?“ Über den Rand ihrer Sonnenbrille warf Molly ihr einen frechen Blick zu.

„Wir werden sehen“, lächelte Rebecca nahm ihr Smartphone und entsperrte die Nummer von Edward. Sie hatte nach Dendell nichts von ihm hören wollen. Sie hatte dringend Ruhe gebraucht und wollte nicht das Risiko eingehen, dass der frischgewonnene Abstand durch einen Anruf von ihm wieder bedroht wurde. Drei Wochen Funkstille, in denen er, wann immer er in der Agentur anrief, fadenscheinig abgespeist wurde von Laura, und seit sie aus dem Krankenhaus entlassen war, auch von Parker.

„Nächste Woche sind wir in London. Mittwoch um Punkt 14 Uhr komme ich, meine Sachen abholen. Rebecca“, tippte sie ihm eine SMS. Zufrieden mit sich, sperrte sie seine Nummer. Sie hatte ihm nichts mehr mitzuteilen und schickte stattdessen lieber dem netten Amerikaner, der ihr gerade geschrieben hatte, wie sehr er sie vermisste, ein Foto von ihnen, wie sie um den Tisch herum saßen.

„Wir könnten einen Sponsor gebrauchen“, schrieb sie unter das Bild zusammen mit einem zwinkernden Smiley. Noch war es nicht die Zeit für Herzen. Sie schaltete das Smartphone aus, nabelte sich damit von der virtuellen Welt ab. Alles was sie im Moment brauchte, befand sich direkt vor ihr.

Danksagungen

So lange ich denken kann, habe ich Geschichten geschrieben, aber noch nie hatte ich es geschafft eine von ihnen zu beenden. Immer wieder waren mir auf halbem Weg die Worte ausgegangen, hinweggefegt von meinen Selbstzweifeln und ich hatte meine Freunde, mit vielen offenen Enden zurückgelassen. Zahlreiche Ordner auf meinem Rechner sind wie Grabsteine, unter denen nicht nur geliebte Charaktere sondern auch ihre unvollendeten Leben ruhen.

Jetzt meine erste Geschichte abgeschlossen zu haben, ist ein Gefühl, dass sich kaum in Worte fassen lässt. Die vielen Hürden, bestehend aus Zweifeln und Verzweiflung, konnte ich nur überwinden mit der Hilfe der Menschen, die an mich geglaubt haben, die mich anfeuerten, sich meine Probleme geduldig anhörten und nicht zuließen, dass ich aufgab. Diesen Menschen gehört mein Dank und auch all den weiteren, die meinen Weg begleiteten.

Mein Dank gebührt in erster Linie natürlich dir, lieber Leser. Danke, dass du dir die Zeit genommen hast, mein Buch aufzuschlagen. Ich bin froh und stolz, dass du es bis zu dieser Stelle geschafft hast. Ich hoffe, ich konnte dich entführen in eine Welt, in der ich es liebte, mich aufzuhalten und ich hoffe du hast wenigstens einen Charakter gefunden, mit dem du dich gerne im wirklichen Leben auf einen Whisky oder ein Pete's Feet Sandwich treffen würdest. Ich bin sicher, dass sowohl die Windfall Agency, als auch die Familie Campbell wieder ihre Türen weit für dich öffnen würden, um dir von einem weiteren Abenteuer zu erzählen und vielleicht werden sie das sogar wirklich irgendwann machen.

Ich möchte mich auch bei meinen Abonnenten bei Youtube (Glimmerfee) bedanken und all den anderen Menschen, die mir und meiner Mutter in den sozialen Netzwerken wie Facebook, Twitter, Instagram und Goodreads folgen. Ihr seid wundervoll! Ihr habt so viel Geduld mit uns, nörgelt nicht, wenn unerwartete Katastrophen, freudige Ereignisse oder schlicht das Leben, es manchmal schwer machen regelmäßig da zu sein. Eure ermutigenden Kommentare, Briefe und einfach, dass Ihr uns die Teure haltet, ist einfach ein wunderschönes Geschenk. DANKE!

Auch will ich mich bei den drei Mädchen bedanken, die in mir den Wunsch weckten zu schreiben und mir beibrachten, dass es nichts Schöneres gab, als wenn ich ein Lachen aus ihnen herauskitzeln konnte oder sie in eine andere Welt zu locken schaffte, wenn ihnen die reale zu schwer erschien, um sie noch länger ertragen zu können. Isabell, Dana und Melanie - Ohne Euch hätte ich das Schreiben nach den ersten Sätzen aufgegeben, doch es war euer Lachen, euer Glaube und eure Freude an meinen Geschichten, die in mir eine Leidenschaft entzündeten, die mich hoffentlich ein Leben lang nie verlassen wird.

Ein großes Dankeschön, gilt Gabi Schwarz. Du warst eine meiner ersten Besucher, als ich im Krankenhausbettchen einer vollkommen fremden Welt entgegenblickte und seither bist du an wichtigen Wendepunkten stets für mich da. Du hast mir geholfen, Ratschläge gegeben und mich schon als kleines Kind zu den Namen von meinem Schmuselöwen inspiriert, der dann letztlich deinen Nachnamen trug. Das du noch einmal zu einem entscheidenden Wegweiser wurdest, als du in der einen Nacht am Telefon sagtest, ich solle meinen Traum leben und endlich all diese Geschichten aufschreiben, die in meinem Kopf herumspukten, weil du sie gerne lesen würdest, hätte ich jedoch nicht gedacht.

Und auch bei dir, meiner lieben Tante Monika, muss ich mich bedanken. Ich weiß, dass mein Lebensweg dir oftmals fremd erscheint, auch wenn du es niemals offen sagst, doch du bist trotzdem für mich da und denkst dich in mich hinein. Du unterstützt mich und versuchst durch dein organisatorisches Talent, alles für mich möglich zu machen. Vermutlich warst du es, die in mir den Wunsch nach fernen Ländern weckte, als ich deinen Reiseberichten lauschte. Auch die Vorliebe für Abenteuer, die es zu erleben gilt, habe ich von dir.

Ich wünschte, ich könnte ausdrücken, wie viel Dank dir gebührt Sylvie Grohne! Du bist meine Kompassnadel geworden, die Frau, die mich immer wieder zurück auf den Weg holt, wenn ich mich im Buchstabendschungel verloren fühle. Und ich danke dir nicht nur, weil es ohne dich dieses Buch nicht gäbe und ich immer noch nichts abgeschlossen hätte, sondern auch für deine Freundschaft. Wir sind wirklich vom selben Stern und du bist zu meinem Vorbild geworden, in mehr als nur einer Hinsicht. Danke, dass du in meinem Leben bist.

Und nun zu dir, Eva Domburg, du, die auf so unkonventionelle Weise in mein Leben gekommen bist. Auf dem Postweg sozusagen und da sagen sie, das Universum liefere nicht bis direkt vor die Haustür. Du bist der lebende Beweis, dass Bestellungen ans Universum sogar ins Haus geschickt kommen. Deine Freundschaft ist mir im letzten Jahr so unglaublich kostbar geworden. Du bist für mich die beste Ratgeberin, die cleverste Gesprächspartnerin und ohnehin meine wandelnde Britannica. Ich trage mit Stolz den Orden, deine Freundin sein zu dürfen.

Auch geht mein Dank an Bartosz Domburg, den Mann, der immer dann zum Helden wird, wenn es gilt, mit üblen Paragraphenmonstern zu kämpfen.

Vielen Dank auch an Claudia Peetz, die uns davon überzeugte, dass es immer einen Weg gibt, den man gehen kann, und dass Aufgeben, keine Option ist.

Liebe Ingrid wir schulden dir nicht nur Dank für das geschätzte Kilo Komma dass im Buch fehlte sondern auch für einen Rotstift den du ganz sicher verbraucht hast sonst würden alle Sätze so aussehen wie dieser hier.

Und natürlich auch vielen Dank an Brigitte König, die mir schon so oft in den vielen vergangenen Jahren geholfen hat. Danke fürs Schutzengel spielen, deine Freundschaft und die unvergessenen Averner-Abende.

Und nun zum Schluss, weil es mir so unfassbar wichtig ist und ich es dennoch aufschiebe, möchte ich dem wichtigsten Menschen in meinem Leben danken - meiner Mama. Du machst mich, eine Frau der Worte sprachlos, wenn es darum geht, all das wofür ich dir dankbar bin, in Worte zu kleiden und meine Gefühle auszudrücken. Das ist einfach zu viel. Das würde ganze Bücher füllen. Dieses Buch ist ebenso sehr deins, wie es auch das meinige ist. Du, deine Gedanken und deine Worte stecken in jeder Seite, untrennbar mit meinen verbunden. Vom ersten Entwurf, bis zum letzten Moment, bevor mein Buchbaby in die Welt entlassen wurde. Wie schon so oft kann ich nicht sagen, wo du aufhörst und ich anfange. Wir sind einfach ein Team, eine Einheit. Ich weiß, dass du weißt, wie sehr ich dich liebe!

Über die Autorin:

Cassandra Winter fühlte sich schon immer im Herzen wie eine Keltin. Obwohl in Deutschland aufgewachsen, schlägt ihr Herz besonders für England, Irland und Schottland. Die Liebe für Geister und Fantasy verfolgt sie schon seit ihrer Kindheit, hat sie doch selbst vier Jahre ihres Lebens in einem echten Spukhaus gelebt, wo so manch Seltsames geschah.

Wenn sie nicht gerade dabei ist sich Geschichten auszudenken, steckt sie ihre Nase in die Romane anderer Autoren, spielt mit ihrem Wuschelhund Emma oder genießt einfach nur das, was ihr das Leben bietet.

‚Der schottische Geist' ist ihr Debüt.

Printed in Poland
by Amazon Fulfillment
Poland Sp. z o.o., Wrocław

64256464R00134